Dichtler Walter

von Bine Vatertag 2007

aufbau taschenbuch

AUFBAU VERLAGSGRUPPE

TESSA KORBER, geboren in Grünstadt/Rheinland, studierte Germanistik und Geschichte und promovierte 1997. Sie arbeitete in Verlagen, im Buchhandel sowie als Werbetexterin, bevor ihr mit dem ersten Roman *Die Karawanenkönigin* gleich ein Bestseller gelang. Tessa Korber lebt mit ihrer Familie in der Nähe von Erlangen. Im Aufbau Taschenbuch Verlag erschienen bisher die fünf Jeannette Dürer Krimis *Toter Winkel* (2000), *Tiefe Schatten* (2001), *Falsche Engel* (2003), *Triste Töne* (2004) und *Kalte Herzen* (2005).

Mehr Infos unter www.tessa-korber.de

Jeannette Dürers Ermittlungen führen sie diesmal nach Fürth: Ein Topmanager des Versandhauses Fontäne wurde tot in der dortigen Konzernzentrale aufgefunden. Da auch die Nürnberger Filiale von einer Bombendrohung und mehreren Sabotageakten heimgesucht wird, stellt ihr Vorgesetzter sie für eine Sonderkommission frei, mit der die Untersuchungen der Polizeidirektionen beider Städte gebündelt und zu einem schnellen Ende geführt werden sollen. Natürlich ist Ärger vorprogrammiert, nicht nur, weil sich die Nürnberger Kriminalkommissarin mit ihrem ebenso sturen wie attraktiven Fürther Kollegen Paul Metz arrangieren muß. In der Mordsache gelingt es ihnen, den Kreis der potentiellen Täter einzugrenzen, bis sich die Ereignisse überschlagen. Schließlich erleben die beiden einen dramatischen Showdown, der ihnen alles abverlangt – in jeder Beziehung.

Tessa Korber

Teurer Spaß

Ein Jeannette Dürer Krimi

Aufbau Taschenbuch Verlag

ISBN 978-3-7466-2327-6

Aufbau Taschenbuch ist eine Marke der Aufbau Verlagsgruppe GmbH

1. Auflage 2007

Einbandgestaltung MediaBureau Di Stefano
unter Verwendung eines Fotos von Heinz Wahner, Look-Foto
Druck und Binden GGP Media GmbH, Pößneck
Printed in Germany

www.aufbau-taschenbuch.de

Für M. und M.
zur Hochzeit.
Seid einander Spaß und teuer.
Und findet stets die richtigen Worte.

»aaouwäih – a Färdder aa nu!«

Aus: *Günter Stößel, Nürnberg bei Fürth*

Leider haben nicht alle DADAfreunde das Glück,
einen oder mehrere (wobei mehrere mindestens drei wären
und zwei dagegen nur ein Paar)
Dadaisten als Nachbarn zu haben,
oder eine Leiter im Hof des Nachbarn,
oder einen Nachbarn im Hof des Leiters, oder
Nachbarsleiter im Schoß des Dadaisten,
denn heutzutage sind sind viele süchtig
nach dem gehgesunden DADAverstand.

Aus: *KrishnaDADA, Der Dadaist. Kleiner Führer rund um die Welt des Dadaisten*

Wenn es auch Städte namens Nürnberg, Fürth und ein in ihnen residierendes Versandhaus tatsächlich gibt, ist die folgende Handlung und sind insbesondere alle erwähnten Personen eine reine Erfindung der Autorin und gehören nur dem fiktiven Kosmos der Krimiwelt von Jeannette Dürer an.

1

Wie hypnotisiert starrte Jeannette Dürer auf die Klinge. Sie war schlank und dünn, ein Präzisionsgerät, und sie gleißte im Licht der grellen Lampe, die alles in schmerzendes Weiß hüllte, sie blendete und das Gesicht des maskierten Mannes verschwimmen ließ, der das Messer hob. Nur seine Finger waren da, lang, kühl und ungerührt. Wie tot unter dem feinen Gummi der Handschuhe.

Jeannette öffnete den Mund, doch es kam kein Laut heraus.

Die Klinge senkte sich unerbittlich. Sie deutete mit ihrer scharfen Spitze auf den weichen, bebenden Bauch. Sie drang ein, obszön gleichmütig, als wäre da kein Widerstand, keine unwiderrufliche Grenze, senkte sich ohne Zögern in das lebendige Fleisch. Es quoll ein wenig Blut. Jeannette sah es, sah, wie es dick und flüssig zugleich die Stahlfarbe des Messers überzog, wie es langsam daran herabfloß, tropfte. Sie war reglos, fühlte nur die Tränen in sich aufsteigen.

Die Kriminalkommissarin schüttelte den Kopf. Das Bild verschwand und machte dem Alltag des Reviers Platz, der sie umgab, dem gemächlichen Stühlerücken und Computersummen, dem Rascheln der schlecht befestigten Poster voller Fahndungsbilder und Warnungen vor Drogenkonsum, die sich sachte an der Wand blähten, bewegt vom Frühlingswind, der durch die geöffneten Fenster kam, zusammen mit dem Vogelgezwitscher und den Abgaswolken des Berufsverkehrs.

Nein, ermahnte Jeannette sich: Es war wirklich unsinnig, sich in so morbide Bilder zu versenken. Sentimental war es, einfach lächerlich. Am Ende hatten die anderen doch recht, und sie steckte in einer ernstzunehmenden Krise. Sie räusperte sich und setzte sich aufrechter hin. So war es schon besser. Ihr Kater Romeo lag in diesem Moment auf dem OP-Tisch und wurde kastriert, na und? Kein Grund zur Sorge, ein Routineeingriff, kein Grund, sich blutigen Phantasien hinzugeben. Sie schluckte die Tränen hinunter.

Wenn es ihr auch schwergefallen war, diesem Schritt zuzustimmen. Die Nachbarn hatten sich über Romeos laute Liebesklagen beschwert und darauf gedrängt, daß sie etwas unternahm. Und Jeannette hatte schließlich eingesehen, daß es besser war nachzugeben, zumal sie die Duftmarken, die er im Treppenhaus hinterließ, selbst nicht eben schätzte. Aber sie mußte zugeben, der Gedanke hatte ihr gefallen, daß wenigstens einer von ihnen ein Liebesleben hätte.

»Himmelherrgottverfluchte Scheiße«, erklang es dicht neben ihr. Jeannette wurde aus ihren Gedanken gerissen.

Sie schaute auf. Ihr Kollege Zametzer machte sich soeben schimpfend und murrend an einigen Schubladen des Nebentischs zu schaffen, in denen er mit mißmutiger Brutalität herumkramte.

»He«, ermahnte sie ihn, während sie demonstrativ auf ihren Computerbildschirm starrte und sich anschickte weiterzuarbeiten. »Das ist Martins Schreibtisch. Nehmen Sie ihre Pfoten weg.«

Zametzer stieß die Laden mit einem Krachen zu, das weniger abgehärtete Gemüter dazu gebracht hätte zusammenzuzucken.

»Ist sowieso nur Kram drin. Nicht mal ein Spitzer.« Er schnaubte verächtlich. Als er an ihrem Arbeitsplatz vorbeikam, klatschte er ihr einen Hochglanzprospekt hin. »So einen Mist hortet der werte Kollege bei sich. Wenn er denn mal da ist. Sechs Wochen Urlaub! Hat man so was schon gehört.«

Jeannette antwortete nicht. Ihr Freund und Partner Martin Knauer hatte sich nach dem letzten Fall eine Auszeit genommen, das konnte sie nur zu gut verstehen, sie hätte selbst eine gebraucht. Aber sie wollte und konnte nicht weichen, ehe nicht geklärt war, ob sie sich einer Dienstaufsichtsbeschwerde würde stellen müssen. Ihr Chef, Paumgartner, hatte Himmel und Hölle in Bewegung gesetzt, um sie vor den Folgen ihres Ausrutschers zu schützen. Sie hatte einem Verdächtigen im Verhör die Nase gebrochen. Jeannette litt immer noch Qualen, wenn sie daran dachte. Aber irgendwie hatte der Chef es geschafft, den Mann dazu zu bringen, seine Anzeige zurückzuziehen. Schließlich hatte der sich überlegt, daß es ihm zu peinlich wäre, öffentlich zuzugeben, von einer Frau geschlagen worden zu sein.

Jeannette hatte erleichtert dem Machismo und Paumgartners psychologischem Geschick gedankt und sich mit doppeltem Eifer in die Arbeit gestürzt. Einen Burgfrieden mit Zametzer allerdings schloß das nicht mit ein. Gott, wie sie den Kerl haßte. Aber sie hatte Paumgartner versprechen müssen, sich auch ihm gegenüber zurückzuhalten. Kein Streit, keine Rangeleien. Und nie wieder sollte sie ihm Tee ins Gesicht schütten. Auch wenn es schwerfiel.

Zametzer bemerkte ihr abweisendes Schweigen und setzte nach. Mit seinen kurzen Fingern tippte er energisch auf den Prospekt, den er bei Martin gefunden hatte.

»Da sollten Sie sich bewerben«, meinte er. »Da könnten Sie dann die Polizistin spielen, ohne sich und andere in Gefahr zu bringen.«

Jeannette reagierte noch immer nicht. Mit steifen Schultern saß sie da, blickte angespannt auf den Bildschirm und hieb mit den Fingern auf die Tastatur ein. Erst als er fort war, atmete sie aus und warf einen flüchtigen Blick auf das Papier, ein aufwendig gestaltetes Faltblatt, das für eine neue Dokusoap warb, die demnächst von einem Privatsender ausgestrahlt werden sollte. Nach Richtern, Pfarrern und Psychologen waren nun die Polizisten dran, in künstlich arrangierten Fällen ihren

Alltag zu demonstrieren. Die Produktionsfirma suchte nach einem Hauptdarsteller, am liebsten einem echten Kommissar. Jeannette runzelte die Stirn, als sie den Text las.

»Na, interessiert?« erkundigte sich Zametzer von seinem Platz aus.

Jeannette legte das Blatt weg.

»Das Bewerbungsdatum ist abgelaufen«, erklärte sie steif und tippte weiter. Ihr Kollege wartete, ob noch etwas käme. Als sie schwieg, beschloß er, daß das genüge, um ein hämisches Gelächter anzustimmen.

Abrupt stand Jeannette auf. Sie blinzelte einen Moment, dann schaute sie auf die Uhr und stellte erleichtert fest, daß es nicht zu früh war, den Kater vom Arzt abzuholen. Auf dem Heimweg bliebe ihr dann Zeit zum Einkaufen. Mit Schwung nahm sie ihre Jacke vom Haken.

»Ja, ja«, höhnte Zametzer hinter ihr her. »Beeilen Sie sich nur, vielleicht nimmt man Sie ja doch noch.«

Auf dem Parkplatz blieb Jeannette einen Augenblick stehen und atmete tief durch. Wie warm die Sonne war! Endlich nach dem endlos langen kalten April hatte sie an Kraft gewonnen. Prompt quoll der Flieder mit duftenden Dolden über die Mauern, Kirschblüten regneten auf alle Gehsteige, die Forsythien prangten fett in den Vorgärten, und die Magnolien waren so zauberhaft schön, daß einem beim Betrachten die Tränen in die Augen schossen, vor allem, wenn man das eigene Leben zum Vergleich daneben sah.

Jeannette schniefte erneut, beschloß, daß sie an einer Allergie leiden müsse, und öffnete die Autotür. Doch auch durch den Filter der Windschutzscheibe spürte sie noch die Wärme auf ihrer Haut und dieses Bedürfnis, sich zu räkeln wie eine Katze. Der Frühling prangte draußen mit seinen Farben und all seiner Kraft. Und obwohl sie wußte, daß es immer die gleiche alte Geschichte war – eine lächerliche gesellschaftliche Konvention, der die Menschen jedes Jahr aufs neue aufsaßen, wenn sie Weihnachen an Selbstmord dachten und sich im Frühling verliebten –, konnte Jeannette doch nicht umhin, den Ruf der Jahreszeit zu vernehmen.

»Vom Eis befreit sind Strom und Bäche«, zitierte sie ironisch und ließ den Motor an. Sie mußte lächeln. Ihr Vater hatte diese Verse immer aufgesagt, pünktlich und laut, jede Ostern wieder. Es war das einzige Gedicht, das er auswendig konnte, von Wirtinnenversen abgesehen. Aber vielleicht, dachte Jeannette, während sie langsam zur Ausfahrt lenkte, gab es ja tatsächlich eine Chance, nach langer Zeit auch sie selbst wieder zu einer eisfreien Zone zu machen.

2

»Ist Herr Gläser da?« fragte sie schüchtern, als sie im Anmeldezimmer der Tierarztpraxis stand. Sie hatte Romeo in Empfang genommen, der in seinem Korb lag und ausnahmsweise darauf verzichtete, seinen dicken Kopf gegen das Gitter zu drücken und herzzerreißend zu schreien, wie er das sonst zu tun pflegte, wenn sie ihn für einen Transport einsperrte. Er rollte sich nur zusammen und blinzelte ihr mit seinem einen, fliederlaubgrünen Auge müde und bedeutungsschwer zu.

»Geben Sie ihm nichts zu fressen, nur Wasser, wenn er etwas verlangt«, instruierte die Sprechstundenhilfe sie in routiniertem, leierndem Ton, ehe sie sich wieder ihrer Ablage zuwandte. »Und raus sollten Sie ihn auch nicht lassen. Erst morgen wieder.«

Jeannette mußte ihre Frage wiederholen. »Ist Herr Gläser da?«

Zum ersten Mal sah die Frau sie an. »Der Doktor operiert«, erklärte sie knapp.

Im selben Moment öffnete sich die Tür des Behandlungsraums. Doktor Philipp Gläser kam heraus, im weißen Kittel, mit Handschuhen und einem Skalpell in der Hand, an dem sich rote Spuren und Reste von Haar befanden.

Jeannette nahm es gar nicht wahr. Wieder einmal dachte sie nur daran, wie sehr er doch George Clooney ähnelte, mit seinen so seelenvollen braunen Augen, dem sinnlichen Mund über dem kantigen, eigenwilligen Kinn und den braunen, kindlich widerspenstigen Haaren, in die man seine Finger wühlen mochte, ach ... Sie seufzte laut und erschrak.

Philipp Gläser, der ihr Zusammenzucken auf den Anblick des Skalpells zurückführte, legte es rasch auf den Tresen der Anmeldung und streifte die Handschuhe ab.

»Dachte ich mir doch, daß ich Sie gehört habe«, sagte er und reichte ihr die Hand.

Jeannette nickte. »Ich wollte mich noch bedanken«, sagte sie, ohne recht zu wissen wofür, und verstummte. Beide schwiegen einen Moment. Die Sprechstundenhilfe warf ihnen einen scharfen Blick zu. Rasch ließen sie einander los.

Philipp Gläser räusperte sich. »Hat man Ihnen alles erklärt?« erkundigte er sich schließlich und streckte die nutzlos gewordenen Finger durch das Gitter des Korbes in Jeannettes Armen, um den Kater zu kraulen. Ein lautes, gleichsam körperloses Schnurren stieg vibrierend zwischen ihnen auf und ließ Jeannette seltsamerweise erröten.

»Ich, äh, ja, danke«, stammelte sie und verfluchte sich im selben Moment. Verdammt, warum hatte sie sich nicht naiv gestellt und ihn einfach alles noch mal erzählen lassen? Dann hätte sich daraus vielleicht zwanglos ein Gespräch ergeben. Aber so. »Ja, es ist alles geklärt«, vollendete sie ihren Satz hilflos und in ihr Schicksal ergeben.

»Ja, dann«, antwortete er prompt. Doch er ging nicht.

Eine Weile standen sie so herum, als ein neuer Patient eintrat und grüßte. Er wurde brav von allen dreien zurückgegrüßt und entführte dann die Sprechstundenhilfe mit seinen Wünschen in einen der hinteren Räume. Sie waren allein.

»Philipp«, sagte Jeannette versonnen, deren verlegen umherwandernder Blick an dem Praxisschild hängengeblieben war, »was für ein passender Name für einen Tierarzt.« Als sie seine ratlose Miene sah, fügte sie hinzu: »Es heißt Pferdefreund. Auf griechisch.« Sie hätte sich in den Hintern treten können. Was war das denn für ein Gesprächsbeitrag? Sie gab ihm sprachwissenschaftlichen Unterricht? Na bravo! Was sollte er darauf schon antworten?

»So habe ich das noch gar nicht betrachtet«, sagte Philipp Gläser.

Jeannette nickte grimmig. Ganz prima. Oh, sie war wirklich ein Flirtgenie. Jetzt würde sie aber gehen, und der Frühling, der konnte sie mal.

»Also dann«, setzte sie an, aber er hielt sie zurück.

»Da ist etwas, was ich Sie fragen wollte«, begann er.

Hoffnungsvoll hielt sie inne. »Ja?« Sie betete, daß nicht zuviel Hunger in diesem Wort lag, das sie hervorstieß.

»Ich wollte fragen, ob wir nicht mal zusammen etwas trinken gehen könnten.« Mit einem entschuldigenden, doch zugleich verschmitzten Lächeln schaute er sie an. Jeannette wurde es warm ums Herz. Der Linoleumfußboden unter ihren Füßen begann, sie in Wellen zu wiegen, und der strenge Geruch nach Desinfektionsmitteln und Urin wandelte sich in Sandelholz und Rosenduft.

»Ja«, hörte sie sich sagen, wie aus weiter Ferne. Sie sprach laut, um die schmelzenden Klänge der Geiger zu übertonen, die von irgendwo hinter den Aktenordnern hervorzuperlen schienen. »Ja, sehr gerne.« Entsetzt starrte sie ihn an. War das sie, die gerade so gebrüllt hatte?

»Nun«, begann er, »ich muß eben noch einer Dogge einen Tumor entfernen, aber wie wäre es mit danach? Gleich heute abend?«

»Ach«, machte Jeannette, und heißes Bedauern überflutete sie. Doch sie schüttelte tapfer ihren Kopf. »Heute geht es nicht. Ich erwarte Freunde. Wir wollen gemeinsam die Wohnung umbauen. Für meine Mitbewohnerin, wissen Sie. Sie wird auf einen Rollstuhl angewiesen sein, wenn sie aus dem Krankenhaus kommt, und da …« Jeannette beendete den Satz nicht. Leise fügte sie hinzu. »Das war es auch, weshalb ich damals, als wir uns das erste Mal begegnet sind, so schlecht beieinander war.«

Er nickte langsam, verstehend, wie Jeannette hoffte. Diese Erinnerung an den Abend, als er an ihrer Tür geklingelt hatte, um ihr Romeo zu bringen, erschien ihr wie ein erstes Stück Gemeinsamkeit.

»Das tut mir leid«, sagte er. »Was ist mit Ihrer Freundin passiert?«

Jeannette schüttelte den Kopf. »Das ist eine lange Geschichte«, meinte sie.

Er schaute sie an. »Lang genug für ein Abendessen? Oder werden wir zwei brauchen?«

Sie mußte lächeln. »Ja«, sagte sie und fügte dann lebhafter hinzu: »Ja. Wenn Sie wollen?« Einen Moment lang blickten sie einander in die Augen.

»Also dann«, sagte er schließlich, doch mit weit mehr Schwung als zuvor.

Jeannette erwachte wie aus einem Traum. »Also dann«, bestätigte sie.

»Ich rufe Sie an?« Er betonte es wie eine Frage.

Sie nickte. »Sie haben ja meine Nummer«, meinte sie. Sie überlegte und fügte dann hinzu, ernst wie ein Kind: »Ich würde mich sehr freuen. Wirklich.«

»Ich mich auch.«

Dann ging er. Jeannette schwebte hinaus wie auf Wolken. Das war es also, kein großer Dialog, die Sätze nicht eben, um sie in Stein zu meißeln, aber sie hatten ihren Zweck erfüllt. Kaum zu glauben: Sie hatten eine Verabredung. Versonnen summte sie vor sich hin, während sie nach ihrem Autoschlüssel kramte.

»He, Sie!« Es war die Sprechstundenhilfe, die nach ihr rief. Mit dem Korb in der Hand kam sie auf den Gehsteig gestöckelt. In ihrer Stimme lag strenge Mißbilligung. »Sie haben Ihren Kater vergessen.«

3

Jeannette kurvte die Fürther Straße hinauf und rekapitulierte, was sie noch alles besorgen wollte: neue Laufschuhe, wenn das Joggen heute abend nicht ausfallen sollte, Milch, Obst, Seife, Mülltüten. Und Joseph hatte erklärt, er arbeite nur für sie, wenn sie Bier für den Handwerker im Haus habe. Sie hatte vergessen zu fragen, welche Sorte er am liebsten trank.

Romeo auf der Rückbank verströmte seinen typischen Duft, sanft durchmischt mit Medikamentengeruch, der in Jeannette süße Erwartungen weckte an den Mann, der ihn verursacht hatte.

Wie Philipp wohl roch, wenn er nicht in der Praxis stand, überlegte sie, rief sich aber nach einer Weile zur Ordnung. Es gab noch viel zu erledigen.

Der Kater kam langsam wieder zu sich und störte ihre Überlegungen mit nachhaltigem Miauen. Seine Geduld war schon jetzt am Ende. Jeannette seufzte. Sie beschloß, ein Kaufhaus aufzusuchen, wo sie alles auf einmal bekäme.

Sie fuhr am Westring vorbei und bog schließlich auf den Parkplatz des Fontäne-Kaufhauses ein. Hier war sie seit ihrer Kindheit nicht mehr gewesen, jener Zeit, als ihre Mutter zweimal im Jahr mit ihr groß einkaufen ging, einmal im Frühjahr und einmal im Herbst, und sie jedesmal mit großen, verheißungsvoll raschelnden Plastiktüten bepackt nach Hause gegangen waren, den Kleiderbedarf für die nächsten Monate bei sich tragend, um daheim noch einmal alles auszubreiten: Hosen, Kleider, Röcke, Jacken, Socken, einen ganzen Berg. Und dazu ein Milchshake in der Hand und einen sonst verbotenen

Hamburger im Bauch, denn der anschließende Besuch bei McDonald's hatte unauflöslich zu diesem Erlebnis dazugehört.

Prompt bekam Jeannette Hunger, und sie erwog, noch rasch bei einem Imbiß vorbeizufahren und einen Riesenhaufen Papiertüten voll Junk-Food für ihre Gäste zu erwerben. Doch zunächst einmal trat sie bei Fontäne ein. Damals hatte ihr das Gebäude spannende Erwartung und berauschenden Konsum versprochen. Vor allem die oberen Stockwerke, hinter deren Fensterreihen lange Transportbänder zu sehen waren, auf denen die Päckchen für den Versandhandel ihrer Bestimmung entgegenglitten, waren ihr mindestens so geheimnisvoll erschienen wie die Werkstatt der Weihnachtswichtel. Für ihre erwachsenen Augen sah der gelbe Ziegelbau alt aus, verbraucht und profan bis auf die Knochen.

Jeannette fuhr die Rolltreppe hinauf und schlängelte sich gerade zwischen Drehständern mit Sportbekleidung durch, wich Frauen mit Kinderwagen aus, die den Weg zu blockieren drohten, umkurvte türkische Familien, die in voller Mannstärke über den Kauf eines Teiles berieten, und hielt über die Köpfe quengelnder Kinder hinweg nach Hinweisschildern Ausschau, die sie zu den Laufschuhen wiesen, als eine Lautsprecherdurchsage sie plötzlich innehalten ließ:

»Alle Kunden werden gebeten, sich sofort und in Ruhe zu den Ausgängen zu begeben. Achtung bitte. Alle Kunden ...« Die Stimme wiederholte wieder und wieder dieselbe Botschaft, ohne emotionale Färbung, ohne eine Regung oder Ungeduld. Die Leute blieben stehen, es dauerte eine Weile, bis die Botschaft zu ihnen durchdrang. Dann ließen sie die Waren los und schauten einander in die Gesichter. Was war los? Verkaufspersonal kam, rüttelte hier an einer Schulter, scheuchte dort Richtung Treppe. Man wiederholte die Botschaft, weniger monoton, weniger hochdeutsch, und mit sichtlicher Erregung in den Stimmen. Doch keiner wollte sich entlocken lassen, was geschehen sei. Nur schnell müsse es gehen, schnell bitte jetzt und ohne Aufregung.

Diese jedoch stieg mit jeder Minute. Auf den Rolltreppen wurde aufgeregt debattiert. Ein wachsender Strom Menschen formierte sich in einem Zug dem Ausgang entgegen. An einzelnen Regalen sah man noch Verkäuferinnen mit widerspenstigen Kundinnen diskutieren, die sich nicht von ihren Einkaufsplänen abhalten lassen wollten. Vor einer verwaisten Kasse stand in stummem Trotz eine Matrone, sehr aufrecht und stur das Chaos um sich verleugnend, und verlangte, abgefertigt zu werden. Die Weiterziehenden betrachteten sie zwischen Spott und Angst schwankend. Auch sie hätten sich zu gerne so entschieden an ihre gewohnte Normalität geklammert, die sie gerade im allgemeinen Chaos zu verlassen drohte, um durch etwas Unbekanntes ersetzt zu werden.

Je näher sie den Türen kamen, desto größer und unnachgiebiger wurde das Gedrängel. Die ganze Menge summte und brummte. Und von irgendwoher schwirrte plötzlich auch das Gerücht herum, es habe eine Bombendrohung gegeben. Lächerlich, befanden die meisten. Und einer drohte mit seinem Anwalt, falls dies nur eine Übung sei und man ihm seine kostbare Zeit stehle. Andererseits, gab bald eine Stimme zu bedenken, wäre Al Qaida alles zuzutrauen. Und dem einen oder anderen fiel plötzlich ein, daß er sich in einem sündigen westlichen Konsumtempel befand. Die Blicke, die den türkischen Familien nun zuflogen, wurden ungnädiger.

Zunächst stand Jeannette nur mehr oder weniger gelassen in dem Pulk, der sich langsam an den Vitrinen mit Schmuck und Uhren vorbei in Richtung Ausgang schob, und dachte an nichts als: Was mache ich denn jetzt? Sie warf einen sehnsuchtsvollen Blick zurück in Richtung des Lebensmittelmarktes und überlegte, wie sie ohne die Milch, das Bier und all die Dinge, die sie hatte kaufen wollen, denn nun zurechtkommen sollte. Kein Joggen heute abend, und Joseph würde sauer sein.

Aber durch die Frontscheiben leuchteten ihnen die Blaulichter der Polizeifahrzeuge entgegen. Feuerwehren fuhren an, Männer mit Funkgeräten fuchtelten herum. Und trotz der gegenteiligen Beteuerungen der Verkäuferinnen, die sie dirigierten, begriff Jeannette, wie ernst es war. Für einen Ladendieb rückten die Kollegen nicht in dieser Stärke an. Hier ging irgend etwas Großes vor.

Ein Mann im Anzug, mit ausrasiertem Nacken, ein Namensschild mit dem Vermerk Sales Manager am Revers, trat schwitzend zu seinen Untergebenen und ermahnte sie, die Umkleidekabinen zu überprüfen. Eine Frauenstimme keifte: »Legen Sie das wieder hin, Sie haben ja gar nicht bezahlt.«

»Was geht Sie das an«, keilte der Angesprochene zurück. Jemand drängelte sich zu ihnen vor. Die Leute beäugten ihn, unentschlossen. War das der Ladendieb, oder nur einer, der in Panik geraten war? Haltet-ihn-Rufe verhallten unerhört. Alte Damen schimpften. Der Manager schwitzte noch mehr und fingerte nach den Schlüsseln für die Schmuckvitrinen, um die ausgelegte Ware noch rasch wegzusperren. Zweifellos rechnete er die Höhe der Verluste aus, für die er nach diesem Ereignis gerade stehen mußte. Zwei Untergebene zerrten ihn schließlich mit vieler Mühe hinaus.

Die Menge wogte aufgeregt, in Sichtweite der Türen beinahe gutgelaunt. Tatsächlich herrschte Volksfeststimmung. Endlich passierte einmal etwas. Daß ihnen selber etwas Schlimmes zustoßen könnte, dieses Gefühl hatten die meisten noch immer nicht. »Den Turm in die Luft jagen? Geil«, hörte Jeannette einen jungen Mann mit herunterhängendem Hosenboden. Offenbar sprach er von dem Wahrzeichen der Firma, einer alles überragenden Betonsäule hinter dem Kaufhaus, die das Firmenzeichen trug »War immer schon scheußlich, das Teil.« Seine Freunde stimmten ihm lebhaft zu.

Jeannettes Nachbar blinzelte ihr zu, während sie beide wie von einer Dünung hin und her geschoben wurden. »Wohl noch einer, der das Logo nicht gut fand.« Er schüttelte den Kopf und schob seinen Kaugummi in die andere Wange. »Wenn man bedenkt, daß sich daran irgendeine Werbefirma dumm und dämlich verdient hat. Und wir müssen es dann anschauen.«

»Aber immer gleich Gewalt«, schimpfte eine Rentnerin und schwang bedrohlich ihren Schirm.

Jeannette griente dem Sprecher unverbindlich zu. Dann kamen die Türen, und es wurde wirklich eng. Mit angehaltenem Atem und ein paar Schrammen quetschten sie sich durch und wurden draußen von Polizisten in Empfang genommen. Hier endlich schlug die Stimmung um. Waren es die hektisch rotierenden Lichter der Einsatzwagen, die hilflosen Gesichter der Angestellten, die aus den Eingängen des Firmengebäudes strömten und die sich am hellichten Tag hier draußen so verloren fühlten wie ausgegrabene Engerlinge? Oder war es der Umstand, daß sie wie Vieh weitergetrieben wurden und man ihnen den Weg zum Parkplatz versperrte? Als man allseits den Zugang zu den Autos verwehrte, stöhnte die Menge vor Empörung. Zu Jeannettes Entsetzen wurde auch sie daran gehindert, zu ihrem alten Fiat zu laufen.

»Der Parkplatz ist abgesperrt, das sehen Sie doch«, sagte der Beamte unwirsch und wies auf das rot-weiß gestreifte Plastikband, das in aller Eile gespannt worden war und tatsächlich das gesamte Areal umgab. »Bitte folgen Sie den Kollegen.« Ohne sie anzusehen, winkte er sie weiter und achtete überhaupt nicht auf Jeannettes Erklärungsversuche.

»Aber mein Kater ist da noch drin. Ich will doch nur mein Haustier …« Jeannette unterbrach sich selbst und wollte ihre Dienstmarke zücken. Doch ein anderer Polizist packte sie und schob sie wieder in die Menge, während er gleichzeitig mit seinem Kollegen ein hektisches Gespräch darüber führte, ob die Sperrung der Bahngleise und der Stadtautobahn, die unmittelbar hinter dem Kaufhauskomplex vorbeiführten, endlich voranschreite. Für Kater hatte er im Moment wenig Sinn.

»Aber ...«, setzte Jeannette noch einmal an. Der Polizist wurde unwirsch.

»Das ist hier kein Fernsehen«, herrschte er sie an, während er sie auf die leere Straße bugsierte, deren Doppelspur ebenfalls abgesperrt war. »Das ist hier fei in echt. Und wenn Ihnen der Beton auf den Kopf kracht, dann gaffen's nimmer.«

Automotoren röhrten, Abgase wölkten, und Autofahrer schimpften hinter den Sperren, die beide zweispurigen Fahrbahnen vor dem Kaufhauskomplex stillegten, während sich der größte Stau der Nürnberger Geschichte zusammenbraute. Eine U-Bahn hielt, doch niemandem wurde das Aussteigen erlaubt. Ein Flüchtlingstreck drängte sich an der mannshohen Mauer aus Waschbetonplatten, welche die Gleise von der Straße trennten, und strömte hilflos nach beiden Seiten daran entlang, auf der Suche nach dem nächsten Durchlaß, der sie auf die andere Straßenseite, weg von hier, in Sicherheit bringen würde. Mitten in dem Menschenstrom stand Jeannette Dürer und rang nach Worten.

Kein Fernsehen, pah! Wofür hielt er sie? Sie war sich der Problematik nun wahrhaft bewußt! Genauso hatte sie selbst bereits Schaulustige zurechtgewiesen, wenn sie einen Tatort umstanden. Aber, Herrgottnochmal, auf sie traf das doch nicht zu! Sie wollte doch gar nicht gaffen, sie wollte nur zu ihrer Katze. Romeo, dachte sie, während ihr Blick an dem Turm hinaufwanderte, ihn im Geiste zu Fall brachte und ausrechnete, wie dicht an ihrem alten Fiat er im schlimmsten Fall aufschlagen würde. Zu dicht, befand Jeannette. Sie sah Eisenträger durch die Luft sausen, roch Betonstaub und hörte das Metall ihres Wagens sich in tödlichem Ächzen zusammenknautschen, darin Romeo, gefangen in dieser Falle, ohne eine Chance zur Flucht. Sie wandte sich wieder um. Ihr Entschluß stand fest.

Ohne weiter auf die Polizisten zu achten, rannte sie über die Straße zurück, hechtete zwischen den Einsatzwagen hindurch und tauchte unter das grell leuchtende Absperrungsband, an dem nervös der Wind zerrte.

»He!« brüllte jemand. Aber sie kümmerte sich nicht darum. Irgend etwas krachte.

4

Jeannette duckte sich, ohne innezuhalten, und lief weiter. Schon ihm Gehen zückte sie die Schlüssel. »Ich gaffe nicht«, murmelte sie vor sich hin. Gleich würde sich das alles aufgeklärt haben. Gleich, nur noch zehn Meter. Da war ja schon der Wagen! Mit vor Hast zitternden Fingern steckte sie den Schlüssel ins Schloß. Schon hörte sie die Schritte hinter sich. »Ist ja gut, ist ja gut«, suchte sie gleichermaßen sich selbst, die heranpreschenden Beamten und den Kater zu beruhigen, der mittlerweile aufgewacht war und so laut brüllte, daß sie es trotz des Lärms durch die Scheiben hören konnte. »Ist ja gut, Himmelherrgottnochmal!« Endlich drehte sich der Schlüssel.

Die Tür ließ sich nicht ganz öffnen, der Nachbarwagen hatte zu dicht aufgeparkt. Jeannette verrenkte sich fast die Schulter, als sie hineinlangte und den Korb packte, um ihn durch den Türspalt zu bugsieren. Der war zu eng, das war offensichtlich, aber sie zog dennoch, mit aller Kraft, in der Hoffnung, das Weidengeflecht werde nachgeben. Was es nicht tat. Jeannette fluchte und zerrte. Da blieb die Gittertür des Korbes an der Fensterkurbel hängen und löste sich aus ihrer Verankerung. Ehe Jeannette sich versah, war sie abgesprungen, der Korb stand offen, und Romeo flitzte heraus, ein roter Strich der Empörung, ehe sie auch nur den Versuch hatte machen können, ihn aufzuhalten.

»Nein!« schrie Jeannette und ließ den Korb fallen: Als sie sich so abrupt aufrichtete und umwandte, prallte sie schmerzhaft gegen ihren herangekommenen Verfolger. Sie ignorierte es. »Nicht da lang!« Jeannette knallte die Tür zu, ohne auf den

Schmerzensschrei des Polizisten zu achten, der sich auf den Türflügel gestützt und nun seine Finger dazwischen hatte, und spurtete los, immer hinter Romeo her, der zwischen den parkenden Autos hindurch auf einen der Firmeneingänge zuhielt. »Nicht da rein«, betete Jeannette im Rennen und sah sich im Geiste schon durch ein gespenstisch leeres Gebäude irren, das von der Sprengung bedroht war. Und sie hatte Glück. Ein Feuerwehrmann kam eben die Treppen herunter und veranlaßte Romeo zu einer plötzlichen Wende. Inne hielt er jedoch nicht, sein neuer Weg führte ihn mit unverminderter Geschwindigkeit an dem Bau entlang, wo er freie Bahn hatte, über den Fußweg, das Tankstellenareal, bis hin zu dem Zaun, unter dessen Stacheldrahtbekrönung er mit einer einzigen eleganten Bewegung hindurchtauchte. Er hatte nicht einmal angehalten.

Jeannette verfluchte das Betäubungsmittel, dessen Wirkung offenbar vollständig nachgelassen hatte. Flüchtig dachte sie an die Mahnung der Sprechstundenhilfe, das Tier heute noch nicht ins Freie zu lassen. Ihn schonen, pah! Sie wischte sich den Schweiß von der Stirn. Ein kurzer Blick über die Schulter verriet ihr, daß ihr nun schon fünf Beamte auf den Fersen waren. Keiner von ihnen sah aus, als hätte er Interesse an langen Erklärungen. Da entdeckte sie eine Lücke im Stacheldraht. Ohne lange nachzudenken, flankte sie über den Zaun, beinahe so elegant wie ihr Kater, bis sie gegen den vom Gebüsch verdeckten Hydranten prallte. Hinkend und fluchend hopste sie den asphaltierten Weg entlang. Für die friedliche Schönheit der hohen Bäume, die ihn beschirmten, hatte sie keinen Blick.

Vorne peste Romeo, immer entlang an einer Ziegelmauer, die zu Jeannettes Erleichterung auch seine Möglichkeiten überschritt. Aber noch immer war er zu schnell, und sie konnte nichts tun, als ihn im Auge zu behalten. Und bald hatte das Chaos sie wieder. Die Wohnstraße, auf die sie einbogen, war einmal friedlich gewesen. Nun auch hier Blinklichter allerorten. Aus einem Altbau strömten die Kinder einer Tagesstätte, die dort residierte, unter den panischen Blicken ihrer Betreuer. Einwohner verließen schimpfend und protestierend ihre von Flieder überquellenden Gärten, in Hemdsärmeln und Sommerkleidern, Handtaschen und Mappen an sich gedrückt. Rentner stützten sich auf die starken Arme von Feuerwehrleuten, Hausherren protestierten. An der Laderampe auf der Rückseite des Kaufhauses diskutierten Fernfahrer, die ihre Laster noch rasch aus der Gefahrenzone bringen wollten.

Gebt es auf, dachte Jeannette, die rannte und dabei versuchte, zwischen all den Menschen, die über die Straße quollen, Romeo im Blick zu behalten. Mechanisch Entschuldigungen murmelnd, stieß sie gegen Schultern und trat auf Füße. Niemand schenkte ihr Beachtung.

Die Feuerwache gegenüber öffnete ihre Tore und ließ die letzten Wagen heraus, die noch nicht im Einsatz waren. Die Baulücke daneben erlaubte es, über unwirklich friedliches Brachland und Grillengezirp hinweg einen Blick auf Bahn und Frankenschnellweg zu werfen. Auch dort waren Blaulicht und schweres Gerät, wohin das Auge schaute. Und unmittelbar vor ihr, in aufreizender Ereignislosigkeit, ragte das Zentrum des Sturms auf, die nackte graue Betonnadel, die zu sprengen irgend jemand angeblich gedroht hatte. Lang, dünn und so zerbrechlich, wie sie Jeannette selten erschienen war. Vor dem prallblauen Frühlingshimmel sah sie beinahe hübsch aus.

Romeo schien das ebenfalls zu finden. Aufgebracht vom Sirenengejaul und dem Motorengeräusch der Feuerwehrwagen, hatte er einen letzten Haken geschlagen, weg von den einladend geöffneten Garagentoren und hin zum Turm. Offensichtlich suchte er ein Schlupfloch, in dem er sich verkriechen konnte, um all den Aufregungen zu entfliehen.

Fassungslos blieb Jeannette einen Moment stehen, als sie sah, wie er über die kleine Steinumfassung am Fuß des Turmes setzte, sich unbemerkt zwischen den Beinen der Männer hindurchschlängelte, die sich dort bemühten, eine Metalltür vorsichtig aufzustemmen, und mit einem letzten Schlingschlängeln seines orangefarbenen Schwanzes in dem sich öffnenden Spalt verschwand. Ja, waren die denn alle blind?

»He, Sie«, rief es hinter ihr. »Stehenbleiben!«

Jeannette wandte sich gar nicht erst um. Sie rannte zum Turm, hechtete vorwärts, stieß sich von dem Mäuerchen ab, sprang und prallte auf die Schultern des Sondereinsatzkommandos, auf denen ohnehin schon genug Verantwortung ruhte. Entsprechend unwirsch wurde ihr Vorstoß aufgenommen. Es gab einen Tumult, in dem sie blind strampelnd austeilte, nur das eine Ziel vor Augen, sich zwischen den uniformierten Leibern hindurchzuwinden. Schließlich ließ sie sich zu Boden gleiten, aus der Schußlinie der derbsten Schläge, kroch den letzten Meter zwischen den Füßen der verwirrten Männer hindurch, und zog die Tür ganz auf.

Metallisches, zahnschmerzerzeugendes Quietschen erscholl und hallte im unbekannten Dunkel des Turminneren wider.

»Nein«, brüllte jemand, der an rote und blaue Kabel dachte, an gespannte Drähte, Vibrationszünder, unaussprechlich raffinierte Fallen und einen Feuerball, der von der geringsten Erschütterung ausgelöst werden konnte. »Nicht, das könnte ...«

Aber Jeannette griff hinein. Dann lag sie in der Tür auf dem Rücken, erschöpft, verblüfft, am Ende ihres Willens. In ihren Händen, mit denen sie in die Dunkelheit dahinter geangelt hatte, hielt sie nicht den Kater, sondern einen soliden Pappkarton, wie ihn das Kauf- und Versandhaus Fontäne in alle Lande zu verschicken pflegte, im typischen Lindgrün, die Firmenaufschrift prangte optimistisch auf allen Seiten. Doch dieser Karton war umwunden mit blinkenden und piependen Lichterketten, Drähten und technischem Kram. Er surrte und brummte und tickte und vibrierte von einem geheimnisvollen Eigenleben. Entsetzt starrte Jeannette ihn an, während ihr Brustkorb sich in krampfhaften Atemzügen hob und senkte.

Der Schrei des Feuerwehrmannes kam zu spät. Als der

Deckel des Pakets explodierte, konnten sie nichts mehr tun, als sich flach auf den Bauch werfen, was angesichts der Massen von Beton, die bald auf sie niederstürzen würden, höchst sinnlos war, wie ein Ritual ohne Gott.

Jeannette hatte sich nicht einmal mehr bewegen können. Sie starrte auf die Kiste und dachte an nichts, nicht einmal an ihr Leben, das doch hätte an ihr vorüberziehen sollen in wenigen Augenblicken, eine geballte Bilderflut. Doch nicht einmal dafür schien es gereicht zu haben. Der Deckel war aufgesprungen, mit einem Ploppen, das ihr Herz hatte anhalten lassen. Eine Feder schoß heraus, darauf saß eine Kasperlfigur und wippte auf und ab, das Pappmaché-Gesicht zu einem dämonischen rotweißen Grinsen verzogen. An seiner Mütze baumelte ein Glöckchen, das in der plötzlichen Stille leise kichernd bimmelte.

Romeo kam mit einem Maunzen aus seinem Versteck, sprang auf die Brust seines sprachlos hingestreckten Frauchens und begann, mit der Pfote nach dem Spielzeug zu tätzeln. Er schnurrte, zumindest er rundum zufrieden.

Langsam kamen die Köpfe der Männer wieder nach oben. Einer nach dem anderen erhob sich von dem warmen Asphalt, schüttelte den Staub und das Gefühl der Lächerlichkeit ab und trat mit schwerem Schritt auf Jeannette zu.

Blinzelnd, Kater und Kasper noch immer im Schoß, schaute sie zu dem Kreis ernster Gesichter auf, der sich um sie schloß.

»Fräulein«, sagte einer von ihnen, »das wird ein teurer Spaß.«

5

Tanja, Jeannettes Schwester, richtete sich stöhnend auf und betrachtete ihr Werk, eine schmale Schräge aus Sperrholz, die die Stufen im Hausflur vor Jeannettes Wohnungstür in eine Rampe verwandelte.

Von oben neigte sich ein runzliges Gesicht ins Treppenhaus. »Ist jetzt bald mal Schluß mit dem Lärm?« kam es schrill. »So eine Rücksichtslosigkeit.«

Jonas, Tanjas Sohn, schaute auf, Nägel im Mund und den Hammer in der Hand. Seine Mutter legte ihm beruhigend die Hand auf die Schulter.

»Wir arbeiten schließlich für einen behinderten Mitmenschen«, blaffte sie zurück. »Da kann man selber ein bißchen Rücksicht erwarten.« Dennoch nickte sie, als Jonas ihr die Uhr zeigte. »Bald acht, wir sollten es wirklich nicht übertreiben.«

Sie räumten zusammen und gingen in die Wohnung, wo bedrohliche Geräusche aus dem Badezimmer erklangen. Dort war Joseph am Werk, der Lebensgefährte von Jeannettes Kollegen Martin, auch er ein Mitglied ihres Kreises, und auch er fluchend ob der ungewohnten Betätigung.

»Meinst du, die ganze Anstrengung lohnt sich?« fragte Jonas und ließ sich in der Küche auf einen der Stühle fallen, die um den runden Tisch mit der Prilblumendecke standen. Automatisch stellte er den Fernseher an.

»Wieso?« fragte seine Mutter, die sich am Wasserkocher zu schaffen machte. »Verdammt, nicht mal Kaffee gibt es hier.«

»Tante Jeannette trinkt Tee«, bestätigte Jonas und legte die Füße auf den Tisch.

»Wieso sollte es sich nicht lohnen?« griff seine Mutter ihre erste Frage wieder auf. »Sie hat gesagt, sie will nicht im Krankenhaus bleiben, ein Pflegeheim kommt nicht in Frage, also«, sie machte eine abschließende Geste, »wird Regine samt Rollstuhl hier leben.«

Jonas suchte einen Sender. »Hatte sie nicht einen Exfreund, der sie wiederhaben wollte?« fragte er und nahm dankend die Semmel entgegen, die Tanja ihm reichte. »He, die ist ja uralt.«

Tanja zuckte mit den Schultern. »So alt wie der Ex. Regine hat ihm den Laufpaß gegeben, als sie noch laufen konnte.

Warum sollte sie jetzt, da sie es nicht mehr kann, einen Rückzieher machen?«

Darauf wußte Jonas keine Antwort. Aus dem Bad kam Joseph, weißer Staub in den Haaren. »Das mit der Badewanne kriege ich nicht hin«, gestand er. »Da müssen wir einen Klempner kommen lassen oder so was, verdammt.« Er ließ sich auf einen Stuhl fallen. »Ich weiß nicht mal, wie der richtige Handwerker dafür heißt.«

Tröstend stellte Tanja ihm eine Tasse Tee hin. »Und wo bleibt überhaupt Jeannette?« blaffte er weiter. »Schließlich sind es ihre Schuldgefühle, die diesen Umbau erforderlich machen. Mit einer Behinderten zusammenleben, wenn man voll berufstätig ist!« Er schüttelte den Kopf.

»Immerhin wird Regine einen Zivi kriegen«, gab Tanja zu bedenken.

»Tante Jeannette hat keine Schuldgefühle«, fiel Jonas ein. »Sie kann doch nichts dafür, daß der Killer sich Regine ausgesucht hat. Sie hat ihr sogar das Leben gerettet.« Er errötete vor Eifer.

Joseph betrachtete ihn ungerührt über den Dampf seiner Teetasse hinweg, mit der ganzen Gelassenheit seiner Lebenserfahrung gegenüber Jonas' zarten zwanzig Jahren. Jeannette hatte Schuldgefühle, da war er sich sicher. Er kannte sie nun lange genug. Sie fühlte sich definitiv verantwortlich dafür, daß Regine in einen ihrer Fälle hineingeraten war, obwohl Regine nun wirklich alles getan hatte, um sich selbst zu gefährden. Andererseits: War es ein Verbrechen, auf eine Kontaktanzeige zu antworten? Wer hatte ahnen können, daß sich ausgerechnet der gesuchte Mörder dahinter verbarg? Jonas hatte recht, Jeannette konnte nichts dafür, im Gegenteil, sie hatte Regines Leben gerettet, gerade noch rechtzeitig. Aber er wußte auch, daß sie sich ihr Leben lang vorwerfen würde, nicht früher gekommen zu sein.

»Und dabei ist das alles vielleicht für die Katz«, orakelte er düster und nahm einen großen Schluck, der ihm die Zunge verbrannte. Er verzog das Gesicht.

»Du meinst, weil es eine psychosomatische Lähmung ist?« Tanja wandte sich zu ihm um, die ganze Autorität ihrer Empörung im Gesicht. »Ihr tut immer alle so, als wäre das dasselbe wie Simulieren, aber das ist es nicht, mein Herr.«

»Was ist es denn dann?« begehrte Joseph auf. »Sie ist körperlich in der Lage zu gehen, aber sie tut es nicht?«

»Sie ist von dem Verbrechen traumatisiert ...«, begann Tanja.

Aber er winkte ab: »Bah.« Da klingelte sein Handy. Hoffnungsvoll ging er ran. Sein Gesicht strahlte. »Es ist Martin«, flüsterte er und ging auf den Flur.

Jonas und seine Mutter warfen einander vielsagende Blicke zu. Offiziell war Martin Knauer nur zu einem längeren Urlaub aufgebrochen, nichts Ungewöhnliches, kein Anlaß zur Besorgnis. Aber weder hatte er gesagt, wohin er reisen würde, noch hatte er sich auf ein definitives Datum für seine Rückkehr festlegen wollen. Alles, was Joseph und auch sie wußten, war, daß er Richtung Süden gefahren war und sich von Zeit zu Zeit aus einem Hotelzimmer meldete. Ob es immer dasselbe war oder jedesmal ein anderes, konnten sie nur raten.

»Das ist ein Urlaub von der Beziehung«, hatte Tanja ihrem Sohn vielsagend erklärt, als der sich eines Tages gewundert hatte, warum der sonst so zuverlässige und häusliche Martin solche Spielchen trieb. »Die Midlife Crisis macht eben auch vor Homosexuellen nicht halt.«

Jonas hatte gegrient. »Das ist doch nur, weil Joseph es übertrieben hat«, hatte er dagegengehalten und altklug hinzugefügt: »Das ganze Gerede von Kinderwunsch und Adoption. Nichts wirkt abschreckender auf einen Mann als dieses Familiengetue.«

»Du mußt es ja wissen«, hatte seine Mutter spitz erwidert und sich seiner jüngsten Schwester zugewandt, um sie für den Kindergarten fertig zu machen.

Jetzt hielten sie beide den Atem an und lauschten. Vielleicht würden sie einen Hinweis darauf erhaschen, wo Martin Knauer war und was er eigentlich trieb.

»Ja?« hörten sie Joseph sagen. Es schien das einzige zu sein, was ihm einfiel. Er wiederholte es angespannt, unterbrochen nur von einigen »Was?« und »Wieso?«, die aber offensichtlich nicht beantwortet wurden. Nach kurzer Zeit kam er wieder herein. Er blickte in zwei betont unschuldig dreinblickende Gesichter.

»Er sagt, wir sollen den Fernseher anmachen, Kanal fünf. Dann würden wir alles verstehen.«

»Was verstehen?« fragte Jonas, ließ sich aber widerstandslos die Fernbedienung wegnehmen. Joseph wählte den Sender. Tanja sank auf einen Stuhl.

6

Der Kommissar stand mit dem Rücken zur Wand. Er hielt die Pistole in beiden Händen, vor dem Gesicht erhoben. Noch einmal sprach er in ein Funkgerät, das er aus seiner schwarzen Lederjacke zog, dann entsicherte er. Sein Mund wirkte entschlossen, seine Augen waren hart. Er nickte seinen Männern kurz zu, dann warf er sich geschmeidig um die Ecke und verschwand mit fliegenden Jackenschößen. Man hörte eine Tür unter seinem Tritt krachen und eine Stimme, die rief: »Polizei!«

Dann erhob sich seine Silhouette vor dem Tageslicht, das wie Trockeneisnebel in den Raum vor ihm flutete: Der Rächer war da.

Seine raschen Blicke fielen auf ein vergammeltes Zimmer, entdeckten alte Matratzen auf dem Boden, Bierdosen, ein Drogenbesteck. Blitzschnell hatte er alles registriert, ehe die dumpfen Gestalten sich rühren konnten, die dort kauerten, in weiten Hosen, verkehrt aufgesetzten Kappen, Baseballhemden.

Sie fluchten in schlechtem Deutsch, setzten zu Beschwerden

an. Einer attackierte den Kommissar, doch der reagierte blitzschnell. Seine Hand schnellte vor und schlug mit einem einzigen, wohldosierten Karatehieb den erhobenen Arm beiseite, der mit der abgebrochenen Bierflasche gedroht hatte. Jaulend zog der Angreifer sich zurück.

»Ich denke, die haben aus Dosen getrunken«, flüsterte Jonas, wurde aber durch empörtes Zischen zum Schweigen gebracht.

Eine Stimme aus dem Off nannte die Namen der Verhafteten und berichtete von den Vergehen, die ihnen zur Last gelegt wurden. Der Kommissar schaute sich noch einmal um in dem Bau, den er ausgenommen hatte; er nickte zufrieden. Dann entdeckte er einen CD-Player und stellte ihn mit einem Fingerschnippen an, ehe er hinausging. Laute Musik ertönte, dazu lief der Abspann an.

»Wow!« Jonas rutschte tiefer auf seinem Stuhl, die Hände in die Haare vergraben. Mit großen Augen schaute er die beiden anderen an, halb bereit zu lachen, halb verunsichert.

Tanja wagte es nicht, den Blick von der Mattscheibe zu nehmen. »So machohaft habe ich Martin ja gar nicht gekannt«, sagte sie und fügte rasch hinzu: »Entschuldige, Joseph.« Sie hielt sich die Hand vor den Mund, um ein Kichern zu unterdrücken. Noch mochte sie nicht glauben, was sie da gesehen hatte: Martin, der liebe, häusliche Martin, in schwarzem Leder als Rächer der Enterbten.

»Jetzt weiß ich endlich, warum er sich Tante Jeannettes Jacke geliehen hat.«

Joseph schüttelte den Kopf; es dauerte eine Weile, bis er Worte fand. »Das hat er also gemacht«, brachte er schließlich hervor. »Fährt dahin und bewirbt sich und sagt kein Sterbenswort.« Langsam kam wieder Leben in ihn. Seine Stimme wurde lauter. »Und mit mir hat er das nicht eine Sekunde lang besprochen. Hat er denn geglaubt, mich geht das gar nichts an, wenn er so etwas …?« Er hob die Hände und rang mit der richtigen Bezeichnung, »so eine …«

»Sicher, es ist nicht Beckett«, gestand Tanja zu. Ihr Ton war begütigend.

»Aber es läuft zur besten Sendezeit«, sekundierte Jonas ihr.

Joseph stöhnte und vergrub sein Gesicht in den Händen. Tanja strich ihm über das Haar. »Vielleicht wissen an der Universität nicht alle, daß ihr zusammen wart.«

»Ach was.« Jonas' gute Laune war nicht zu bremsen. »Deine Studenten finden das sicher super.«

Von Joseph kam ein erstickter Laut.

»Er hätte aber wirklich einen Ton sagen können«, meinte Tanja, um ihn zu trösten. Da klingelte das Handy erneut. Sie sahen Martins Nummer. »Willst du rangehen?« fragte sie.

Joseph schüttelte nur den Kopf.

Da klackte das Türschloß. Jeannette kam herein. »Was ist denn hier los?« fragte sie, als sie die drei entgeisterten Gesichter sah. Der Fernseher lief ohne Ton, und das Handy in Tanjas Hand klingelte gerade ein letztes, verzagtes Mal und hinterließ eine tief frustrierte Stille.

Es war Tanja, die schließlich antwortete. »Das ist in einem Satz schwer zu erklären.« Dann entsann sie sich ihres Altersvorsprungs und ihrer mütterlichen Qualitäten. »Wo warst du?« hielt sie streng dagegen und musterte ihre jüngere Schwester, die schlaff vor ihr stand, den Katzenkorb in der Hand, als würde er sie gleich zu Boden ziehen, das blonde Haar verstaubt und strubbelig, die Jeans am Knie zerfetzt und das schwarze T-Shirt grau von Schmutz. »Ich weiß ja, daß du leger gekleidet zum Dienst gehst ...«, setzte sie an.

Jeannette winkte ab. »Ich hab euch hängen lassen, ich weiß.« Sie stellte den Katzenkorb vorsichtig ab, ließ Romeo frei, der sich ohne Umschauen auf den Weg zu seinem Napf machte, und sank auf einen Stuhl.

Jonas stand auf, um sich zu verdrücken. Eigentlich mochte er seine Tante sehr. Aber seit sie vor einiger Zeit versehentlich bei einem Internetflirt aneinandergeraten waren, ohne von der

Identität des jeweils anderen zu wissen und sich prompt verabredet hatten zu etwas, das ihm immer noch ansatzlos die heiße Röte in die Ohren trieb, fühlte er sich in ihrer Gegenwart nicht mehr recht wohl. Inzest, dachte er, mit einem Blick auf ihre violetten Mandelaugen. Und wollte gehen. Seine Mutter drückte ihn zurück auf den Stuhl.

»Das hast du allerdings«, stellte sie klar. »Wir haben hier geschuftet, Jonas, Joseph und ...« Sie wies der Reihe nach auf die Männer, doch als ihr Blick auf Joseph fiel, konnte sie nicht anders: Sie prustete wieder los.

Verwundert schaute Jeannette auf. Tanja wedelte mit der Hand. Es dauerte eine Weile, bis sie zu Atem kam und die ganze Geschichte erzählen konnte. Daß Martin gar nicht in den Urlaub, sondern stillschweigend zu einem Casting nach München gefahren war, um der Hauptdarsteller einer Fernsehserie zu werden. Daß eben die erste Folge gelaufen war und daß ihre Lederjacke jetzt offiziellen Kultstatus hatte.

Der Hochglanzprospekt, dachte Jeannette. Er hatte es also getan. Und kurz schoß ihr der Gedanke durch den Kopf, was Zametzer dazu sagen würde.

Tanja beendete ihre Geschichte, fast platzend vor Vergnügen, flankiert von zwei steif schweigenden Männern. Eine Weile herrschte Stille.

Schließlich räusperte sich Joseph schwer und überwand seine Erstarrung. »Und was hast du für eine Entschuldigung?« fragte er.

7

»Ja, wo warst du bloß?« wollte Tanja wissen. »Wir haben uns hier die Finger wund geschuftet ...« Sie verstummte, als ihr bewußt wurde, daß sie alle miteinander vor dem Fernseher hockten.

Jeannette neigte sich vor, griff nach der Fernbedienung und

stellte den Ton wieder an. »Ich war da«, sagte sie und wies mit dem schwarzen Kästchen auf den Bildschirm, wo gerade die Nachrichten liefen. Turbulente Szenen aus der Nürnberger Innenstadt wurden gezeigt, abgesperrte Straßen, blockierte Gleise, überfüllte Bahnhöfe, flüchtende Menschen, ein Verkehrschaos ungeahnten Ausmaßes.

»Das ist ja das Kaufhaus«, sagte Jonas, als der Fokus auf das Versandhaus gerichtet wurde, dann schwiegen sie, um den Erläuterungen des Sprechers zu lauschen. Joseph schüttelte den Kopf. »Die haben auf der Autobahn gestanden bis Bamberg«, stellte er fest.

»Hoffentlich komme ich nachher überhaupt nach Hause«, meinte Tanja, die in der Nähe von Erlangen wohnte.

Jeannette winkte ab. »Es hat sich aufgelöst, denke ich. Das war schon vor drei Stunden.«

»Und wieso kommst du jetzt erst?«

Jeannette rieb sich mit den Händen übers Gesicht und griff nach der Teetasse, die Joseph an sie weiterreichte. »Sie dachten, ich hätte die Bombe gelegt.«

»Aber sie sagten doch, es wäre nur eine Attrappe gewesen?« fragte Jonas erstaunt.

»Du?« platzte Tanja zur selben Zeit heraus.

Jeannette schilderte ihr Abenteuer und die anschließende Befragung durch die Polizisten. Als sie ihnen ihre Dienstmarke gezeigt hatte, waren sie ein wenig freundlicher geworden. Aber nicht sehr, dazu war die Atmosphäre einfach zu aufgeheizt gewesen und der allgemeine Ärger zu groß. Man hätte liebend gerne die Richtige verhaftet und nahm ihr eher übel, daß sie offenbar nur zufällig in die Sache hineingeraten war. Erst ihr Chef konnte sie dort rausholen und eine Anzeige wegen Widerstands gegen die Staatsgewalt und groben Unfugs verhindern. Jeannette hatte ihm dabei kaum in die Augen sehen können.

»Sie hätten es wirklich besser wissen müssen.« Das hatte der

Diensthabende ihr mit auf den Weg gegeben, als er die Pforten in die Freiheit für sie öffnete. Er hatte geklungen wie ihre Mutter.

Tanja schüttelte noch immer den Kopf und langte hinunter, um Romeo zu kraulen. Ausnahmsweise war sie auf der Seite ihrer Schwester. Sie hätte für die Wüstenrennmäuse ihres jüngeren Sohnes dasselbe getan. »Aber wer macht denn so was?« fragte sie schließlich. »Bombenattrappen verteilen.«

Jeannette zuckte müde mit den Schultern. Romeo kam maunzend an, sprang ihr auf den Schoß und stupste ihr seinen narbigen Gladiatorenschädel ins Gesicht, ehe er sich zärtlich trampelnd auf ihr niederließ. »Irgendein Spaßvogel, was weiß ich.« Sie legte dem Kater die Hand auf den Kopf und ließ zu, daß er genußvoll darauf herumkaute. »Leider gibt's jetzt kein Bier«, meinte sie zu Joseph.

Der antwortete nicht; er verfolgte das Geschehen auf dem Bildschirm. »Da«, sagte er und wies auf die Großaufnahme einer Villa in Fürth. Der Sprecher erläuterte, dies sei der Wohnsitz des Fontäne-Besitzers, vor dem es vorige Woche einen Volksauflauf gegeben hatte, weil Schilder dort einen Flohmarktverkauf aus Firmenbeständen angekündigt hätten. Wacklige Bilder einer Amateurkamera zeigten Menschen, die sich zu Sprechchören zusammengefunden hatten und sogar versuchten, über die hohe Mauer zu klettern, die das Grundstück umgab. Der Sprecher sagte, die Polizei hätte die Schnäppchenjäger zurückdrängen müssen, die lange nicht davon zu überzeugen gewesen seien, daß sie einem dummen Jux aufgesessen waren. In der Villa blieb es stumm, hinter keinem der Fenster regte sich was, nicht einmal, als Steine gegen sie zu fliegen begannen.

»Glaubst du, es gibt einen Zusammenhang zwischen den Vorfällen?« fragte Joseph. Der Sprecher diskutierte diese Möglichkeit ebenfalls gerade. »Ich habe gelesen, der Firma gehe es nicht gut. Sie sollen eine Menge Leute entlassen haben.«

»Stimmt«, meinte Tanja, »das stand groß im Stadtanzeiger. Sie haben ihre Immobilien in der Stadt verkauft, um die Finanzlöcher zu stopfen oder so.« Mit einer Handbewegung deutete sie an, daß sie von diesen Dingen nicht allzu viel verstand.

»Keine Ahnung«, meinte Jeannette. »Freunde von Regine arbeiten da. Sie hatten sich mal umhören wollen wegen eines Jobs für sie. Aber ich weiß nicht, ob etwas daraus geworden ist, unter den Umständen.«

Alle schwiegen.

»Na ja«, nahm Joseph den Faden auf. »Bei der AEG haben sie kürzlich Warnstreiks gemacht und gegen den Stellenabbau demonstriert; das war gleich gegenüber vom Fontäne.« Jeannette nickte; die Spruchbänder hingen noch immer von den Firmentoren herab, sie hatte sie im Vorbeifahren gesehen.

»Die Arbeitslosigkeit nimmt langsam bedenkliche Ausmaße an«, sinnierte Tanja. »Stellenabbau hier, Streichung da, man fühlt sich richtig bedroht, auch wenn man gar nicht selbst betroffen ist, sondern es nur in der Zeitung liest.« Sie schüttelte sich, dann schaute sie auf. »Wie muß es erst den Mitarbeitern dieser Firmen gehen. Vielleicht hat jemand die Panik bekommen. Oder die Wut.«

»Ich hätte dann allerdings eine echte Bombe gelegt«, gab Jeannette zu bedenken. »Nicht einen Schachtelkasper.«

»Ein Kasper war's?« Tanja lachte. »Das haben sie in den Nachrichten gar nicht erwähnt.«

»Sie halten immer ein paar Details zurück«, erklärte Jeannette. »Das hilft später bei den Verhören. Nur der wirklich Schuldige kann sie wissen. So siebt man Trittbrettfahrer und Spinner aus, die sich selbst bezichtigen.«

»Vielleicht«, mutmaßte Jonas, »wollten sie nur nicht, daß die Leute sich noch mehr ärgern. Man steht ja gerne im Stau oder verpaßt seinen Anschlußzug für eine Bombe. Aber für einen Schachtelkasper …«

»Mußt du da jetzt ran?« fragte Joseph Jeannette.

Sie verneinte. »Ich behandle Mordfälle, falls du dich erinnerst. Und zu Tode gekommen ist ja keiner.« Sie betrachtete die Bilder von der Fontäne-Villa, die noch immer über den Bildschirm flimmerten, und wies mit dem Kinn darauf. »Außerdem ist das da Fürth, ein anderer Kontinent. Polizeitechnisch gesehen, meine ich.«

Jonas lachte. »F-Ü« meinte er und zeichnete die Umrisse der Buchstaben mit dem Finger in die Luft. »Fahrer übt.«

Joseph gab ihm einen kameradschaftlichen Nasenstüber. »Ich komme aus Fürth«, sagte er, »also Vorsicht.«

8

Jeannette und Zametzer saßen an ihren Schreibtischen und ignorierten einander. Sie tippte an ihrem Bericht, er blätterte in einer Zeitschrift und warf ihr hin und wieder einen raschen Seitenblick zu. Schließlich schien er etwas gefunden zu haben. »Ha«, verkündete er, so laut, daß selbst die Kollegen auf den entfernteren Plätzen noch die Köpfe hoben. Energisch griff er zur Schere und schnitt etwas aus. Dann ging er zum Schwarzen Brett und heftete es daran. Einige Neugierige fanden sich ein, das Bild zu betrachten. Es stammte aus einem Fernsehprogramm und zeigte Martin Knauer in voller Aktion, darüber die Überschrift »Für Recht und Gerechtigkeit« und darunter die Bildzeile: »Ein Kommissar gibt Vollgas.«

Jochen Böhme von der Spurensicherung las leise murmelnd den Text: »Ein neues Format, ein neues Gesicht. Bei der Verbrecher- und Quotenjagd zur Primetime schlägt derzeit ein echter Kommissar alle Rekorde. Martin Knauer heißt der neue Held, der den Zuschauern Einblick in seine Arbeit gibt – und einen heißen Schuß Adrenalin dazu. Selten war die Polizei so sexy. Unbedingt anschauen.«

Zametzer ließ keinen über seine Ansichten im unklaren. »Wie man sich so zum Affen machen kann«, höhnte er.

Jeannette hob den Kopf. »Haben Sie bei Ihrer Scheidung neulich besser ausgesehen?« fragte sie. Die Schaulustigen erstarrten und verzogen sich hinter ihre Schreibtische. Es war wieder still, so still, daß sie beinahe erschraken, als Paumgartners Sekretärin die Tür öffnete. »Zametzer, Dürer, der Chef will Sie sehen«, verkündete sie.

Die beiden Angesprochenen warfen einander einen düsteren Blick zu und begaben sich in gehörigem Abstand voneinander zur Tür. Im Kopf legten sie sich bereits die Vorwürfe und Rechtfertigungen zurecht, die sie vorbringen wollten, falls ihr Chef sie wieder einmal wegen ihres schlechten Einflusses auf das Arbeitsklima rügen wollte.

Doch der hatte, wie sich herausstellte, ein anderes Anliegen. Seine knapp zwei Meter hinter dem Schreibtisch verschanzt, die Knie an die Tischplatte gepreßt, schaute er ihnen stumm entgegen.

»Ich ...«, begannen Jeannette und Zametzer gleichzeitig. Doch Paumgartner winkte ab, nahm seine Lesebrille aus der Brusttasche seines weißen Hemdes und setzte sie auf, besann sich, nahm sie gleich wieder ab, klappte sie zusammen und steckte sie weg.

Schuldbewußt betrachtete Jeannette die Geste. Sie wußte, Paumgartner war verlegen. Menschliche Konflikte brachten ihn jedesmal in große Verlegenheit, diesen bürstenschnittgekrönten Baum von einem Mann. Und sie bedauerte aufrichtig, ihm immer wieder so reichlich davon bescheren zu müssen.

»Wir haben eine Leiche.«

Jeannette und Zametzer atmeten auf, Leichen waren etwas Greifbares, ihr täglich Brot, und unter diesen Umständen das Beste, was ihnen zustoßen konnte. Langsam fand auch ihr Vorgesetzter ins Fahrwasser seiner Professionalität zurück. Er erläuterte ihnen, daß ein Mann in seinem Büro gefunden worden war, erschlagen, wie es aussah. Er war am Abend nicht nach Hause gekommen; die Sekretärin hatte ihn am nächsten Morgen neben seinem Schreibtisch gefunden.

»Bei Fontäne?« fragte Jeannette, peinlich berührt bei der Erinnerung an ihren gestrigen Ausflug. Sie hätte den Namen gerne nicht so schnell wieder gehört.

Zametzer trat an den Stadtplan, der an eine Wand von Paumgartners Büro gepinnt war. Er fuhr mit dem Finger über die Straßen. »In der Hauptverwaltung?« Er runzelte die Stirn und suchte. »Aber das ist in Fürth«, stellte er fest, als er fündig geworden war. Vorwurfsvoll wandte er sich um. Seine Miene sagte ganz klar: Warum sollten wir uns mit deren Problemen herumschlagen?

»Hat er in Nürnberg gewohnt?« wollte Jeannette wissen.

Paumgartner schüttelte den Kopf. »Nein, hat er nicht.« Er hob die Hand, um einem Protest Zametzers zuvorzukommen. »Nehmen Sie doch erst mal Platz.« Als die beiden saßen, führte er aus, daß es in letzter Zeit eine Reihe von Anschlägen gegen das Unternehmen Fontäne gegeben habe. »Haben Sie davon gehört?«

Jeannette nickte und errötete. Paumgartner lächelte ihr nervös zu. »Dem Kater geht es gut?« fragte er zerstreut. Jeannette nickte wieder.

»Gut, gut«, brummelte ihr Chef.

Zametzer, der kein Wort verstand, schaute gereizt von einem zum anderen.

»Einige davon«, fuhr Paumgartner fort, »haben in unserer Stadt stattgefunden. Wie Sie ja wissen.«

»Ja, aber«, wandte Zametzer sofort ein. »Aber doch kein Mord, oder?« Er machte eine abfällige Handbewegung. »Diese Bombendrohung da, das war doch eine ganz andere Größenordnung, ein Dumme-Jungen-Streich, Kinderkram. Wieso sollte das …«

Paumgartner ließ ihn nicht ausreden. »Es hat noch andere Vorfälle gegeben«, unterbrach er ihn streng. »Und bei weitem nicht alles ist Kinderkram. Vor allem dann nicht, wenn es einen Zusammenhang zwischen alldem gibt. Ein Toter ist kein Kinderkram, Zametzer.«

Der Angesprochene senkte den Kopf und schwieg.

»Hier«, meinte Paumgartner und reichte ihnen einen Notizzettel mit einer Adresse. »Das ist der jüngste Vorfall. In Nürnberg. Am besten machen Sie beide sich zunächst selbst ein Bild, und dann sprechen wir uns wieder.«

Jeannette krampfte die Hände um das Steuer, als Zametzer die Beifahrertür öffnete. Alles in ihr sträubte sich gegen seine Gegenwart. Martin hätte jetzt von Rechts wegen neben ihr sitzen sollen. Aber der hüpfte ja lieber durch irgendwelche Münchner Filmstudios und gab die sexy Verkörperung von Gerechtigkeit und Erfolg. Doch, doch, sie konnte Josephs Ärger verstehen. Auch sie selbst empfand Martins Verhalten als Treulosigkeit. Er hatte sie im Stich gelassen, ohne jede Vorwarnung, hatte ihr gemeinsames Leben einfach so aufgekündigt. Das war Fahnenflucht, es war eine Beleidigung. Und es war die Hölle. Das Auto senkte sich merklich, als Zametzer sich auf den Sitz plumpsen ließ.

»Wonach riecht es hier?« fragte er und rümpfte die Nase.

»Nach läufigem Kater«, gab Jeannette zurück, »das müßte Ihnen doch bekannt vorkommen.« Sie fuhr so ruckartig an, daß er, der noch nicht angeschnallt war, nach vorne geschleudert wurde und sich mit der Hand auf der Ablage abstützen mußte. Rasch warf sie einen Blick hoch zu Paumgartners Fenster. Täuschte sie sich, oder hatte die Gardine sich eben bewegt. Schuldbewußt biß sie sich auf die Lippen.

»He«, protestierte Zametzer, dann setzte er sich zurecht und musterte sie grinsend von der Seite, während er sich mit ausladenden Bewegungen zurechtsetzte. »Sie werden es mir nie verzeihen, daß ich was mit Ihrer Freundin Regine hatte«, fragte er, »wie?«

Jeannettes Gewissensbisse vergingen. Sie schaltete, ohne Rücksicht auf das Getriebe. »Nicht, daß Sie dabei verheiratet waren, ohne es ihr zu sagen.«

Er betrachtete eine Weile stumm die vorbeigleitende Stadt. »Jetzt bin ich ja wieder frei«, meinte er schließlich. »Vielleicht sollte ich mich bei ihr melden, was meinen Sie? Allerdings ...«

»Sie sitzt im Rollstuhl, ja«, sagte Jeannette und nahm eine Kurve im Rallyestil. »Und falls Sie dazu irgendeine Bemerkung machen, auch nur die allerkleinste, werde ich dafür sorgen, daß Sie ebenfalls in einem landen, das schwöre ich.« Die Ampel vor ihnen schaltete auf Rot. Jeannette gab Gas, Zametzer langte nach dem Haltegriff über der Tür.

Die Stille dauerte einige Querstraßen an. Als sie sich ihrem Ziel näherten, zog Zametzer den Notizzettel heraus. »Hausnummer 47«, las er vor, »eine Druckerei.« Er schüttelte den Kopf. »Ich frage mich, warum die Fürther sich nicht selber um ihren Kram kümmern.«

»Weil das eine Nürnberger Adresse ist?« versuchte Jeannette es, aber sie bekam keine Antwort.

»Vermutlich«, sponn Zametzer seinen Faden weiter, »sind die heilfroh, daß wir ihnen helfen. Fürth«, er grunzte, dann lachte er. »Kennen Sie den?« fragte er und sprach sofort weiter: »Was kriegt ein Fürther, wenn er zehn Jahre unfallfrei fährt?« Er wartete einen Moment und gab sich dann genüßlich selbst die Antwort: »Ein Nürnberger Nummernschild.« Mit quietschenden Reifen bog Jeannette in die Hofeinfahrt des Unternehmens.

»Ein Fürther, ein Nürnberger und ein Neger«, redete Zametzer weiter, als sie über den Parkplatz zum Eingang gingen, wobei er Mühe hatte, Jeannettes schnellem Schritt zu folgen, »sitzen auf dem Flur der Entbindungsstation. Da kommt die Schwester und sagt: Leider haben wir die Babies vertauscht.

Vielleicht kommen Sie mal mit und schauen, ob Sie Ihr Kind erkennen können.«

»Kriminalpolizei«, blaffte Jeannette genervt durch die runde Öffnung in der Glaskabine und zeigte dem Pförtner ihre Dienstmarke. »Wir werden von Herrn Schrüfer erwartet.«

»Der Nürnberger guckt sich die drei Bälger an und zeigt schließlich auf das schwarze«, fuhr Zametzer über ihre Schulter fort. »Die Schwester schaut ihn an und fragt: Sind Sie sicher? Da zuckt er mit den Schultern und sagt …« Er machte eine erwartungsfrohe Pause. Jeannette verzog das Gesicht.

Der alte Pförtner allerdings zeigte seine Zahnlücken in einem erfreuten Gackern. »Bevor ich das von dem Fürther krieg«, krähte er. »Ha, den kenn ich. Der iss gud.«

Zametzer grinste und zwinkerte ihm zu.

Jeannette ließ die beiden, weiter Witze austauschend, vorangehen, bis sie Schrüfers Büro erreicht hatten. Genauer gesagt war es ein Schreibtisch in einem großen Arbeitsraum, der eher wie ein Atelier aussah. Licht flutete durch eine lange Reihe großer Fenster. Computer und Drucker summten auf großen Tischen neben Zeichenbrettern, und vor den Bildschirmen saßen Graphiker bei der Arbeit. Ein blonder junger Mann mit schmalem Gesicht schaute kurz zu ihnen auf, ehe er sich wieder konzentriert seinem Tun widmete. Die anderen ignorierten sie. Dann ging die gegenüberliegende Tür auf.

»Herr Schrüfer?« Jeannette schüttelte einem Mann die Hand, der mit seiner großen, weichen Figur und dem Bierbauch ganz wie ein Teddybär aussah. Er trug Jeans und Pullover und hatte seine dunklen, ein wenig ungepflegten Locken im Nacken zu einem Pferdeschwanz zusammengefaßt, der seinen Status als kreativ Arbeitender andeutete. Durch runde, viel zu kleine und verklebte Brillengläser blinzelte er sie an.

»Die Bollizei?« sagte er. »Na, dann kummers amol mid.«

Er führte sie zu dem Computer, vor dem der schmale Blonde saß und sofort die Finger von den Tasten nahm. Schrüfer winkte ihn beiseite und nahm selbst mit Schwung in dem ächzenden Drehstuhl Platz. Sofort war von seiner trägen Massigkeit nichts mehr zu bemerken. Mit der Geschicklichkeit eines Kartenkünstlers schob er eine CD in das Laufwerk und begann dann mit unglaublicher Geschwindigkeit, die Menüs auf dem Bildschirm sich abwechseln zu lassen. Fenster poppten auf und schlossen sich, Verzeichnisse rauschten vorbei, während seine Wurstfinger emsig vor sich hin klackerten. »Dou«, meinte er, als eine neue Seite sich öffnete.

Jeannette und Zametzer neigten sich vor. Eine Katalogdoppelseite erstand vor ihren Augen, Bild um Bild sprang zögernd auf, Farbe um Farbe kam hinzu. Da waren ein großer Schriftzug, ein blondes Modell, ein Minirock auf einer Gänseblümchenwiese, Preisschilder, Ausrufezeichen. Stück für Stück, Feld um Feld, wuchs alles vor ihren Augen zusammen.

»Des«, erklärte Schrüfer nicht ohne eine gewisse Feierlichkeit, »iss die Aufdagdseidn vom neier Gaddaloch.«

»Auftaktseite?« fragte Jeannette, die einen Moment brauchte, ehe sie ihn verstand.

»Die erschde Seidn im Gaddaloch«, beantwortete Schrüfer ihre Frage. »Bragdisch die Fisiddnkaddn vo all dem, wos nu kummd.«

Er schaute sie so ernst an, daß sie sich beinahe schämte, die erste Seite in Katalogen bislang eigentlich immer überblättert zu haben.

»Die iss ganz wichdich«, fuhr Schrüfer fort. »Der Kunde grichd änn allererschden Eindrugg, lernd unser Philosophie kenner. Dou denners in der Werbeabdeilung oft wochenlang drüber brühdn. Die Entscheidunger falln ganz ohmn.« Er seufzte, als wäre dies ein trauriger Umstand. »Und dann machds am End manchmol doch ä sünddeire Agentur aus Hamburch.«

»Ganz wichtig, verstehe«, meinte Zametzer gönnerhaft. Man hörte ihm an, daß er es gewohnt war, wegen Wichtigerem gerufen zu werden als den Gewissensqualen von Werbeabteilungen, die sich mit der Formulierung einer Firmenphilosophie herumschlugen. »Und was ist denn nun mit Ihrer Auftaktseite?«

»Sehng Sie des net?« gab Schrüfer verblüfft zurück. Einer seiner dicken Finger hob sich und stieß mit dem erstaunlich langen Fingernagel gegen das Glas des Bildschirms. »Dou.«

Jeannette neigte sich noch ein wenig weiter vor und überflog den Text. Spaß, Flexibilität, Kredit, jederzeit. Nichts davon war besonders skandalös. Ein Twinset gab es auch zu erwerben, reine Baumwolle, fuchsiafarben. Sie las mit stumm sich bewegenden Lippen. Dann mußte sie plötzlich kichern, gegen ihren Willen.

Schrüfer runzelte die Stirn und schaute sie prüfend an. »Die Aggdzion hädd heißn solln ›Freut-Euch-Preise‹«, klärte er sie auf. »Des woar Chefsachn, des hassd, der neier Chef hadds äsu angeordned. Der war ja a erschd seid drei Monad do. Mir hamm alles auf Hochdrugg nei gschdalldn müssn, weil er's umbedingd äsu hadd hamm wolln. Etz iss er a scho widder nausgflohng. Des gehd neierdings immer schneller.«

Jeannette und Zametzer hörten ihm kaum zu. Sie suchten noch immer, ihre Heiterkeit zu verbergen. Irgend jemand hatte das »Freut« durch ein gleichlanges Wort mit »F« ersetzt, das allerdings zu den unaussprechlichen gehörte. In fünfzehn Zentimeter hohen, fetten grünen Buchstaben stand es auf der Seite und glänzte unschuldig. Es wiederholte sich in einem farbigen Balken über jedem einzelnen Preis. Wenn man es erst einmal gesehen hatte, war man umgeben davon. Überall prangte es, tanzte es frech und verkündete …

»Fickt euch«, prustete Zametzer und schlug sich auf den Schenkel.

Sofort wurde Jeannette wieder ernst. »Und?« fragte sie steif.

»Und?« wiederholte Schrüfer verwundert. Mit aufgerissenen

Augen schaute er sie durch seine verschmierten kleinen Brillengläser an. »Und? Des wär beinah in Drugg ganger! Asu wors auf der freigegebner CD. Wenn ned der neier Chef noch ä Änderung hädd hamm wolln, wär die nimmer oglangt worn und die ganze Kaggng« – »Er meint: Scheiße«, flüsterte Zametzer Jeannette galant ins Ohr, die konzentriert dem fränkischen Sermon zu folgen versuchte – »wär äsu im Gaddaloch glandet. Kenner Sie sich des etz vuhrstelln?«

Zametzers anhaltendes Gekicher bezeugte, daß er es mit dem Vorstellen zumindest versuchte.

Schrüfer gab ihn auf und bemühte sich, zumindest Jeannette einen Eindruck vom Ernst der Lage zu geben. »Äsu kammer seine Kundn net ohredn«, erklärte er, während Jeannette sich krampfhaft nickend bemühte, sich seinen fränkischen Sound aus den Katalogtexten wegzudenken, die vor ihr lagen. Es fiel ihr zunehmend schwerer. Doch Schrüfer fuhr gnadenlos fort:

»Des sind überwiegnd Fraun um die Värrzich unn älder, das ist ä Grubbm, die wo geng suwwos noch bsonders allergisch is. Mir gelldn als familienfreundlich. Uns haben scho Rendner unn Pfarrer ohgschriehm, weil mir amol auf unseren Gsundheidsseidn Laddegskleidung angebodn hamm.«

»Wegen Latex?« Jeannette war erstaunt. »Aber Sie verkaufen dort doch auch Kondome.«

»Ja«, feixte Zametzer, »aber unter der Überschrift ›Familienplanung‹. Und die Vibratoren heißen Massagestäbe, und die Frauen auf den Bildern halten sie sich immer an die Schläfe.« Er ahmte die Haltung nach und machte dasselbe unsinnig verzückte Gesicht, das die Katalogmodelle immer zeigten. Schrüfer lächelte nachsichtig.

»Jetzt weiß ich wenigstens, was Sie so lesen«, sagte Jeannette und wandte sich wieder dem Graphiker zu.

Der bekam neuen Schwung. »Mir hamm anmol ä Klagedrohung grichd, weil mer gediddld haddn: ›Wer den nicht kauft, ist blöd.‹ Ä äldere Dame hadd sich desdweeeng beleidichd gfühld, verstengers?«

»Was ich begreife, ist, daß da jemand zu blöd war, die Media-Markt-Werbung anständig zu plagiieren«, meinte Jeannette. »Aber was hat das ...«

Schrüfer ließ sie nicht ausreden. »Wenn des wergglich druggd worn wär«, sagte er sehr ernst, »unn beinah wärs äsu kummer, dann häddmer ä ganze Gaddalochauflohng einstampfer derffm. Um des bei annera Auflohng vo mehrerer Millioner. Verstengers etzerd?«

Zametzer hörte auf herumzualbern. »Was hätte das gekostet?« fragte er gespannt, »die Auflage einzustampfen.«

Schrüfer nannte eine Summe. Beide pfiffen und schauten einander an, zum ersten Mal an diesem Tag.

»Ein teurer Spaß«, meinte Zametzer. Und Jeannette widersprach ihm nicht.

9

Zurück in Paumgartners Büro, gingen sie mit neuem Ernst an die Sache.

»Haben Sie sich ein Bild machen können?« fragte ihr Chef, und sie nickten. »Gut. Dann dürfte es Ihnen jetzt klar sein, daß da jemand ernstlich bemüht ist, dem Haus Fontäne zu schaden.« Er schaute von einem zum anderen. »Entsprechend besorgt sind die Fürther Kollegen. Und als dann heute morgen noch der Mord dazukam ...«

»Verzeihung, Chef«, unterbrach ihn Zametzer und hob die Hand, wie ein Schüler in der Schule. »Aber woher wollen wir wissen, daß da ein Zusammenhang besteht?«

Paumgartner schaute ihn an, ohne zu blinzeln. »Wir wissen es nicht«, gestand er. »Aber es bestehen Befürchtungen. Ernsthafte Befürchtungen, die sich auch auf Aktienkurse auswirken könnten, wenn Sie verstehen. Außerdem«, er machte eine Kunstpause, »ist der Tote ein Manager. Er war neu eingesetzt in der Werbeabteilung des Hauses Fontäne.«

Der neue Chef, dachten Zametzer und Jeannette gleichzeitig, der, dank dessen Änderungswünschen die Manipulation der CD doch noch aufgefallen war.

»Und er hatte vor«, fuhr Paumgartner fort, »Ende dieser Woche eine Reihe von Kündigungen bekanntzumachen, quer durch die Abteilung. Die Werbung, wie man mir sagte, sollte verschlankt werden. Sie werden zugeben, daß dies ein bedenkenswerter Umstand ist.«

Jeannette überlegte. Es sah tatsächlich ganz danach aus. Jemand wollte der Firma schaden. Warum? Weil er von Kündigung bedroht war womöglich. Und es sprach einiges dafür, daß derjenige aus der Werbeabteilung kam. Dort hätte er auch am ehesten Zugang zu der manipulierten CD mit der Katalogseite gehabt. Und dort, überlegte sie, saß auch das Talent für so kreative Aktionen: eine Flohmarktankündigung, eine Bombendrohung. Es hatte etwas Plakatives, beinahe wie Werbung. Höchst negative Werbung allerdings.

»Na prima«, meinte Zametzer in ihre Überlegungen hinein. »Schauen wir uns seine Kündigungsliste an, dann haben wir unsere Verdächtigen.«

»Das geht leider nicht«, sagte Paumgartner. Jeannette schaute auf.

Ihr Chef nickte ihr zu. »Er hat sie geheimgehalten bis zur Verkündung. Laut Auskunft seiner Sekretärin befand sie sich auf seinem privaten Laptop.«

Fragend hob Zametzer die Augenbrauen.

»Und der ist seit dem Mord verschwunden.«

Jeannette holte tief Luft. »Und was«, fragte sie, »hat das alles mit uns zu tun?«

Zametzer hatte die Antwort sofort parat. »Ist doch klar, daß die drüben mit so was überfordert sind.« Er sagte »drüben« in einem Ton, als handelte es sich um die Zone.

Paumgartner betrachtete ihn und seufzte leise. »Die Angelegenheit betrifft beide Städte«, erklärte er. »Ganz offensichtlich arbeitet der Täter grenzübergreifend. Auch die Firma Fontäne ist ja in beiden Gemeinden beheimatet, zudem ein wichtiger Arbeitgeber hier wie dort. Wir können nicht einmal ausschließen«, fuhr er fort, als Jeannette das Gesicht verzog, »daß er das nächstemal hier bei uns zuschlägt.«

»Falls es ein nächstes Mal gibt«, warf Jeannette ein.

Das gestand Paumgartner ihr zu. »Wir wissen nicht, ob sich die Serie fortsetzen wird oder ob sie mit dem Gipfel abbricht«, gab er zu, »wir wissen, strenggenommen, noch nicht einmal, ob es tatsächlich eine Serie ist, wir wissen gar nichts. Das alles könnte sogar ein Haufen von dummen Zufällen sein. Auch wenn ich persönlich an Zufälle nicht glaube.« Er verschränkte seine langen Finger ineinander. »Aber das werden wir herausfinden.« Er schaute von einem zum anderen. »Mein Kollege in Fürth und ich haben daher beschlossen, eine Sonderkommission einzuberufen, die sich dieser Sache annehmen soll, besetzt mit Beamten aus beiden Städten.«

Zametzer setzte sich aufrechter hin. Sonderkommission, das klang nach Ruhm und Abenteuer, nun, zumindest nach Abwechslung von der üblichen Routine. Sonderkommission, das hatte seine Exfrau sicher nicht erwartet. Möglicherweise kam er damit sogar ins Fernsehen, wie dieser Idiot Knauer, aber mit einer richtigen Heldentat. Er sah sich im Geiste schon vor der Villa Fontäne stehen, an der Seite eines echten, ihm zu ewigem Dank verpflichteten Millionärs. Ha, seiner Sabine würde die Scheidung noch bitter leid tun.

»Gut«, sagte er entschlossen, »einer von uns geht also rüber.« Er hoffte, Entschlossenheit und Opferbereitschaft in der richtigen Dosierung darin anklingen zu lassen.

»Ja«, fuhr Paumgartner fort, »ich werde Frau Dürer nach Fürth abkommandieren.« Er schaute Zametzer intensiv an.

In dessen Gesicht wechselten unterschiedliche Gefühle

miteinander ab. »Warum ...?« brach es aus ihm heraus, aber er verstummte sofort wieder. Dann warf er Jeannette einen mißtrauischen Blick zu. Hatte sie etwas über seine Witze gepetzt? Nein, mußte er zugeben, sie konnte gar keine Zeit dafür gehabt haben. Rasch überlegte er, wie oft er im Büro Fürth-Witze erzählt haben mochte, und senkte schließlich den Kopf. Mit zusammengebissenen Zähnen hob er ihn wieder. »Tja, Kollegin, dann viel Spaß bei denen da drüben.« Er erhob sich aus seinem Stuhl. »Vermutlich sind Sie zu bedauern.«

Paumgartner entließ ihn wortlos. Dann wandte er sich an Jeannette. »Sie melden sich morgen früh bei einem Hauptkommissar«, er zog seine Notizen zu Rate, »Robert Metz. Kennen Sie sich aus in Fürth?«

Jeannette, noch ganz benommen von der neusten Entwicklung, schüttelte den Kopf. Paumgartner sah unglücklich drein.

»Ich weiß nur, daß sie die Juden aufgenommen haben, die im Mittelalter vor den Pogromen in Nürnberg geflohen sind«, bot sie ihr ganzes Wissen an.

Paumgartner blicke noch unglücklicher. »Na, das ist doch ein Anfang«, sagte er zweifelnd. »Ich bin froh, daß Sie der Sache so positiv gegenüberstehen.« Damit war das Gespräch beendet.

10

»Fürth also«, sagte Joseph und wuchtete das Regal an seinen Platz. Er begutachtete seine Arbeit und klopfte sich dann die Finger ab.

»Ja«, rief Jeannette aus der Küche, wo sie letzte Hand ans Abendessen legte. Dann kam sie herein. »Ich bin so froh, daß du mir noch mal hilfst. Ich hatte nicht bedacht, daß ja alle Regale und Ablagen in Griffhöhe sein müssen bei Rollstuhlfahrern.« Sie neigte den Kopf zur Seite und betrachtete das Ivar-Regal, das Joseph in der Mitte durchgesägt und so von Raumauf Hüfthöhe gebracht hatte. Es sah ein wenig schräg aus, aber sie sagte nichts.

»Du bist also fest entschlossen ...«, begann Joseph, wurde aber von Jeannette brüsk unterbrochen.

»Sie hat vorher hier gewohnt. Sie wird weiter hier wohnen.« Mehr gab es dazu nicht zu sagen.

Er folgte ihr in die Küche, wo ein Topf Spaghetti bereits auf dem Tisch dampfte.

»Das ist Bolognese-Soße, das hier Sahne-Thunfisch«, erklärte Jeannette mit einer Handbewegung. »Bedien dich!« Sie hielt eine Flasche Rotwein hoch und schenkte ihm auf sein Nicken hin ein. »Auf Fürth«, sagte sie und prostete ihm zu.

Dankbar nahm Joseph das Gesprächsthema auf. »Was willst du denn wissen?« fragte er. »Vor dir steht der Experte. Ich habe im Studium sogar historische Stadtführungen geleitet. Ich weiß alles.«

»Ich glaube nicht, daß ich so tief einsteigen muß«, meinte Jeannette und tat sich Nudeln auf. Der Tod eines Firmenmanagers hatte wohl kaum etwas mit der Fürther Historie zu tun, weder mit jüdischer Emanzipation noch mit Industrialisierung. Was wollte sie denn wissen? Sie zog die Nase kraus und dachte nach. »Mein Onkel hat immer Zupferstadt dazu gesagt«, meinte sie schließlich.

Joseph verzog das Gesicht. »Das kommt von den amerikanischen Soldaten«, sagte er.

Jeannette schaute ratlos drein.

»GIs?« sagte Joseph. Sie nickte. »Schwarze GIs?« fuhr er fort. Sie nickte wieder. Er erhob die Hand zu einer pflückenden Geste. »Baumwollplantagen mit schwarzen Sklaven?« Jetzt zog auch Jeannette eine Grimasse.

»Na, dann wäre das ja geklärt.« Joseph hieb ordentlich ein. »Fürth ist eine ehemalige Arbeiterstadt, die sich aber prächtig entwickelt hat, du wirst es sehen. Kein Funken Intellektualismus, obwohl da inzwischen viele Studenten wohnen, denen

Nürnberg zu teuer ist. Aber es hat Flair. Am besten nehme ich dich mal mit zum Graffl-Markt. Der wird dir gefallen.« Er nahm einen Schluck. »Ich gehe da immer auf die Pirsch nach alten Schallplatten.« Er nickte befriedigt. »Und dann ins Jüdische Museum. Fürth war mal ein Zentrum jüdischer Kultur, du wirst sehen. Es war der zweitgrößte jüdische Druckort, nach Amsterdam. Sogar eine Talmudhochschule gab es, die europaweit von Bedeutung war. Bis der bayerische Staat sie als Ort des Aberglaubens schließen ließ.« Er zog ein finsteres Gesicht, seiner eigenen Erfahrungen mit dem bayerischen Bildungsministerium gedenkend. »Aber eine Weile ging von hier echter Geist aus«, schloß er schließlich.

»Du hängst sehr an Fürth, hm?« fragte Jeannette und griff nach dem Salat.

Joseph lachte. »Eine Stadt, deren Fußballverein ›Greuther‹ heißt, der in seinem Fanshop Tee und Küchenkräuter mitverkauft, die muß man doch einfach mögen, oder?«

Jeannette zog fragend die Augenbrauen hoch.

Joseph lachte. »Die Teefirma aus Vestenbergsgreuth, wo ein Teil des Vereins herkommt, ist einer der Sponsoren«, erklärte er. »Meine Eltern wohnen am Laubenweg, gleich gegenüber dem Stadion. Wenn ich sie besuche, schickt meine Mutter mich manchmal rüber, Muskat oder Nelken kaufen, für den Sauerbraten. Und ich wühle dann zur Erinnerung in den Sammelbildchen mit meinen Lieblingsspielern, in die ich früher mein Taschengeld investierte. So was prägt, sage ich dir.« Er nahm einen ordentlichen Schluck. »Ich kaufe heute noch dort ein. Kräuter, meine ich.«

»Das Kind im Manne«, kommentierte Jeannette lächelnd.

»Im Ernst«, meinte Joseph, »für mich ist das Kindheit. Ich sehe heute noch die Innenstadt vor mir, die engen Straßen mit den hohen, altersgrauen, ein wenig vergammelten Sandsteinfassaden, höre die türkische Musik aus dem offenen Fenster im dritten Stock, wo jemand mit den Ellenbogen im Fenster lag und auf uns Einkäufer runterguckte. Die verblichenen Aufschriften – du mußt darauf achten, das LSR, das die alten Luftschutzräume anzeigt, sieht man noch ganz oft. Und was hat das für Abenteuer geatmet.« Er seufzte. »Dazu die Ladenschilder, die längst vergangene Kohlenhandlungen und Kurzwarenläden anpriesen, in dieser altmodischen Schrift. Die engen Lädchen der Änderungsschneider, Bäcker und Schuster, die Hinterhöfe. Was hab ich die Hinterhöfe geliebt! Ich hätte was drum gegeben, unser Eigenheim mit Garten dazu, wenn ich in so einem Hinterhof hätte leben dürfen, wie manche meiner Freunde, wo immer jemand zum Fußballspielen da war, man ewig auf abenteuerlicher Flucht war vor dem bösen Hausmeister, wo manchmal die coolen großen Jungs herumhingen, die schon Bierflaschen dabeihatten und sich eventuell zu einem Gespräch mit uns herabließen, welche Ehre. Und wo man hie und da in den Fenstern dickbäuchige Gestalten in Feinripp sah, die sich die Haare strubbelten und die Bäuche kratzten und aufstanden, um sich für die Nachtschicht fertigzumachen. Nachtschicht«, Joseph lauschte dem Wort nach. »Was hat mich das damals fasziniert.«

Jeannette grinste ihn an. »Da spricht der Akademiker, der keine Vorlesung vor zehn Uhr vormittags hält.« Sie schüttelte den Kopf. »Was für ein Sozialkitsch, Joseph.«

Der machte ein beleidigtes Gesicht. »Ich erzähle nur, wie ich es damals empfunden habe.« Er kaute. »Und letztlich gehe ich genau deshalb heute wieder dorthin.«

Jeannette schaute auf. »Du gehst nach Fürth?« fragte sie unsicher. Einen Moment lang glaubte sie, sich verhört zu haben, und überlegte rasend schnell. Sollte er Martin die Beziehung aufgekündigt haben? Hatte er eine andere Arbeitsstelle gefunden? Wollte Joseph ein neues Leben beginnen? Aber wie sollte das aussehen?

Er lächelte, als er ihr ratloses Gesicht sah, und tippte ihr auf die Nase. »Frau Kommissarin beim Kombinieren«, sagte er.

Jeannette wurde rot.

»Ich bin nur vorübergehend da, wie du auch«, meinte er beruhigend. »Für ein Projekt. Aber meines hat mit den Lebenden zu tun.« Dann führte er ihr aus, daß er angesprochen worden war, bei einer Veranstaltung für sozial gefährdete Jugendliche mitzuwirken. Sie sollten eingebunden werden in einen großen Kulturabend im Stadttheater, wo sie als Tänzer an einer Aufführung von Strawinskys »Feuervogel« mitwirken sollten, für die ein bekannter Dirigent gewonnen werden konnte.

»Du hast doch bestimmt ›Rhythm is it‹ im Kino gesehen«, meinte Joseph und fuhr, ihr Kopfschütteln ignorierend, gleich fort. »Ich hab's mir bestimmt zehnmal angeschaut. Und als dann das Angebot kam, war's wie ein Wink des Schicksals. Das Projekt in Fürth ist bewußt genauso konzipiert: ein berühmter Dirigent und sein Orchester, eine Choreographie, Training und Auftritt. Die Kids sollen sehen, daß sie etwas auf die Beine stellen können, daß sie keine Loser sind, sondern Teil sein können von etwas Schönem, etwas Großartigem, etwas, das die Menschen fasziniert.« Er zeigte die Größe der Sache mit weit ausholenden Gesten an, die vor allem den Umfang seiner Begeisterung markierten.

Jeannette war skeptisch. »Und du glaubst, sie werden sich tatsächlich mit der Musik anfreunden?«

Joseph nickte eifrig. »Sie sollen hinhören lernen. Auch das ist Teil dessen, was wir ihnen vermitteln wollen: Offenheit für das Andere, für Fremdes, die Fähigkeit, über den eigenen Tellerrand hinauszusehen, sich auf Erfahrungen einzulassen. Schönheit zu erkennen, wenn sie ihnen begegnet.«

Sein Gesicht glühte; Jeannette sah es mit einer gewissen Rührung und verschwieg, was ihr durch den Kopf ging: ihre eigenen Erfahrungen mit klassischer Musik, zuletzt in ihrem vorletzten Fall bei den Wagnerfestspielen in Bayreuth, wo sie im Publikum gesessen und im Geiste Einkaufslisten zusammengestellt hatte, ohne im geringsten von der Musik berührt zu werden. Sie war erst wieder aufmerksam geworden, als die Bühnenhydraulik eine brennende Leiche auf die Bühne gehoben hatte. Nicht, daß sie Joseph das wünschte.

»Na dann alles Gute«, sagte sie und hob ihr Glas. »Wenn's klappt, schick ich dir meinen Kollegen vorbei, Zametzer. Er könnte von so einem Projekt nur profitieren.

Joseph erwiderte die Geste. »Prost. Und ich bin ja nicht alleine«, sagte er. »Ein Kollege von mir, ein ehemaliger Balletttänzer, der eine Weile als Dozent bei den Theaterwissenschaftlern gearbeitet hat, wird den praktischen Teil übernehmen und die Choreographie unterrichten. Ich werde als Betreuer und Mittler dabeisein. Und du weißt, wie gern ich mit Kindern arbeite.«

Jeannette wußte es. Josephs ständige Bemühungen darum, selbst ein Kind zu adoptieren, waren vermutlich nicht unschuldig daran, daß Martin nach München und ins Filmgeschäft geflüchtete war. Sie war froh, daß er nun einen Weg gefunden hatte, seine väterlichen Gefühle auszuleben. Tatsächlich glühte Joseph förmlich vor Erwartung: »Wir werden eine Menge Spaß haben. Wenn wir beide unseren Fall gelöst haben, führe ich dich zu einem Fürther Spanier aus, der hat Tapas, da wirst du staunen.«

Sie tranken einander zu. Dabei mußte Jeannette an ihren Kollegen denken, den Fürther Kommissar, bei dem sie sich gleich morgen früh zu melden hatte. Irgendwie bezweifelte sie, daß das besonders spaßig werden würde.

11

»Jeannette Dürer, Kriminalkommissarin. Ich werde von Kommissar Metz erwartet.« Der Beamte am Empfang starrte sie an. »Der Nürnberger«, entfuhr es ihm. »Ich meine, die Nürnbergerin.«

Jeannette schüttelte ihren blonden Pferdeschwanz und ließ den Blick durch die Eingangshalle schweifen. Schließlich gab der Mann es auf, sie anzugaffen, und griff zum Telefonhörer. Ein weiterer Polizist steckte den Kopf herein und wurde mit einem Nicken bestätigt. Jeannette hatte das ungute Gefühl, daß nicht nur der Kommissar sie erwartet hatte. Der zweite Kopf verschwand wieder, ein dritter tauchte auf. Der Telefonhörer wurde aufgelegt.

»Der Metz«, sagte der Mann mit unglücklichem Gesicht, »ist wohl noch net da.«

»Wie bitte?« fragte Jeannette spitz, die an diesem Morgen extra früh aufgestanden war, die Nachwirkungen des mit Joseph gebecherten Rotweins tapfer ignoriert und sich mittels eines Stadtplans hierher durchgeschlagen hatte. »Aber wir haben einen Termin. Ich will seinen Vorgesetzten sprechen.«

Der andere schaute noch unglücklicher. »Er wohnt ja gleich um die Ecke«, meinte er. Es sollte beschwichtigend klingen. »Bestimmt kommt er gleich.«

In Jeannette kochte es. »Ich wohne nicht um die Ecke«, sagte sie hart, »und ich habe es trotzdem geschafft.« Sie neigte sich über den Empfangstresen. Wie wär's«, schlug sie zuckersüß vor, »wenn Sie ihn mal anrufen, um die Sache zu beschleunigen?«

Der Beamte verzog keine Miene, bemühte sich aber, den Blick in ihre violetten Mandelaugen zu vermeiden. »Sein Handy ist ausgestellt«, sagte er nur.

»Haben Sie es mal mit seinem Telefon versucht?« Jeannette ging langsam die Geduld aus. Wo war sie hier, in einem Entwicklungsland?

»Er hat kein Telefon. Er sagt immer, dann kann man ihn auch nicht stören.«

Ein paar Minuten später stand Jeannette wieder auf dem Gehsteig des vierspurigen, verkehrsumtosten Rings, an dem das

Revier lag. Kapellenstraße, dachte sie spöttisch mit einem Blick auf die Gewerbegebäude auf der anderen Seite. Da denkt man, man sei in einem lauschigen Eckchen. Und sie studierte die Skizze, die der Polizist ihr mitgegeben hatte. Wenige Augenblicke später aber befand sie sich tatsächlich in einem lauschigen Eck, mehr als lauschig sogar. Eine bucklige Straße, gesäumt von alten Häusern, war von der großen Verkehrsader abgebogen, und ehe sie sich versah, war sie mitten in der Altstadt. Sandstein- und Fachwerkfassaden umgaben sie, alterskrumm und ehrwürdig. Ihre Turnschuhe traten über Kopfsteinpflaster. Das gibt es nicht, dachte sie, als sie das Mauerwerk betrachtete, die Torbögen, die zu den Rückgebäuden führten, die kleinen Fenster und tiefgezogenen Dächer. Manche Front war mit blaugrauen Schindeln verblendet, die in einem vergangenen Jahrhundert das bäuerliche Fachwerk hatten verdecken sollen, um so mehr bürgerliches Flair zu erwecken. Langsam ging Jeannette die Hausnummern ab.

»Ein Durchgang, hat er gesagt«, murmelte sie und hielt ihren Zettel hoch. Die Adresse verkündete einen »Hof«, und tatsächlich mußte sie durch etwas wie ein größeres Hoftor treten. Nach wenigen Schritten stand sie auf nacktem Lehmboden, aus dem nur hier und da noch ein Kopfstein ragte. Zwischen zwei Gebäuden erhaschte sei einen Blick auf die sonnenbeschienene Ringstraße draußen, auf eine große Tankstelle und röhrenden Verkehr. Doch rings um sie herrschte leicht dämmrige dörfliche Stille. Hohe Ziegelrückgebäude in beklagenswertem Zustand, manche kaputten Fenster sorgsam mit Pappe ausgebessert, lösten sich ab mit liebevoll restaurierten Scheunen und Häuschen, das Fachwerk puppenhaft gepflegt und von kleinen italienischen Gärtchen umgeben. An einer Haustür prangte eine kleine Steinbüste. Jeannette trat näher: Es war Platon.

Amüsiert ging sie weiter und kam bald an das Ende der Sackgasse, ohne ihre Hausnummer gefunden zu haben. Ratlos und ein wenig geniert, in diesen intimen Ort einzudringen, drehte sie sich einmal um sich selbst und entdeckte schließlich, leicht zurückgesetzt, ein kleines, windschiefes, schieferummanteltes Häuschen von herzergreifender Schmalheit. Es konnte unmöglich mehr als ein winziges, schlauchartiges Zimmer pro Stockwerk beherbergen. Und es neigte sich fast beängstigend seinem Nachbargebäude zu. Verwundert verglich Jeannette noch einmal die Adresse, doch es stimmte. Robert Metz wohnte an diesem verwunschenen Ort.

Nicht ohne Neid trat sie auf die blau bemalte Haustür zu, die rechts und links von Töpfen flankiert war, aus denen Geißblatt und Glyzinie sich die Fassade hochwanden und die Fenster umrahmten. Sie wollte klingeln, doch es gab nur einen Türklopfer. Jeannette bediente ihn.

Erst geschah nichts, dann hörte sie von drinnen ein Poltern und Murren. Schließlich wurde die Tür aufgerissen, und ein nackter Mann, eingewickelt in einen Handtuch-Lendenschurz, stand vor ihr. Aus seinen hellbraunen Stoppelhaaren tropfte das Duschwasser so heftig, daß er die Augen zusammenkniff. Dennoch sah Jeannette, daß sie leuchtend türkisfarben waren. Sie bemerkte auch die muskulösen Schultern, den flachen, wohltrainierten Bauch und das kantige Gesicht, über dessen Knochen sich die frisch rasierte Haut spannte. Mit einem zweiten Handtuch durchwuschelte er sich die Haare, während der mißmutige Ausdruck in seinem Gesicht mehr und mehr schwand, je länger er seine unverhoffte Besucherin betrachtete. Seine schmalen Augen begannen zu leuchten, und ein Lächeln trat auf seine Lippen.

Jeannette sah, daß sie ihm gefiel. Und ihr blieb die Luft weg, als sie die Aura bemerkte, die von ihm ausging. An Selbstbewußtsein schien es ihm wahrlich nicht zu fehlen, diesem Robert Metz. Seine Haltung wurde provozierend lässig, und in sein Gesicht trat ein Ausdruck, der ihr das Blut in die Wangen schießen und sie nach Luft schnappen ließ. Wenn sie jetzt nichts unternahm, würde sie mit diesem Mann umgehend auf seiner Schlafcouch landen. Wolf, dachte sie, Seewolf. Tatsächlich, er erinnerte sie irgendwie an einen Seemann. Hart, männlich, abenteuerlich. Jeannette schüttelte den Kopf, um den Bann zu brechen. Sie hatte keine Erfahrung mit der christlichen Seefahrt.

»Kriminalkommissarin Jeannette Dürer«, wiederholte sie rasch ihr Sprüchlein von vorhin und hatte prompt die Genugtuung, den gefährlichen Schimmer aus seinen Augen verschwinden zu sehen.

»Die Nürnbergerin«, brummte er. »Moment.« Und ehe Jeannette etwas erwidern konnte, schlug er ihr die Tür vor der Nase zu.

Wieder holte sie tief Luft. Diesmal glaubte sie, vor Wut beinahe zu platzen. Was bildete der Kerl sich ein. Sie trat einen Schritt zurück und feuerte wilde Blicke auf die Fassade ab. Hätte sie einen Stein zur Hand gehabt, sie hätte ihm eines seiner Puppenfenster eingeworfen. Sie hier einfach so stehenzulassen. Eine alte Frau, auf ein Rollgestell gestützt, holperte im Schneckentempo an ihr vorbei und gaffte sie an. Jeannette hätte am liebsten geschrien.

Gerade als sie sich dazu entschloß, Robert Metz und Fürth ihrem Schicksal zu überlassen und einfach wieder in ihren Wagen zu steigen, öffnete sich die Tür erneut, und der Kommissar trat heraus. Er trug Jeans und ein T-Shirt, darüber ein lässiges dünnes Jackett, die nackten Füße steckten in Slippern. Aus seinen Haaren tropfte es noch immer. Er hielt sich nicht neben Jeannette auf, sondern ging mit großen Schritten auf den Hofausgang zu. »Wir frühstücken in der Gustavstraße«, brummte er.

Jeannette blieb stehen.

»Ist das eine dienstliche Anweisung?« fragte sie herb.

Er wandte sich zu ihr um.

»Ich darf Ihnen keine Anweisungen geben«, sagte er. »Wir arbeiten gleichberechtigt an dem Fall, das wissen Sie.«

Jeannette griente böse.

»Das wollte ich nur hören«, sagte sie und setzte sich in Bewegung. Trotzdem hatte sie Mühe, mit seinen langen Schritten mitzuhalten. Sie kamen an einem Haus vorbei, hinter dessen Sprossenfenstern ein Kung-Fu-Studio warb, und überlegte unwillkürlich, ob er wohl dort trainierte. Aber sie fragte ihn nicht. Robert Metz lotste sie über einen kleinen Marktplatz in eine Straße, ähnlich der ersten, nur daß hier überall Kneipen ihre Stühle auf den Gehsteigen stehen hatten. Bedienungen lösten gerade mit müden Bewegungen die Ketten darum, stellten Tische in die Sonne oder fegten den Bordstein. Robert Metz suchte ein Etablissement auf der Sonnenseite der Straße auf. Von drinnen grüßten durch die Scheibe verstaubte Yuccapalmen, ein dunkler Holztresen mit dünnen rosa Neonreklamen für Guinness und eine Tafel mit den Drinks der Happy Hour, so verwischt wie die Gesichter der Nachtschwärmer, die davon gekostet hatten.

Robert Metz wurde mit Vornamen begrüßt und erhielt ungefragt ein kräftiges Frühstück mit Müsli, Orangensaft und Rührei. Jeannette reichte der Bedienung die zugeklappte Karte zurück und bestellte dasselbe, allerdings mit Grüntee statt Kaffee.

Ein Dobermann kam und schnupperte an ihren Füßen. Seine Besitzerin, eine füllige Frau, wohl um die Vierzig, mit Leggings und großen Ohrringen, ignorierte sie und flirtete statt dessen unverhohlen mit Metz, der selbstgefällig lächelte und Jeannette einen Seitenblick zuwarf, um zu sehen, ob sie es bemerke.

Jeannette nahm verärgert einen großen Schluck von ihrem Tee und verbrannte sich den Mund. Die Stille zwischen ihnen hielt an.

»Okay«, raffte Jeannette sich schließlich auf. »Nehmen wir an, Sie hätten mich bereits gefragt, was eine Frau wie ich bei der Polizei treibt, und ich hätte Ihnen darauf eine entsprechende Antwort gegeben. Dann hätten wir die Präliminarien hinter uns und könnten anfangen.«

Er schaute sie einen langen Moment an. »Ihr Nürnberger seid so was von arrogant«, sagte er dann und schob sich eine große Portion Rührei in den Mund. Mit vollem Mund fuhr er fort: »Ich darf darauf hinweisen, daß wir die ersten waren, die Deutscher Meister wurden.«

Es dauerte eine Weile, bis Jeannette begriff, daß er von Fußball sprach. Dann schüttelte sie den Kopf. »Ja, und im Mittelalter hatte Fürth vor Nürnberg das Marktrecht und bekam es wieder abgenommen, damit Nürnberg sich besser entwickeln konnte, ich weiß.« Sie dankte im stillen Joseph für den Vortrag, den er ihr gestern abend nach dem fünften Glas doch noch gehalten hatte. »Und ich war vermutlich schon öfter im Uferpalast im Kino als Sie.«

Erstaunt schaute er sie an. Mit soviel Fachwissen hatte er offenbar nicht gerechnet. Oder mit solcher Vehemenz.

Sie seufzte. »Deshalb liegen Sie mit der Arroganz falsch. Nürnberger haben einen dicken Minderwertigkeitskomplex. Aber die Fürther schaffen es glatt, ihn zu übertreffen. Was ist los mit euch?« fragte sie herausfordernd. »Ich dachte, die Zeiten wären vorbei, als die Chefärzte am hiesigen Klinikum alles taten, um das Nürnberger Nummernschild nicht abgeben zu müssen.«

Er runzelte die Stirn. »Der, der mich als Kind behandelt hat, hat seine Frau gezwungen, ihr Zimmer im Schwesternwohnheim in Nürnberg zu behalten«, sagte er.

Jeannette versuchte es mit einem Lächeln. »Sie müssen ein fürchterliches Kind gewesen sein«, sagte sie neckend. »Dickköpfig und wild, stimmt's?«

»Und Sie«, gab er abwehrend zurück, »waren sicher auch nie der Engel, als der Sie sich mit ihren blonden Locken ausgegeben haben.« Er hob die Hand und strich sacht über eine Strähne, die der leichte Wind in seine Richtung wehte. Beide spürten sie, daß er zu weit gegangen war, und widmeten sich wieder ihrem Essen, ohne einander anzusehen.

»Gut«, sagte er schließlich, »gehen wir davon aus, daß Sie nichts gegen Fürther haben.«

»Ich habe nur was gegen Männer, die mir die Tür vor der Nase zuschlagen«, unterbrach ihn Jeannette.

Er grinste. »Und ich was gegen Frauen, die mir morgens mit der Tür ins Haus fallen.«

Vor Ärger verschluckte Jeannette sich an ihrem Tee. Was bildete der Kerl sich ein: Daß sie ihn seines Waschbrettbauches wegen aufgesucht hatte? Sie errötete heftig, dennoch wagte sie einen Gegenangriff: »Muß ich erst erklären, wie gut mir Ihre blauen Augen gefallen, damit Sie mich über die Einzelheiten im Fontäne-Fall aufklären?«

Sein Lachen gefiel ihr ganz und gar nicht, vor allem, weil es ihr eine Gänsehaut über den Rücken jagte. »Ist nicht polizeilich vorgeschrieben«, meinte er. »Trotzdem freue ich mich, es zu hören.«

Eine Weile musterte er sie schadenfroh, dann wurde er ernst. Er griff in die Innenseite seines Jacketts und zog einen Umschlag aus weißem Seidenpapier hervor, dem er eine Reihe von Fotos entnahm. Mit loser Geste verteilte er sie auf den freien Stellen des Tisches, zwischen Tellern mit Rührei-Resten und Orangensaft. Die Kellnerin, die kam, um abzuräumen, verzog angeekelt das Gesicht. Jeannette dagegen bestellte noch ein Stück Erdbeerkuchen und neigte sich über die Bilder.

Sie zeigten einen Schreibtisch, daneben die Gestalt eines Mannes, umgesunken zwischen Tisch und einem ledernen Drehstuhl. Im Fallen mußte er nach der nahen Wand gegriffen haben, denn dort hing ein Bild schief und gab der ganzen Szene etwas Verzerrtes. Es dauerte eine Weile, bis Jeannette sich an die schiefen Perspektiven gewöhnt hatte. Sie nahm das erste Bild und drehte es.

»Er hatte gestanden?« fragte sie.

Metz nickte.

»Der Schlag kam von hinten«, fuhr Jeannette fort, mehr zu sich selbst. »Und er hatte nicht damit gerechnet.«

»Wie kommen Sie darauf?« fragte Metz neugierig.

»Wenn er überrascht aufgesprungen wäre«, Jeannette deutete auf die Szene, »wäre der Stuhl umgekippt, oder zumindest weiter zurückgefahren, vielleicht an die Wand gestoßen. Auch auf dem Tisch ist keine Unordnung.« Sie tippte darauf. »Sogar das Wasserglas ist unberührt. Und es steht verdammt nah an der Kante.«

Metz nickte beifällig und betrachtete sie von der Seite. »Ja, zu diesem Schluß sind wir auch gekommen. Er hat seinen Mörder gekannt.«

»Und sein Gesicht wirkt so erstaunt«, murmelte Jeannette und hielt sich eine Großaufnahme dichter vor die Augen. Ihre Aufmerksamkeit galt nicht der seltsamen Einbuchtung im Hinterkopf des Toten, wo das schwarze Haar verklebt war mit altem Blut und Knochensplittern, sondern seinem beinahe unberührt wirkenden Gesicht. Ein auf glatte Weise attraktives Gesicht mit dunkelblauen Augen, in dem als auffallendstes Merkmal die schwarzen Brauen hervorstachen. »Er hat im Anzug eine gute Figur gemacht«, stellte sie fest. Es war kein Lob; sie mochte Anzugtypen nicht.

»Er war noch zu haben«, feixte Metz und zog seinen Notizblock zu Rate. »Seine Frau ist vor einem Jahr bei einem Unfall ums Leben gekommen.«

»Angehörige?« fragte Jeannette.

»Ein Sohn«, erwiderte Metz, »etwa vierzehn, totenbleich, als er hereinkam. Vaters Augenbrauen, aber noch nicht das Gesicht dazu. Er hat kein Wort gesagt. Seine Tante ist bei ihm eingezogen, bis geklärt wird, was aus ihm werden soll. Der Junge ist erst mal fertig, schätze ich.«

»Und die Tante ist …«

»... aus Wiesbaden«, las Metz ab. »Sie sagt, sie habe den Mann ihrer Schwester seit der Beerdigung nicht mehr gesehen und davor Jahre nicht. Sie hat ein Alibi.«

»Damit fallen familiäre Verdachtsmomente wohl aus«, murmelte Jeannette.

Metz nickte. »Warten Sie, bis Sie die Firma sehen«, sagte er. »Dann wird Ihnen klar, in welche Richtung wir denken müssen.«

»Richtig, der Laptop.« Jeannette erinnerte sich. Sie schaute ihn an. »Hat man immer noch keine Idee, wo der steckt?«

Metz zuckte mit den Schultern. »Wie gesagt, wir haben Büro und Wohnung auf den Kopf gestellt.« Er nahm einen letzten Schluck Kaffee und winkte nach der Rechnung. »Seine Sekretärin sagt, er hatte ihn am Abend dabei. Also ...« Er ließ die Aussage vielsagend ausklingen.

»... hat der Mörder ihn entwendet«, vollendete Jeannette an seiner Statt den Satz. »Das würde passen. Einem Mitarbeiter, der ihn spät noch aufsucht, würde er sicher den Rücken zuwenden, ohne sich zu ängstigen.« Sie überlegte. »Wie viele Untergebene hatte er?« fragte sie dann.

»Sie meinen, wie viele potentiell Entlassungsgefährdete?« fragte Metz und schürzte die Lippen, als er es im Kopf durchging. »Etwa fünfzig?«

Jeannette pfiff.

»Die Abteilung war fast doppelt so groß«, erklärte Metz. »Aber die erste Entlassungswelle kam im letzten Herbst. Und dann ist der Betriebsrat auf die Barrikaden gegangen und hat verlangt, daß die freien Mitarbeiter nicht weiterbeschäftigt werden dürfen, solange man Angestellte entläßt. Also ...«

Jeannette stellte fest, daß das ein Tick von ihm zu sein schien. »Bringen Sie ihre Sätze nie zu Ende?« fragte sie irritiert.

Er neigte sich zu ihr. »Ich bringe meine Fälle zu Ende«,

sagte er rauh. »Also kritisieren Sie nicht an meiner Grammatik herum.«

Jeannette beschloß, seinen Ärger zu ignorieren.

»Fünfzig«, rekapitulierte sie, »sieht nach einem übersichtlichen Fall aus.«

Er zog die Augenbrauen hoch. »Sie scheinen in Nürnberg mehr Verdächtige pro Fall zu haben, als wir es hier so gewohnt sind«, meinte er sarkastisch.

»Nein, aber dafür kriegen wir auch nicht immer von allen Verdächtigen Namen und Adresse frei Haus«, erwiderte sie lächelnd. »Wollen wir?« Sie legte das Geld für ihr Frühstück auf den Tisch und stand auf. »Mein Auto steht direkt an der Rednitz«, bot sie an. »Hübsche Stelle übrigens.«

Metz schlüpfte unter dem Tisch in seine Slipper und stemmte sich aus dem Stuhl. »Wir können zu Fuß gehen«, schlug er vor. »Das meiste hier läßt sich zu Fuß erledigen.« Er wartete auf einen Kommentar; als keiner kam, sagte er: »Also ...?« Umgehend verdüsterte sich sein Gesicht.

»Also«, wiederholte Jeannette lächelnd.

In diesem Moment klingelte sein Handy. Er nahm ab, lauschte und brummte etwas Unverständliches. »Ich muß los«, erklärte er dann. »Es hat sich was ergeben.«

»Moment mal«, protestierte Jeannette. Aber da war er schon drei Schritte von ihr entfernt.

»Sie finden den Weg ja«, rief er über die Schulter. »Wir sehen uns dann dort.« Und weg war er.

Jeannette blieb sitzen, mit der Rechnung, einer Mordswut im Bauch und dem Verdacht, daß ihr sogenannter Partner einiges vor ihr zurückhielt. Wo war er hin? Was hieß, es hatte sich etwas ergeben, gab es neue Informationen in ihrem Fall? Bislang wußte sie kaum mehr als das, was er ihr zu erzählen geruht hatte. Und das war nicht eben viel gewesen. Von den Fotos mal abgesehen.

Verärgert zahlte sie die beiden Frühstücke. Die Bedienung

war geschäftsmäßig und ruppig. Kein Lächeln für sie, wie sie es Metz gegönnt hatte. Jeannette preßte die Lippen aufeinander. Es würde nicht so einfach werden, Fürth zu erobern.

12

Joseph ließ seine Ledertasche von der Schulter gleiten und schaute sich um. Er stand in einer Turnhalle, die die übliche unangenehme Atmosphäre verbreitete: ein beigefarbener Plastikboden voller Schrammen und Bremsspuren, Sprossenwände, Foltergeräte in den Ecken, unter der Decke nackte Technik und Fenster, zwei Meter über Augenniveau, die ein gleichmäßig graues Licht hereinließen, obwohl die Welt draußen vor Licht und Farben schier platzte. Es roch muffig nach Kunststoff und alten Turnschuhen. Es würde schwer werden, hier den Zauber der Kunst zu verbreiten. Oder den Kids auch nur eine Ahnung davon zu geben, wie faszinierend die Choreographie aussehen würde – und sie selber darin. Diese Umgebung, fand Joseph, fraß jede Schönheit auf, sein Optimismus sank spürbar.

Dazu war der Ort von ohrenbetäubendem Lärm erfüllt, Stimmen von über fünfzig Jugendlichen, die durcheinanderredeten. Das war seine Klasse, sein Publikum, die Menschen, denen er versuchen würde etwas vom Wesen des Tanzes nahezubringen. Joseph sah sich um. Sicher, sie waren jünger als seine Hörer an der Universität, und sie kleideten sich anders. Im stillen hatte er gehofft, daß das alles Klischees wären, aber da standen sie: die Jungs in den überweiten Hosen, deren Schritt ihnen bis zu den Kniekehlen hing, mit den Kappen und Goldketten und den gelangweilten, ein wenig aggressiven Gesichtern. Sie hockten da, malmten Kaugummi und zelebrierten gekonnt ihre Coolness und vor allem ihre Null-Bock-Haltung. Das war ein weiterer Unterschied zu seinen üblichen

Schülern. So unmotiviert, ahnungslos und ignorant sie manchmal sein mochten, sie waren zumindest freiwillig gekommen. Diese Kids hier nicht, ihre Lehrer hatten sie hergeschickt – eine Bürde, die sie erst einmal würden tragen müssen. Joseph straffte sich. Was sie hier beginnen wollten, war etwas Einmaliges und Wunderbares. Wenn er das nicht fest glaubte und ausstrahlte, wie sollten dann die Kinder daran glauben? Er wollte zuversichtlicher sein.

Unwillkürlich wanderte sein Blick zu Anthony hinüber. Joseph sah seinen Freund, der hier den Ballettmeister geben würde, mit einem der Pädagogen sprechen, der dageblieben war bis zu ihrer Ankunft, um sicherzustellen, daß seine Schützlinge nicht einfach das Weite suchten und den Rest des Tages in der Stadt abhingen.

»Leider«, hörte er Anthony in seinem gepflegten Englisch sagen, »kann der Dirigent heute nicht kommen. Er hat noch ein Konzert an der Met und wird erst Anfang der Woche in Fürth eintreffen.«

Der Lehrer lachte. »Das würde denen sowieso nicht imponieren, glauben Sie mir. Die müssen Sie schon selbst beeindrucken. Aber keine Angst, Waffen haben sie nicht dabei. Noch sind das hier keine Berliner Verhältnisse. Not like Berlin«, wiederholte er und imitierte mit Daumen und Zeigefinger eine Pistole.

Der Lehrer ging, während Joseph noch überlegte, ob das eben ein geschmackloser Scherz gewesen war oder eine notwendige Information. Er dachte an Martin, der in der Nürnberger Südstadt aufgewachsen war und auch einige Geschichten dieser Art erzählen konnte. Die Erinnerung an seinen untreuen Geliebten machte ihn so wütend, daß er die nötige Energie fand, die Sache in Angriff zu nehmen. Er ging nach vorne und klatschte laut in die Hände, um die Aufmerksamkeit auf sich zu ziehen.

Nichts geschah. Nur einer der Jungen schaute auf, blickte

knapp an ihm vorbei und griff zu seinem Walkman, um ihn lauter zu drehen. Er war vielleicht dreizehn, vierzehn, seine Haare sahen aus, als hätte er sie mit dem Rasierapparat geschnitten, und die Jeans, die er trug, war kunstvoll zerfetzt. Seine beiden Freunde grinsten und begannen, mit den Köpfen im Takt zu rucken. Einer von ihnen verbarg seine weichen, dicklichen Umrisse in übergroßen Klamotten, der andere war ein Milchgesicht, blaß und kindlich die Züge, in die eine schwarze Strähne immer wieder weich und gefällig fiel. Aber er strahlte eine betroffen machende Verschlossenheit aus, und seine schwarzen Augen luden nicht dazu ein, ihn anzusprechen.

Joseph überlegte gerade, wie er reagieren sollte, als Anthony zu dem Störenfried hinüberging. Ehe er reagieren konnte, hatte der ihm das Gerät abgenommen und lauter gedreht. Die Beats dröhnten durch die Halle und ließen jedes Gespräch verstummen, während Anthony begann, sich dazu zu bewegen. Er bot eine Art Breakdance, vermischt mit einigen der Bewegungen, die sie den Kindern in den nächsten Tagen beibringen wollten.

Joseph und er hatten lange über der Choreographie gebrütet. Sie sollte einfach sein, den Laien, die sie alle waren, keine Schwierigkeiten bieten. Und sie mußten zur Musik passen. Zugleich aber wollten sie, daß die Kinder sich gut damit fühlten, ihnen Posen erlauben, die vertraut waren und in denen sie sich stark fühlen konnten. Was Anthony allerdings hier auf den Boden zauberte, war atemberaubend.

Joseph fühlte, wie ihn umgehend wieder dieselbe Faszination packte, die ihn jedesmal im Tanztheater ergriff. Die Musik, laut und brutal, vibrierte durch ihn hindurch und brachte ihn dazu mitzuzucken. Und den Jungen und Mädchen ging es nicht anders. Unaufgefordert kamen sie nach vorne, bildeten einen Kreis um Anthony und feuerten ihn an, eine einzige wogende, aggressiv feiernde Masse. Ein wenig waren sie bereits das, was Anthony und er für den Auftritt aus ihnen formen wollten.

Da schaltete der Tänzer die Musik aus und gab den Walkman seinem verdatterten Besitzer zurück.

»Okay«, nutzte Joseph die Pause. »Ihr habt gesehen, was Tanz alles kann. Und wir haben gesehen, daß da keiner unter euch ist, dem die Musik nicht durch und durch geht und der es nicht drauf hat. Stellt euch so auf, daß ein wenig Platz um euch ist, verteilt euch.« Er klatschte in die Hände und wartete. Diesmal gehorchten sie, wenn auch langsam. Es gab ein Gekicher und Geschiebe, Geschubse und Geschaue. Es schien eine anspruchsvolle Aufgabe zu sein, sich irgendwo im Raum zwischen den anderen zu plazieren. Freundinnen stupsten sich kichernd umeinander, Jungs rangelten. Dann stand alles, mit hängenden Schultern, kauenden Kiefern, wippend, kikkend oder unbeteiligt.

Joseph nickte. »Gut. Und jetzt setzt sich die linke Hälfte von euch hin. Bis hierher.« Er markierte die Linie mit seinem Arm. Aufatmend ließen sie sich in den Schneidersitz sinken. »So. Und jetzt schaut euch die an, die stehen. Wie stehen sie da? Was sagt ihre Körpersprache über sie aus?« Er ging zu dem Walkmanbesitzer, der mit seinen Kumpeln stritt und ihm wenig Aufmerksamkeit gönnte, und legte ihm die Hand auf die Schulter. »Was, würdet ihr sagen, ist das für ein Typ, der so steht.«

»Der volle Loser«, tönte es von irgendwoher. Eine Gruppe Mädchen giggelte.

Joseph schüttelte den Kopf. »Nein, ganz und gar nicht«, meinte er. »Da ist Energie, da ist Willenskraft.« Er wies auf die Schulter- und Kopfhaltung, um anzudeuten, was er meinte. Eine kleine Korrektur der Schrittbreite, und man konnte deutlich sehen, was er beschrieb. »Aber vermutlich könnte er uns nicht einmal selbst sagen, was er wirklich ist. Er weiß noch nicht, wen und was er darstellen will. Deshalb hängt sein

Körper so in der Luft.« Er klopfte dem Jungen auf den Rükken und ging weiter.

»Dieser Junge hier dagegen«, sagte er und legte seine Hand auf eine andere Schulter, »ist ruhig und gelassen. Aber er ahnt noch nicht, welche Kraft in seiner Ruhe liegt.« Er öffnete die Fäuste seines Opfers, das daraufhin weit unverkrampfter wirkte, und schaute sich um.

»Dieses Mädchen fühlt sich nicht wohl in der Haut, in der sie steckt. Sie hat Angst. Angst vor dem, was kommt, vor etwas Neuem.« Er wandte sich wieder allen zu.

»Das Publikum soll nicht sehen, daß ihr Angst habt, daß ihr euch für Loser haltet. Denn das seid ihr nicht. Ihr werdet auf der Bühne stehen und etwas Großartiges zu bieten haben. Also fangen wir an. Fangen wir am Anfang an. Ihr werdet auf der Bühne stehen, und das heißt: Ihr seid da, absolut da. Ihr fangt die Blicke ein, ihr stellt euch ihnen nicht nur, ihr zieht sie an, sie gehören euch. Ihr seid jemand.« Dabei trat er langsam beiseite und wies auf Anthony, der für einige Augenblicke noch dagestanden hatte, wie es auch die Jugendlichen taten, locker, grinsend, abwesend. Er ahmte zum Spaß ihre nervösen Bewegungen nach. Dann, im Laufe von Josephs Erläuterungen, war eine Veränderung in ihm vorgegangen. Er stand jetzt ruhig, gerade, aufgerichtet. Ein Strahlen begann von ihm auszugehen, die geballte Kraft seiner Konzentration. Und ohne daß er viel zu tun schien, blieb der Blick nun an ihm hängen. Er war *da*.

»Blickt an die Wand!« kommandierte Joseph. »Sucht euch eine Stelle leicht oberhalb eures Gesichtsfeldes! Steht gerade, Arme hängen lassen!« Er ging zwischen den Kindern hindurch, die begannen, seinen Aufforderungen Folge zu leisten. »Ich sagte Arme, nicht die Schultern.« Er korrigierte das bei einigen. »Aber auch nicht bis zu den Ohren hochziehen«, sagte er zu einem Mädchen und knetete sie in die richtige Position. Er lächelte. »Und jetzt: dasein!«

Für einen Moment herrschte Stille. Man spürte die knisternde Kraft einer Präsenz. Dann brach alles wieder in Verlegenheit und Gelächter auseinander. Joseph ließ es gut sein.

»Und jetzt Step zwei«, rief er, »laufen.« Er begann loszujoggen und wies sie mit Gesten an, einfach durcheinanderzulaufen. Eine Weile ließ er sie so gewähren, dann kommandierte er: »Lauter, so laut ihr könnt.« Ohrenbetäubendes Gepolter brach los. Diese Aufgabe machte ihnen Spaß. Joseph ließ sie gewähren, bis sie sich ausgetobt hatten, und verlangte dann, daß sie schnell und lautlos huschten. Anthony machte es vor, mit ausgreifenden, athletischen Bewegungen, jedoch ohne den geringsten Laut.

Halbherzig bemühten sich die Kids, aber es wollte nicht klappen. Joseph schüttelte den Kopf. »Das klingt ja wie ein Auffahrunfall im Stoßverkehr«, verkündete er. Anthony rief im etwas auf englisch zu, und er nickte. Sie mußten ihre Schuhe ausziehen, mit diesen voluminösen Turnschuhen würde es unmöglich sein, leise zu gehen. Da allerdings stieß er auf Widerstand. Nur wenige waren bereit, sich umstandslos von ihren Schuhen zu trennen, die meisten zögerten und nölten, Joseph mußte streng werden, einige persönlich ansprechen, mahnen und drängen. Dennoch ging es nur zäh voran. »He, du stinkst!« erklang es hier und da. »Idiot.« »Du Sau.« Mit bockigen Gesichtern hockten einige da und schienen nicht zu bewegen zu sein. Und dann stand der Junge mit dem blassen Gesicht auf. »Nein«, sagte er und schaute Joseph diesmal direkt ins Gesicht. Seine Augen waren so schwarz wie seine Haare. Und die Abneigung in ihnen glühte nun. Er fuhr sich mit der Hand durch seine Stirnlocke. Aber das war die einzige Geste der Nervosität, die er sich erlaubte.

Joseph ging zu ihm hinüber. »Wir können die Fenster öffnen, wenn du willst«, sagte er.

»Sehr witzig«, entgegnete der Junge, doch er rührte sich nicht.

Joseph spürte, wie der Ärger in ihm hochstieg. »Ihr könnt in den Schuhen nicht tanzen, also Schluß jetzt mit dem Theater«, meinte er barsch und wandte sich ab. Da stolperte er einige Schritte. Ungläubig wandte er sich um. Hatte der Junge ihn geschubst? Es war so schnell gegangen, daß er sich im ersten Moment nicht sicher war. Der Haß im Gesicht des Schwarzäugigen strahlte unvermindert. Sein Unterkiefer bearbeitete sacht einen Kaugummi. Joseph richtete sich auf, kehrte zu ihm zurück, unsicher, was er als nächstes tun sollte. Der andere straffte sich. Im Raum herrschte atemlose Stille, so tief, wie keine Tanzübung sie hervorgebracht hatte. Joseph zweifelte keine Sekunde daran, daß der Junge bereit war, sich mit ihm zu schlagen. Und er wußte nicht, wie er es verhindern sollte. Die Stimme des Lehrers erklang wieder in seinem Ohr. Wenigstens haben sie keine Waffen.

»Hehe«, hörte er da plötzlich. Die Worte fielen in die Stille wie ein Stein ins Wasser. Auf einmal war sie wieder da, die Turnhallenatmosphäre mit ihrer schmuddeligen Gewöhnlichkeit. Es war der Junge mit der zerfetzten Jeans, dem der Walkman gehörte. Er räusperte sich vernehmlich, dann hob er ein Bein und zog sich den ersten Schuh ab. Mit einem vernehmlichen Ploppen fiel er auf den Boden. Dann löste er den zweiten.

»Besser?« fragte er mit genervter Stimme.

Um ihn herum erhob sich ein erstauntes Gemurmel. Aber der Bann war gebrochen. Schon taten die ersten es ihm nach. Den einen oder anderen mußte er erst auffordernd ansehen, aber alle folgten schließlich seinem Vorbild. Nur den Blick seines Freundes mied er.

Joseph nickte. Er merkte, daß er geschwitzt hatte.

»Besser«, sagte er und hoffte, daß seine Stimme nicht gepreßt klang. »Ihr werdet merken, wieviel besser es ist. Versucht es jetzt noch einmal! Macht Krach! Ihr könnt es auch mit nackten Füßen. Und dann: leise!«

Er gab Anthony ein Zeichen, der wieder begann sich zu bewegen. Während die letzten noch ihre Schnürsenkel und Klettverschlüsse lösten, waren die meisten schon mit Eifer dabei zu stampfen, so kräftig sie es vermochten. Eine Minute später huschte und witschte alles mit ausholenden Gesten durch den Raum. Es gab keine Zwischenfälle mehr. Auch der Blauäugige war dabei. Aber sein Gesicht wirkte verbissen.

»Hast du einen Knall, Alex?« zischte er seinem blassen Freund zu, als Anthony die Musik eingestellt hatte, damit sie sich an den Rhythmus gewöhnten, und ihre Bewegungen vom Rand aus überwachte. Er gab ihm einen derben Schubser. Der andere torkelte gegen den Dicken, fing sich aber wieder und reagierte nicht. Josephs Blick wanderte kurz über sie und dann wieder weiter.

»Du hättest ihn geschlagen, ich hab's gesehen«, flüsterte der Stoppelhaarige, während er voranhastete wie ein Indianer durch den Busch. »Mensch, Alex, das kannst du doch nicht bringen, hier vor allen.«

Alex schaute ihn mit seinen intensiven schwarzen Augen an. In ihm glühte es noch immer. »Kann ich nicht?« fragte er. In seiner Stimme lag Aggression. »Ich dachte, du hast gesagt, wir könnten alles tun, was wir wollen.« Er betrachtete seinen Freund verächtlich. »Fällst du deshalb sofort rein auf diese Scheiße hier: Ihr könnt erreichen, was ihr wollt.« Er ahmte spöttisch Josephs Ton nach. Dann säuselte er weiter. »Wie er schon dasteht, dieser Junge ist ein Star. Er wird mal Präsident. Uhuh.« Mit aufgerissenen Augen wedelte er vor dem Gesicht seines Freundes herum.

»Hör bloß auf«, fauchte der zurück. »Du bist doch der, der jederzeit in ein Nobelinternat abhauen könnte.«

»Superstar, Superstar«, spottete der Blasse ungerührt weiter. Der Dicke an ihrer Seite, der durch das Laufen bereits außer Atem geraten war, schaute unsicher von einem zum anderen, beschloß dann aber, es lustig zu finden, und kicherte. »Bernd, der Superstar«, schloß er sich an.

Bernd kratzte sich an den Stoppeln, sein Gesicht war knallrot. »Brauch ja nicht zu glauben, daß ich ein Loser bin«, sagte er.

Alex starrte ihn einen Moment an. Sein Gesicht wurde weicher. »Sind wir nicht«, stieß er hervor und packte ihn mit rauher Zärtlichkeit an der Schulter. »Klar, Mann. Aber das wissen wir doch auch ohne das Gesäusel von diesem Schwulen, oder?«

»Schwul?« fragte der Dicke und blieb stehen, um zu Atem zu kommen. Schweiß rann unter seiner Baseballkappe hervor und färbte sein bis zu den Knien reichendes Oversize-Shirt.

Bernd widersprach. »Der ist doch nicht schwul.« Er warf einen Blick auf Joseph, der mit verschränkten Armen neben Anthony stand und sich mit ihm austauschte.

»Sind doch alles Scheißschwule beim Ballett«, gab Alex zurück, was Felix, dem Dicken, ein Kichern entlockte. Er grinste. Und streckte die Hand aus.

Bernd schlug ein. »Scheißschwule!« Es war das Siegel ihrer Versöhnung. Auch Felix legte seine Hand mit darauf.

Alex lächelte. »Wir wissen, was wir können. Und die anderen haben davon nicht die geringste Ahnung.«

13

Jeannette befragte einige Passanten und erfuhr, daß sie im Prinzip nur immer auf der Königsstraße weitergehen mußte. Dennoch fühlte sich sie unwohl, während sie den glühbirnengeschmückten Turm des Rathauses und die Flanke des Theaters passieren ließ. Als sie am Jüdischen Museum vorbeikam und entdeckte, daß es im Erdgeschoß einen Büchershop gab, versuchte sie ihr Glück und trat wenig später mit einem Fremdenführer mit Stadtplan wieder auf die Straße, der ihr nach einigem Blättern und Wenden verriet, daß ihre Auskunft korrekt gewesen war. Außerdem bemerkte sie, daß das Opfer gar nicht weit von seinem Arbeitsplatz gewohnt hatte. Die Adresse lag beinahe auf ihrer Route, daher beschloß Jeannette, dort vorbeizuschauen. Wenn Metz unangekündigt eigene Wege ging, konnte sie das wohl auch. Außerdem, dachte sie mit grimmigem Vergnügen, wurde die Hornschuchpromenade als schönste Straße Fürths beschrieben. Grund genug, mal vorbeizusehen.

Wenige Minuten später stand sie in der stillen Straße, deren Mittelgrünstreifen mit den hohen Bäumen auf beiden Seiten von Gründerzeitvillen gesäumt war. Die hohen, palastartigen Fassaden führten alle Neo-Stile von Gotik bis Barock vor. Hier und da blitzte sogar etwas Jugendstil auf. Prächtige Beletagen mit hohen Fenstern und edlen Vorhängen wölbten sich vor, Türmchen und Erker lockten in den Etagen darüber, diskrete kleine Balkone waren romantisch bepflanzt und versprachen ein Nischendasein in eleganten Dachwohnungen. Hier und da nur zeugte eine Aluminiumtür von verfehltem Renovierungsstreben und unangebrachter Sparsamkeit. Eine Reihe leerer Fenster brachte Jeannette ins Träumen. Die Wohnung stand offensichtlich leer. Wie das wohl wäre, hier zu leben, pardon, zu residieren, umgeben von Schmuck und Schnörkeln? Verwunderlich, dachte sie, daß der Manager sich hier niedergelassen hatte. Seinesgleichen fand man doch eher in den nobleren Vororten, in villengroßen Häusern mit eigenem Garten drum herum, vor allem, wenn sie Kinder hatten. Dann fiel ihr ein, daß der Mann Witwer gewesen war. Für ein Eigenheim im Grünen hatte ihm wohl schlicht die Hausfrau gefehlt.

»Nah dran am Arbeitsplatz jedenfalls«, murmelte Jeannette, während sie an die Messing-Klingelleiste herantrat und nach dem Namen des Verstorbenen suchte. Vermutlich hatte er sich mit ganzer Seele seinem Job verschrieben. Sie fand den richtigen Knopf und drückte. Die Gegensprechanlage blieb stumm, und auch der Türsummer regte sich nicht. Jeannette versuchte es noch einmal, dann trat sie einen Schritt zurück und schaute nach oben, dorthin, wo das Opfer gelebt haben mußte. Die Fenster sahen dunkel aus. In einem von ihnen entdeckte sie das diskrete Schild eines Maklers: zu verkaufen. Der Nachlaß wurde offenbar bereits abgewickelt. Die Tante, stellte sie fest, verlor keine Zeit. Da öffnete sich die Tür, und eine ältere Dame trat heraus.

Jeannette zückte ihren Dienstausweis und stellte ihre Fragen. Es erbrachte nicht viel. Sie hatte Gerhard Sommer, den Toten, praktisch kaum gekannt. Er war immer früh gegangen und sehr spät zurückgekommen. Die Dame schüttelte den Kopf. »Ich glaube nicht, daß Ihnen einer im Haus mehr sagen könnte.«

Jeannette bezwang ihre Enttäuschung und nickte. »Und der Sohn?« fragte sie dann. »Wo steckt der?«

Die Frau schaute sie groß an. »In der Schule natürlich«, sagte sie vorwurfsvoll und fragte dann nach: »Haben Sie denn keine Kinder?«

Jeannette griente. Mit knappem Gruß klappte sie das Notizbuch zu und ging.

In ihrem Ärger verpaßte sie die richtige Abbiegung und mußte noch einmal ihre Karte zu Rate ziehen. Vor einem Straßencafé blieb sie stehen.

»Verdammt«, hörte sie eine Stimme von einem der Tische hinter sich, »ich muß los. Gestern abend bin ich wieder erst um zehn aus dem Laden rausgekommen. Es ist zum Kotzen.«

Ihre Freundinnen bewiesen der Sprecherin ihr Mitgefühl. »Du machst das doch schon seit Wochen so, oder?« fragte eine. Ihre langen Ohrringe bebten teilnahmsvoll.

»Ach, es ist schlimm zur Zeit«, klagte die erste wieder. »Die Chefs sind so nervös und geben den Druck nach unten weiter. Das ganze Klima ist einfach angespannt. Nie ist es genug, nie ist etwas gut.«

»Du willst Lob?« fragte eine andere, mit Superoxyd gebleichter, streichholzkurzer Frisur, die ihr längliches Gesicht apart aussehen ließ. Sie klimperte mit den blaugeschminkten Augendeckeln. »Ich wäre schon dankbar, wenn ich Arbeit hätte. Verdammtes Fontäne!«

Jeannette hatte gerade die Straße überqueren wollen, als sie das Wort in den Rücken traf. Spontan wandte sie sich um, musterte das Grüppchen der drei Frauen und suchte sich dann rasch einen Tisch in ihrer Nähe. Sie hatte Glück, direkt daneben war ein Platz frei. Er lag unter einem überflüssigerweise aufgespannten Sonnenschirm und war ein wenig kühl, jetzt, wo gerade Wolken aufgezogen waren und ein heftiger Wind blies. Aber was tat man nicht alles. Jeannette bestellte einen weiteren Tee. Sie hatten nur Kamille und Pfefferminze im Beutel.

Der kleine runde Bistrotisch zwischen den dreien nebenan war vollgestellt mit Kaffeebechern und Notizbüchern. Eine große Plastikmappe hing sperrig über den Rand. Jeannette konnte erkennen, daß sie große, bunt bedruckte Blätter enthielt, die wie Katalog-Doppelseiten aussahen. Das Fontäne-Logo prangte unübersehbar in den Kopfzeilen.

»Wieso?« wollte eine der Freundinnen erschrocken wissen. »Haben sie dir gekündigt?«

Die Blonde machte eine abwehrende Geste und zündete sich eine Zigarette an, an der sie nervös zog. Mit der freien Hand nestelte sie an einer großen, afrikanisch anmutenden Kette aus Holzobjekten, die vor ihrer Brust baumelte. »Der Brief ist gekommen«, verkündete sie vielsagend und klopfte die Asche von ihrem Glimmstengel. Offenbar wußten die anderen, von welchem Brief die Rede war.

»Sie machen es also echt?« fragte die Überarbeitete, eine lockige Brünette mit Hennarotstich, die Jeannette ein wenig an Regine erinnerte. Sie trug ein aquamarinfarbenes Kostüm mit flatterndem Seidenschal. Die dritte trug Cargohosen und eine Safariweste: Sie war schlank, fast hager und schwenkte von Zeit zu Zeit aggressiv ihren Pferdeschwanz. Jeannette bemerkte zu ihrem Erstaunen Farbflecken an ihren Händen. »Wieso, Siggi hat ihren schon letzte Woche gekriegt«, sagte die mit dem Pferdeschwanz.

»Ja, aber daß sie das wirklich machen«, meinte die Hennarote kopfschüttelnd. »Ist das denn legal?«

»Sieben Prozent meines Vorjahreseinkommens zurückzufordern?« fragte die mit der Zigarette sarkastisch. »Es ist mir scheißegal, ob das legal ist oder nicht, es ist eine Sauerei.«

»Große Betriebe machen das mit ihren Lieferanten«, erklärte die mit dem Pferdeschwanz. »Wenn es nicht gut läuft. Und als freiberuflich Arbeitende laufen wir unter Lieferanten. Also fordern sie jetzt von jedem Popeltexter, jeder Graphikerin und jedem Kontakter, der freiberuflich bei ihnen arbeitet, sieben Prozent zurück.«

Die Blonde stöhnte. »Weißt du, was mir dann übrigbleibt? Sie haben die Sätze letztes Jahr eh schon um fast die Hälfte gekürzt. Um die Hälfte«, wiederholte sie dramatisch. »Und jede verdammte Änderung geht auf die Pauschale. Du kannst Stunden hocken für Korrekturen, die du nicht verschuldet hast, und nichts davon kannst du abrechnen. Das macht echt keinen Spaß mehr.«

»Weigere dich doch einfach«, schlug die Brünette vor.

Die mit dem Pferdeschwanz zog ihr linkes Augenlid herunter. »Klar. Und krieg nie wieder einen Auftrag«, sagte sie nur.

»Die haben mir sowieso gesagt, es sähe für den Sommer schlecht aus«, meinte die Blonde nachdenklich und drückte ihre Zigarette aus. »Vielleicht bin ich schon arbeitslos und weiß es noch gar nicht.« Die anderen sprachen ihr Mut zu.

»Das will ich nicht hoffen«, sagte die Blonde und betrachtete die Farbe an den Fingern ihrer Freundin. »Im Juni eröffne ich meine Vernissage. Der Ausstellungsraum war selbst zum Freundschaftspreis noch teuer. Und ich wollte eine Band engagieren.« Nachdenklich kaute sie an einem der Farbreste herum. »Wenn ich nicht wieder die Waschmaschinen-Seiten im Technik-Katalog machen kann, bleibe ich am Ende auf Schulden sitzen.«

Die anderen umarmten sie tröstend und versicherten, auf jeden Fall zu kommen und Freunde, Verwandte und Cousinen zweiten Grades mitzuschleppen. »Notfalls bringen wir den Sekt selber mit«, verkündeten sie, und es kam langsam wieder so etwas wie Galgenhumor auf. Dann zahlten sie und eilten in die Richtung davon, in die auch Jeannette wollte.

Sie folgte ihnen in großem Abstand. Na, das hatte sich doch einmal gelohnt, dachte sie. Es ging eben nichts darüber, sich selbst vor Ort ein Bild zu machen. Schlendernd bog Jeannette in die Seitenstraße ein, die zum unauffälligen Firmensitz des Fontäne-Konzerns führte. Jeannette sah kein Logo und keinen Schriftzug, nichts, was annähernd so aufdringlich ins Auge gesprungen wäre wie der Turm hinter dem Kaufhaus – nur ein dezentes Messingschild mit der Darstellung eines Springbrunnens, wie er der Firma den Namen gegeben hat. Ein Pförtner in seinem Glashaus und das herrschaftliche Gitter vor der Einfahrt waren die deutlichsten Signale für das, was hinter diesen Mauern residierte.

Jeannette beschloß gerade, nicht auf Robert Metz zu warten, als er auch schon um die Ecke bog. Er entschuldigte sich mit keinem Wort für sein Fernbleiben, sondern nickte ihr nur zu und marschierte dann zur Pförtnerloge. »Hergefunden?« fragte er nur.

Jeannette nickte. »Mehr als das«, sagte sie. Sie sah, wie er die Stirn runzelte, beschloß aber, ihm vorerst nichts von dem zu erzählen, was sie gehört hatte. Schweigen konnte sie auch.

14

Der Pförtner ließ sich mit strenger Miene ihre Ausweise zeigen und versicherte sich mit einem Telefonat, daß sie auch wirklich erwartet wurden. Dabei verstand er es ausgezeichnet, sie sein Mißtrauen spüren zu lassen und die Gnade, die es bedeutete, von ihm vorbeigelassen zu werden. Als er ihr Unbehagen bemerkte, gab er ihnen zu verstehen, daß gerade der Vorfall, den sie zu untersuchen gedachten, sie alle seither zu äußerster Sorgfalt veranlaßte. »Hier kommt keiner mehr rein, den ich nicht überprüft habe«, erklärte er ihnen zackig.

»Warum prüfen Sie dann den nicht?« fragte Jeannette ein wenig schnippisch, als ein Mann im dunkelblauen Anzug mit silberfarbener Krawatte an dem Glaskasten vorbeiging.

»Das ist Herr Doktor Schmidt«, erklärte der Pförtner würdevoll. »Der Einkaufsdirektor für Gartengeräte.«

»Und die dort?« Jeannette gab nicht auf. Der Pförtner neigte sich vor und bediente ein paar der imponierenden Knöpfe auf seinem Schaltpult, um einen BMW mit getönten Scheiben nach draußen zu lassen. »Sehen Sie die Mappen?« fragte er dann und wies auf die Gruppe Frauen, nach der Jeannette gefragt hatte.

Sie nickte.

»Darin befinden sich Entwürfe von Werbematerialien«, erklärte er. »Die Graphiker oder Kontakter bringen sie mit, wenn sie Termine hier haben. Das passiert häufig, reine Routine.« Er richtete sich wieder auf.

Aber Jeannette blieb hartnäckig. »Kennen Sie die Damen also persönlich?« fragte sie.

»Bei dem, was in der Werbung alles so rumläuft«, meinte der Mann und zuckte mit den Schultern.

Jeannette lächelte. »Woher wissen Sie dann, daß es wirklich Werbeleute sind?« hakte sie nach. Als er den Mund öffnen wollte, fiel sie ihm ins Wort. »Nur wegen der Mappen? Kann also jeder hier reinspazieren, wenn er nur so ein Ding unter dem Arm trägt?«

Der Pförtner schloß den Mund wieder.

»Schon gut«, sagte Jeannette, zufrieden mit der Wirkung. Sie nahm Metz am Arm und ging hinaus. Als sie hörten, wie der Pförtner hinter ihnen einen Neuankömmling ansprach, der laut protestierte, daß er hier jeden Tag vorbeikäme, schaute Metz sie neugierig von der Seite an. »Kein Wunder, wenn das Unternehmen pleite geht«, meinte er. »Sie haben eine verheerende Wirkung auf Ihre Mitmenschen, wissen Sie das?«

»Danke«, gab Jeannette zurück. »Meine Mutter hat sich schon mal ähnlich geäußert.«

»Tja«, fuhr Metz in seinen Gedanken fort. »Wenn wir also davon ausgehen, daß es der Gartengerätemann nicht war ...«

»... was wir nicht können«, warf Jeannette ein.

»Dann bleiben uns nur noch alle anderen Angestellten der Firma«, vollendete Metz seinen Satz und seufzte.

»Plus jeder, der sich eine Din-A3-Plastikmappe vor die Brust gehalten hat«, fügte Jeannette hinzu. »Was nicht so schwer sein kann, denke ich mir.«

In der Eingangshalle nahmen sie den Lift und fuhren in das Stockwerk, in dem Sommers ehemaliges Büro lag. Lange, schmale Gänge empfingen sie, die mehrfach rechtwinklig abknickten. Sie folgten in den engen Läufen den Türnummern. Viele Menschen waren unterwegs. Aus den offenen Türen von Druckerzimmern klickte und surrte es. Eine junge Frau wischte fluchend Kaffee von ihren kopierten Unterlagen und verschüttete dabei noch mehr. Hinter einer Tür war ein verzweifelter Aufschrei zu hören. Eine Frau riß sie auf und stürmte heraus, einen Papierbogen in der Hand, auf dem Jeannette flüchtig bunte Bilder von Kindern in Unterwäsche erkennen konnte. »Maria!« rief die Frau über ihre Köpfe hinweg und wedelte mit dem Druckbogen. »Sie haben alles rauskorrigiert, in jedem verdammten einzelnen Text, schau dir das an.« Obwohl nicht aufgefordert, schaute Jeannette unwillkürlich.

Die Frau lachte bitter, als sie auf die kleinen Textblöcke wies. »Da steht jetzt überall wieder ›Knabenunterwäsche‹. Knaben! Wer benutzt das Wort denn heute noch?«

»Außer uns?« fragte die Kollegin, die sie mit Maria angesprochen hatte, und klopfte der Verzweifelten mit ironischem Trost auf die Schulter.

»Frau Dürer?« fragte Metz. Jeannette riß sich von der Szene los und folgte ihm.

Sie fanden die fragliche Tür angelehnt und das Zimmer leer. Erst auf den zweiten Blick entdeckten sie die beiden Frauenfüße, die hinter dem Schreibtisch hervorragten. Sie steckten in hochhackigen Pumps mit völlig überdimensionierten Spitzen und bebten leicht wie unter heftigen Stößen. Jetzt hörten sie auch das leise Stöhnen.

Robert Metz grinste Jeannette an, die verdrehte die Augen, zog ihn aus der Tür, zögerte kurz und klopfte dann vernehmlich an den Türrahmen.

»So ist es recht«, flüsterte er ihr ins Ohr. »Sich nur nicht durch leidenschaftliche Gefühle von der Arbeit ablenken lassen.«

»Bin nicht in Gefahr«, raunzte Jeannette zurück und wurde rot, als ihr einfiel, daß er das nicht nur auf sich beziehen könnte. Sie war tatsächlich nicht in Gefahr. Ob man ihr das ansah? Hoffnungsvoll probte sie im Kopf eine Szene mit sich und Philipp Gläser, wie sie sich wild ineinander verschlungen unter ihrem Prilblumentisch wälzten. Romeo scharrte dazu im Katzenklo. Endlich klopfte sie erneut und stieß die Tür weit auf.

Hinter dem Schreibtisch kam ein roterhitzter Frauenkopf zum Vorschein.

»Frau Zeidler?« fragte Jeannette streng.

Sommers Sekretärin stemmte sich mit rotem Gesicht hoch. Dann hob sie den Putzeimer auf den Tisch und stöhnte erneut.

»Ich habe eben versucht, die Blutflecke aus dem Teppich zu waschen.«

Sie wischte sich über die Augen, bemerkte dann, daß ihr Kostümrock hochgerutscht war, und brachte eilig ihre Kleidung wieder in Ordnung, die nicht für die Raumpflege gemacht war: enger Tweedrock, passende taillenkurze Jacke, weiße Bluse und Perlenkette.

»Die Putzfrauen scheren sich ja nicht ... Sie haben hier lediglich gesaugt wie immer. Vielleicht nicht einmal das.« Elke Zeidler stöhnte erneut. »Mist, jetzt hab ich mir die Strumpfhose zerrissen. Ich sehe mal kurz nach, ob sie drüben ein Verkaufsmuster übrig haben.«

Robert Metz und Jeannette verständigten sich mit einem Blick. Er würde hierbleiben und sich umsehen, sie die Sekretärin begleiten und sich um ihr Vertrauen bemühen. Feinstrumpfhosen und trauernde Witwen, auch wenn es sich um Bürowitwen handelte, waren nun einmal Frauensache. Jeannette seufzte. Mit unwillkürlicher Sympathie schaute die Zeidler sie an.

»Hier entlang«, sagte sie auf dem Flur. »Zu Brigitte, die macht die Texte für die Strumpfseiten, und manchmal hat sie ...« Sie vollendete den Satz nicht, da sie angekommen waren und eintraten.

Frau Zeidler brachte ihr Anliegen vor und wurde mit einer Handbewegung auf eine Schublade verwiesen, in der ein Stapel knisternder Strumpfhosenverpackungen lag. Sie verschwand damit hinter einer üppig wuchernden Yuccapalme. Die zurückgebliebene Jeannette schaute Brigitte über die Schulter, die seit ihrem Eintreten, ohne innezuhalten, getippt hatte. Der Text floß aus dem Cursor in ein Kästchen, das zwischen briefmarkengroßen Bildern von Frauenbeinen klemmte.

»Komfortable Feinstrumpfhose mit Vierfachkomfortzwikkel«, las Jeannette unwillkürlich leise mit.

Brigitte vor ihr sprach ihren ersten Satz. »Es ist nicht

Shakespeare.« Und sie begann, lange Zahlenkombinationen zu tippen, die Bestellnummern für die Farben »Achat«, »Schwarz«, »Beige« und »Perle«.

»Achat ist von mir«, erklärte sie mit einem gewissen Stolz in der Stimme. »Der Einkauf meinte zwar, es wäre nicht anschaulich. Aber ich konnte sie überzeugen, daß es kostbar klingt und gut zu Perle paßt. Die Farbe ist ja eh abgebildet.«

Jeannette nickte. »Was ist ›Den‹?« fragte sie dann, nachdem sie den Text mit den Augen weiterverfolgt hatte. Das Wort kam in jedem Textblock vor.

»Keine Ahnung«, gab Brigitte zurück und drehte sich um, um sie anzusehen. Jetzt erst bemerkte Jeannette, daß es die etwas füllige junge Frau mit den hennarot gefärbten Haaren war, die sie kurz zuvor im Café belauscht hatte. Die, die nie vor halb zehn abends aus dem Büro kam. »Interessiert mich auch nicht«, verkündete sie und wandte sich wieder ihrer Arbeit zu. Eilig klickten ihre Finger über die Tasten. »Sobald meine Dissertation fertig ist, bin ich hier weg.«

Jeannettes Blick glitt über die Wände des Büros. Jetzt erst bemerkte sie das große Poster, von dem herab sie die melancholischen Augen Marcel Prousts mitleidig betrachteten. Das Plakat gegenüber zeigte die Reproduktion eines Gedichts in der Handschrift des Autors. Jeannette trat näher. Sie konnte den Namen Charles Baudelaires entziffern. »Aus den Fleurs du Mal?« fragte sie unwillkürlich.

Brigitte nickte. Ohne mit dem Tippen innezuhalten, begann sie zu rezitieren.

Raschelnd kam Frau Zeidler hinter der Yuccapalme hervor. »Die Frau Kommissarin kann vielleicht kein Französisch«, sagte sie ein wenig geziert.

»Kommissarin?« Für einen Moment hörte Brigitte auf zu tippen.

»Ja, sie ist hier, um die Sache mit dem armen Herrn Sommer zu untersuchen«, sagte Frau Zeidler leidend.

»Ah, ja«, erwiderte Brigitte. »Tut mir sehr leid.« Sie tippte wieder.

Jeannette trat wieder zu ihr. »Sie sind abends oft lange da«, bemerkte sie. »Auch am Zwanzigsten?«

»Verdammt«, fluchte die Texterin, »jetzt bin ich ...« Sie löschte die fehlerhafte Zahlenreihe und wandte sich endgültig um. Aus ihrem Drehstuhl schaute sie zu Jeannette hoch. »An dem Abend war ich in einer Lesung im Uferpalast«, sagte sie. Sie stand auf, was Jeannette zwang, einen Schritt zurückzutreten, und ging zu einer Pinnwand hinüber, wo Fotos, Billetts, Postkarten und allerlei Krimskrams liebevoll arrangiert waren. Jeannette folgte ihr und bekam eine Eintrittskarte unter die Nase gehalten. »Hier. Toussaint: Das Badezimmer. Es war ein toller Abend, drum habe ich es aufgehoben. Aber Sie können mir glauben, seither fühle ich mich bei meinen Überstunden noch unwohler. Ich gehe jetzt immer mit irgend jemand anderem mit. Zum Glück bin ich nie die letzte in diesem verrückten Laden.« Sie ignorierte Frau Zeidlers tadelndes Gesicht und verschränkte kampflustig die Arme.

Jeannette tippte auf das Bild eines alten Steinhauses in malerischer Umgebung. »Im Massif Central«, sagte Brigitte, mit Wärme in der Stimme. »Es war eine Schmiede, ehe ich es herrichtete.« Jetzt klang sie nüchterner. »Dank des lieben Fontäne kann ich es mir leisten, zweimal im Jahr hinzufahren.« Das schien sie wieder an ihre Pflichten zu erinnern, denn sie kehrte zu ihrem Stuhl zurück.

Frau Zeidler winkte Jeannette mit den Augen, ihr hinaus zu folgen. Sie hatten die Tür noch nicht erreicht, da kam die Blonde mit den Stoppelhaaren herein. Ihre hölzerne Halskette rasselte geschäftig. »Brigitte, ich brauche eine Zeile Platz auf der linken Seite für das neue Logo. Kannst du mir was kürzen?«

»Streich die Adjektive«, sagte Brigitte, ohne hinzusehen. Als sie merkte, daß die Kollegin nicht wich, fuhr sie seufzend auf ihrem Stuhl herum, nahm einen Rotstift und strich nach einem kurzen Blick zielsicher das Wort ›Komfortable‹. Die Blonde flatterte mit Dank hinaus.

»Graphiker«, meinte Brigitte. »Alles Analphabeten.« Das war ihr Abschiedsgruß.

»Wie lange ist sie schon hier?« fragte Jeannette, als sie wieder auf dem Gang standen.

»Sieben Jahre«, antwortete die Zeidler knapp. »Sie wird ihre Dissertation nie fertigmachen«, fuhr sie unaufgefordert fort. »Wozu auch? Sie wird bleiben, wie die anderen auch.«

»Der Arbeitsmarkt für promovierte Romanisten ist sicher nicht groß«, gab Jeannette zu und konnte sich, als sie den überraschten Blick ihrer Nachbarin bemerkte, nicht verkneifen hinzuzusetzen: »Das sind Leute, die Französisch studiert haben. Wie Brigitte. Ich hatte es mal im Nebenfach.«

Frau Zeidler nickte kampflustig. »Wir haben hier viele von der Sorte. Sogar ein paar echte Doktoren. Die einen wissen, daß sie bleiben werden, die anderen nicht.«

»Und?« fragte Jeannette. »Merkt man den Unterschied?«

Frau Zeidler schüttelte den Kopf. »An der Arbeit nicht, wenn man ehrlich ist«, sagte sie, beinahe mit Bedauern. »Aber an der Kleidung.«

Ihnen entgegen kam eine junge Frau mit bodenlangem Zigeunerrock. Sie trug eine der nunmehr bekannten Mappen und war barfuß. Jeannette glaubte zu wissen, zu welcher Gruppe sie gehörte.

15

Als sie zurückkamen, saß Robert Metz im ledernen Drehstuhl des Toten. Frau Zeidler nahm den Putzeimer auf, der vor ihm stand, so heftig, daß das Wasser beinahe in seinen Schoß schwappte. Eine Wolke metallischen Blutgeruchs stieg von der Brühe auf. Robert erhob sich. Er stieß ein Bild um, das einzige, was auf der nackten Schreibtischplatte gestanden hatte. Jeannette erhaschte einen kurzen Blick auf eine junge Frau, deren Haare vom Wind verblasen waren. Sie hielt ein Kind von hinten umarmt, einen Jungen von vielleicht zehn. Er mußte jetzt älter sein, erinnerte Jeannette sich, und die Frau war tot. Offenbar hatte der Ermordete lieber vergangenen Zeiten nachgehangen.

»Kommen Sie doch mit in mein Zimmer«, bat Frau Zeidler steif und stellte das Bild wieder auf, ohne es anzusehen.

Sie befragten Frau Zeidler, ohne viel Neues zu erfahren. Ja, sie hatte das Büro an jenem Abend um kurz nach sieben verlassen. Und ja, Herr Sommer sei noch geblieben, was nicht ungewöhnlich war. Viele hier blieben abends lange. Der Pförtner ging um zehn, nach einem letzten Rundgang, aber Leute wie Herr Sommer hatten einen eigenen Schlüssel. Nein, ihr war an diesem Abend nichts Ungewöhnliches aufgefallen. Freundlich und konzentriert wie immer sei er gewesen. Er habe am Laptop gearbeitet. Sie erinnere sich noch an das grüne Leuchten, das von dem Bildschirm ausgegangen sei und sich in seiner Brille gespiegelt habe. Sie seufzte wieder und tupfte sich die Augen.

»Ach ja, der Laptop«, meinte Jeannette ungerührt. »Mit der ominösen Liste. Ist der inzwischen wieder aufgetaucht?«

»Nicht im Büro«, sagte die Sekretärin in einem Ton, der klarmachte, daß das Finden verlorener Gegenstände eindeutig Sache der Polizei war.

»Und die Liste der ...«, Robert suchte nach dem Wort.

»Freizustellenden«, half Frau Zeidler ihm steif. Als niemand etwas sagte, fuhr sie fort: »Die ist nun ohnehin hinfällig. Es wird einen Nachfolger geben, und der wird eigene Entscheidungen treffen.«

Jeannette neigte sich ihr zu. »Was glauben Sie, wer hätte darauf gestanden?«

Entsetzt starrte Frau Zeidler sie an. »Sie meinen doch nicht, daß ich ...«, begann sie.

Jeannette verstand sie absichtlich falsch. »O nein«, sagte sie mit falschem Pathos. »Ich glaube niemals, daß Sie auf der Liste gewesen wären. Ganz offensichtlich waren Sie ihrem Chef eine große Hilfe, und er konnte sich auf Sie verlassen.«

»Ja, das konnte er«, sagte Frau Zeidler und setzte sich aufrechter hin.

Metz schaute von einer Frau zur anderen, ein respektvolles Grinsen im Gesicht. Dann verschränkte er die Hände hinter dem Kopf und lehnte sich zurück.

»Davon bin ich überzeugt«, fuhr Jeannette fort. »Ich bin sicher, daß Ihr Urteil und Ihre Kenntnisse ihm viel bedeutet haben. Sie waren doch so viel länger in der Abteilung als er.«

»Er wußte meine Erfahrung zu schätzen«, gab die Zeidler zu.

»Und was«, tastete Jeannette sich weiter vor, »sagt Ihre Erfahrung Ihnen im Hinblick auf die Mitarbeiter dieser Abteilung?«

Frau Zeidler schüttelte den Kopf. »Also ich kann wirklich nicht ...«, begann sie, doch man sah, daß sie liebend gerne gekonnt hätte.

»Kein schwarzes Schaf dabei?« fragte Jeannette liebenswürdig. »Kommen Sie. Ihre Urteilsfähigkeit hat schon Herrn Sommer so geholfen. Helfen Sie jetzt mir, hm?«

Frau Zeidler rutschte ein wenig hin und her. »Nun gut«, begann sie dann. »Ich erzähle Ihnen kein Geheimnis. Die ganze Abteilung war dabei. Sie können jeden fragen.« Sie machte eine Pause, die Jeannette andauern ließ, bis der Sekretärin klar war, daß hier sie gefragt wurde und niemand sonst.

»Also, es war während des letzten Meetings.«

»Meeting?« warf Robert Metz ein und erfuhr, daß damit die regelmäßigen Treffen der Abteilung am Freitag vormittag gemeint waren, in denen alle anstehenden Projekte und Probleme besprochen wurden.

Vor einigen Wochen war es ein neuer Mitarbeiter gewesen,

der vorgestellt und begrüßt worden war, ein Graphiker namens Spörl, der aus einer anderen Abteilung des Unternehmens zu ihnen versetzt worden war. »Eine Bewährungsprobe, wie man munkelte«, raunte die Zeidler. »Ich glaube, die wollten ihn dort nicht mehr haben. Und auch hier hat er sich gleich in die Nesseln gesetzt.« Sie schilderte, wie ihr Chef die neue Imagekampagne des Hauses präsentiert hatte, ein von einer Sonderarbeitsgruppe unter den wachsamen Augen eines Vorstandes erstelltes Konzept, mit anderen Worten, sakrosankt und unantastbar für die niederen Angestellten des Unternehmens. Es war nach unten weitergereicht worden mit der Aura des Einmaligen und Genialen. Genau so hatte Sommer es als treuer Adjutant auch vorgebracht. Und sie waren aufgerufen gewesen, es zur Kenntnis zu nehmen und in ihrer Arbeit umzusetzen.

»Da gibt es immer ein paar, die müssen sich großtun, indem sie dann Kritik anbringen«, meinte die Zeidler. »Aber das sind immer dieselben. Alte Hasen, die glauben, sie schulden sich das, weil sie doch Profis sind.« Sie schüttelte den Kopf. »Und wir wissen, daß sie am Ende brav ihre Arbeit tun werden. Das hat auch der Sommer gewußt. Ist ja in allen Abteilungen dasselbe. Aber der Neue.«

Jeannette und Robert erfuhren, daß der Mann sich weit darin vorgewagt hatte, das Konzept zu kritisieren. »Es handelte sich um die neue Selbstähnlichkeitskampagne der Firma«, erklärte Frau Zeidler und holte einige auf Pappen aufgezogene Seitenentwürfe aus einer Ablage. »Hier, sehen Sie?«

»Was ist Selbstähnlichkeit?« fragte Robert Metz verdutzt, während Jeannette sich über die Seiten neigte.

»Selbstähnlichkeit?« gab Frau Zeidler erstaunt zurück. Das Wort war von den höheren Ebenen gekommen, also handhabte sie es ohne Fragen und Vorbehalte. Sie mußte einen Moment überlegen. »Das ist, wenn man immer gleich sieht, daß es von uns ist«, legte sie sich dann mühsam zurecht. Sie nickte mit dem Kopf. »Da«, sagte sie dann und wies auf die Gestaltungsmerkmale, die das Wiedererkennen eines Fontäne-Produktes sicherstellen sollten: die Farbbalken, die Bildaufteilung, die Plazierung der Schrift.

»Aber«, warf Robert Metz irritiert ein, »sieht das nicht genauso aus wie die Reklame von diesem Elektromarkt, wie heißt der doch gleich ...« Er schaute Jeannette hilfesuchend an. »Der, der letztes Jahr diese dämliche WM-Werbung gemacht hat.«

»Also, mir hat sie gefallen«, meinte Jeannette und kniff die Augen zusammen. Jetzt bemerkte sie, daß ihr Kollege recht hatte. Die Ähnlichkeit war unverkennbar.

»Ja, so etwas Ähnliches hat der Kollege damals auch gesagt«, gab Frau Zeidler sehr reserviert zu. Und von mangelnder Originalität hätte er gesprochen, von Kleingeistigkeit und, sie mußte sich räuspern, Idiotentum und Arschkriecherei, die kein eigenes Urteil wage, selbst wenn ihr die Dummheit mit dem nackten – sie machte eine Pause – ins Gesicht spränge. Sie seufzte. »Ich glaube, er hatte psychische Probleme«, setzte sie hinzu. »Natürlich konnte er nicht bleiben. Er war persönlich beleidigend geworden.«

»Wo ist er jetzt?« fragte Jeannette.

»Zu Hause, nehme ich an.« Frau Zeidler schaute sie groß an. »Herr Sommer hat ihn noch am selben Tag weggeschickt. Wegen der Entlassung verhandeln wir noch mit dem Personalrat. Aber er sollte das Büro nicht mehr betreten bis dahin, da war Herr Sommer strikt. Richtig aufgeregt hat er sich. Es war das erste Mal.« Sie betupfte sich die Augen.

»Gut, Frau Zeidler.« Jeannette atmete tief durch. »Dann geben Sie uns jetzt bitte den Namen und die Adresse dieses, dieses Revoluzzers und die sämtlicher anderer Angestellten der Abteilung. Ach ja«, fiel es ihr ein, und sie warf Metz einen triumphierenden Seitenblick zu. »Und auch die aller freiberuflich für Sie arbeitenden Texter und Graphiker.«

Frau Zeidler runzelte die Stirn. »Wir achten streng darauf, daß alle unsere Freiberufler den vorgeschriebenen Anteil fremder Kunden haben. Bei uns finden Sie keine Scheinselbständigen.«

»Wir sind nicht von der Steuerfahndung, Frau Zeidler.« Jeannettes Stimme klang streng, und die Sekretärin gehorchte mit einem letzten Seufzen.

Die Gerüche aus der Kantine begleiteten sie hinaus auf die Straße. Nonchalant winkte Jeannette dem Pförtner zu. »Das war eine gute Idee mit den Freiberuflichen«, gab Metz zu. Jeannette beschloß, sich über seine Anerkennung zu freuen. »Wie kamen Sie darauf?«

Sie erzählte ihm von der Szene im Café.

Robert Metz lauschte mit sichtlichem Ärger. »Und wann hatten Sie vor, mich darüber zu informieren?« fragte er.

Jeannettes gute Laune verschwand. »Vielleicht, sobald Sie mich informiert hätten, wohin Sie so plötzlich verschwunden sind?« gab sie schnippisch zurück.

Er grunzte. »Wollen wir ein Stück in den Park gehen?« schlug er dann vor. »Das klärt die Gedanken.« Jeannette war einverstanden. Seite an Seite schlenderten sie los.

»Es hatte nichts mit unserer Mordsache zu tun«, begann er schließlich aus heiterem Himmel. Jeannette schaute ihn von der Seite an. Es war offensichtlich ein Friedensangebot. Sie beschloß zu warten. Und er fuhr nach einer Weile fort:

»Es ist, ich habe da noch einen ungelösten Fall. Nicht schön, aber auch nichts Besonderes. Ein Mann wurde in seinem Haus erschlagen, Bargeld und Wertgegenstände sind verschwunden, vermutlich ein banaler Raubmord.« Er starrte auf seine Schuhe und kickte einen Stein weg. »Das Traurige daran ist der Junge, der zurückgeblieben ist, ist fünfzehn, höchstens. Die Mutter ist Alkoholikerin und läßt sich oft wochenlang nicht sehen. Ich werde vielleicht etwas unternehmen müssen.«

»Sie sollten allerdings etwas unternehmen«, meinte Jeannette und dachte an ihren Neffen Jonas. Mit fünfzehn war der völlig vertieft gewesen in seine Fantasy-Rollenspiele. Ohne seine Eltern hätte er weder regelmäßig gegessen noch sich gewaschen und schon gar keine Schule besucht. Er wäre verloren gewesen auf diesem Planeten, auf dem er sich in dem Alter ohnehin vorgekommen war wie ein Alien, das eine Strafreinkarnation zu absolvieren hatte. Wer blieb, um diesem Jungen zu sagen, daß er hier zu Hause war?

»Ich weiß, ich weiß«, brummelte Metz. »Andererseits ...« Er verstummte, dachte an seine eigene Zeit in der Pflegefamilie und schüttelte sich.

»Es ist doch nur ein Anruf beim Jugendamt«, drängte Jeannette.

»Heute dann ist die Mutter aufgetaucht«, lenkte Metz ab.

»Ach ja?« fragte Jeannette und erfuhr, daß sie vorhin auf dem Revier erschienen war, halbwegs nüchtern, auf Auskunft und Recht pochend. Metz war hingefahren, um sie zu vernehmen, ehe sie wieder völlig zu war, oder gar verschwunden. Aber sie hatte auch nichts zu dem Fall beizutragen gewußt. Am Abend des Mordes war sie auf Kneipentour gewesen, wie meistens. Metz hatte seine Kollegen angewiesen, die Namen von Lokalen und Kumpels, an die sie sich erinnern konnte, zu überprüfen, keine schöne Aufgabe.

»Da bietet das Fontäne doch ein anderes Milieu«, meinte Jeannette, um ihn aufzuheitern. »Haben Sie den Marmor in der Beletage gesehen?« Sie hatten abwärts das Treppenhaus genommen, sich verlaufen und waren unerwartet in einigen prächtigen Repräsentationsgalerien gelandet. »Obwohl ich fand, daß die Hirschgeweihe den Eindruck etwas zerstörten.«

Metz schüttelte den Kopf. »Das findet man überall«, meinte er. »Was glauben Sie, was ich im Schreibtisch unseres Herrn Sommer entdeckt habe, nach einigen Bemühungen?« Er hob das Taschenmesser hoch, mit dem er das Schloß geknackt hatte.

Jeannette blieb stehen. Vor ihr lag der Stadtpark mit seinen hohen Bäumen, deren Äste sich weich vor dem strahlend blauen Himmel wiegten. Es herrschten Stille und Frieden. Unwillkürlich atmete Jeannette auf.

Robert Metz betrachtete sie eine Weile.

Jeannette wandte sich zu ihm um. »Hier kann man sich vorstellen, daß Fürth einmal Kurstadt hatte werden sollen. Irgendwo hier muß doch der Pavillon mit dem Quellbrunnen stehen?« Ohne Kommentar führte Metz sie hin. Er grinste, als sie nach dem Kosten das Gesicht verzog. Jeannette konnte es ihm nicht verübeln. »Theoretisches Wissen«, gab sie zu. »Ein Freund hat mir davon erzählt, damit ich fit bin für Fürth.«

»Er hat gute Arbeit geleistet«, gab Metz zu und reichte ihr die Hand. »Frieden?«

Sie schlug ein.

»Frieden.« Dann überlegte sie. »Und was war nun im Schreibtisch von Sommer?«

»Flaschen«, sagte Metz und nahm eine Handvoll von dem Wasser, um sich das Gesicht zu erfrischen. »Er prustete. »Flaschen mit einem klaren, teuren, hochprozentigen Wässerchen. Zwei volle, fünf leere.«

Jeannette wiegte den Kopf. »Das muß nicht heißen ...«, begann sie.

»Glauben Sie mir«, unterbrach Metz sie. »Wenn sie die Flaschen erst zu verstecken beginnen, dann sind sie Alkoholiker. Bei unserem ersten Besuch hatte nicht einmal die gute Frau Zeidler den Schlüssel für diese Schublade. Was sie nicht gerne zugab.«

»Aber hätte sie es denn nicht gemerkt, wenn ihr Chef trank?«

»Hätte sie es uns gesagt?« konterte Metz, um dann hinzuzufügen: »Außerdem muß man das gar nicht unbedingt merken, wissen Sie. Bei Trinkern, ja. Die saufen haltlos, bis sie wanken und umkippen. Aber Alkoholiker, nein. Die sind nie völlig besoffen, aber auch nie ganz nüchtern. Sie halten die Grenze ein, aber dafür brauchen sie mehr Alkohol und mehr. Irgendwann brechen sie dann zusammen, und ihre Umwelt staunt.«

»Sie scheinen sich damit auszukennen«, sagte Jeannette. Es sollte ein Scherz sein, aber sie bemerkte sofort, daß er nicht gut ankam.

»Mein Pflegevater«, sagte er knapp.

Da hatte Jeannette einen lichten Moment. »Der Arzt, der sein Nürnberger Nummernschild nicht aufgeben wollte.«

Er schaute an ihr vorbei und sagte nichts. »Also ...«, begann sie schließlich.

Er raffte sich mühsam zu einem Lächeln auf. »Ist das nicht mein Text?«

»Stimmt, das ist Ihre Selbstähnlichkeit.« Sie lachte.

»Was für ein Wort!« Er schüttelte den Kopf. »Und was ist Ihre Selbstähnlichkeit?« fragte er dann mit einem Seitenblick, der Jeannette leise erschauern ließ. Sie hatte etwas über ihn erfahren, etwas Privates. Jetzt wollte er im Gegenzug etwas von ihr wissen. Auge um Auge. Aber sie war nicht dazu bereit, noch nicht. Dieser Mann war ihr zu gefährlich. Sie beschloß, noch ein Weilchen in Deckung zu bleiben.

»Das Fettnäpfchen?« sagte sie probehalber, garniert mit einem schiefen Lächeln. Die Einsamkeit, dachte sie dazu. »Und was machen wir jetzt?« fragte sie dann und setzte rasch hinzu: »Herrn Spörl aufsuchen?«

Metz nickte. Er zog die Liste heraus und überflog sie. Dann schlug er eine Zweiteilung vor, er die Festangestellten und sie die Freiberufler, das wäre in etwa halbe-halbe.

Jeannette notierte sich die Adressen, dabei knurrte ihr Magen. War es tatsächlich schon Mittag? Richtig, erinnerte sie sich. Der Pförtner hatte sie mit einem nachdrücklichen »Mahlzeit« verabschiedet. Höchste Zeit, etwas zu unternehmen. Sie beendete ihre Liste, holte tief Luft und schlug Metz vor, mit ihr Mittag essen zu gehen. Zu Fuß durch den Park wäre es nicht weit. Und sie hatte Lust, noch ein wenig mehr von diesem Park zu sehen. »Es ist ein Diner, in dem es wunderbare Hähnchenflügel gibt, mit süßsaurer Soße«, schwärmte sie. »Und die Milchshakes erst.«

Metz betrachtete sie mißtrauisch. »Es ist auf der anderen Seite«, meinte er. »Sind Sie deshalb so scharf darauf?«

Jeannette lachte. »Es liegt in Nürnberg, richtig. Was ist, glauben Sie, da kann man nicht ordentlich essen?«

Eine Gruppe junger Frauen ging an ihnen vorbei, lachend und plaudernd. Eine trug eine Din-A3-Plastikmappe unter dem Arm. »Unser Fall ist doch auch in beiden Städten gelagert«, warb Jeannette und wies auf die Frauen, die ebenfalls Richtung Stadtgrenze unterwegs waren. »Außerdem schulden Sie mir eine Einladung.«

Er zog die Brauen hoch. Doch in diesem Moment klingelte ihr Handy. Erstaunt realisierte sie nach einem Moment der Verwirrung, daß Philipp Gläser am Apparat war.

»Oh, äh, ich«, stammelte sie hilflos. Dann fing sie sich. Mit echter Empörung in der Stimme versicherte sie, natürlich zu wissen, wer er sei, was denke er denn. Sie schickte ein Stoßgebet zum Himmel und verfluchte sich. »Ich bin nur gerade, gerade, äh, mitten bei der Arbeit«, stotterte sie mit einem Blick auf ihre idyllische Umgebung und hoffte, daß er das laute Vogelgezwitscher nicht mithören konnte. »Heute abend? Ja«, stieß sie hervor, nachdem sie seinem Vorschlag gelauscht hatte. »Ich meine: Nein.« Wieder hätte sie sich ohrfeigen können. »Heute bin ich leider schon verabredet, mit einem sehr alten Freund. Wirklich, sehr alt.« Hilflos hielt sie inne und lauschte Gläsers leicht enttäuscht klingender, aber gleichbleibend freundlicher Stimme. Unwillkürlich nickte sie zu allem, was er sagte. Ihre Wangen glühten. Doch als sie einen Blick auf Metz' Gesicht erhaschte, beschleunigte sie den Abschied. Verlegen drückte sie den Ausknopf.

»Wie alt ist er denn, Ihr Freund?« fragte Metz sarkastisch.

»Er ist schwul.« Sie stieß es in einem Atemzug hervor und wäre am liebsten im Erdboden versunken, als sie sich auch noch hinzufügen hörte: »Wirklich.«

»Klar«, nickte Metz. »Mir brauchen Sie das nicht zu sagen.«

Sie hätte ihn erwürgen können.

16

Verschwitzt und außer Atem, aber dabei hochzufrieden stand Joseph da. Es war ein zähes Stück Arbeit gewesen, aber nach den ersten Anlaufschwierigkeiten hatten sie keine weiteren Probleme gehabt, die Jugendlichen zur Mitarbeit zu bewegen. Ihre Übungen waren unbeholfen, täppisch und meist völlig aus dem Takt. Noch immer sahen die meisten aus, als hätten sie keine Ahnung, wie man seinen Körper bewegt. Er sprach mit Anthony darüber, und sie waren sich einig, daß es bei den meisten daran lag, daß sie sich nicht trauten. Sie kasperten herum, fuhrwerkten halbherzig mit den Armen durch die Luft und tappten, als hätten sie erst seit gestern Füße, weil Quatsch machen immer noch sicherer war, als die Sache ernst zu nehmen, es richtig zu versuchen und dann dabei blöde auszusehen. Wenn sie den Clown oder Idioten spielten, waren die Lacher immerhin beabsichtigt. Anthony nahm sich ein Handtuch und wischte sich den Schweiß von der Stirn. »Sie haben immer noch Furcht, sich zu blamieren«, stellte er auf Englisch fest. »Aber sie vertrauen uns immerhin so weit, daß sie die Anordnungen befolgen. Das ist viel wert.«

Joseph nickte. Sein Blick wanderte hinüber zu dem aggressiven Dunkelhaarigen, der ausdruckslos zurückstarrte, als er die Aufmerksamkeit bemerkte. Seine beiden Kumpel hatten sich in die Ecke verzogen. Der mit der zerfetzten Jeans hatte einen Laptop aus seinem Sportsack gezogen und ein Programm gestartet, das der Dicke mit offenem Mund verfolgte.

Joseph schlenderte hinüber. Er wollte sich bedanken für die Hilfe, die der Junge ihm geleistet hatte, und sehen, ob er ein Gespräch beginnen konnte.

»Was spielst du denn?« fragte er und riskierte einen Blick über die Schulter. Der Junge fuhr sich kurz mit der Hand über die drahtigen Haare, dann legte er die Hände wieder auf die Tasten und klackerte weiter. »Doom III«, sagte er nur knapp.

Eine Weile verfolgte Joseph die aufflammenden Feuerbälle auf dem Bildschirm. »Ich wollte mich auch noch bedanken«, meinte Joseph dann, »du weißt schon.« Er wies auf die Turnschuhe, die auf einem Haufen in der Ecke lagen.

Der Junge zuckte mit den Schultern. »Wenn man was macht, soll man es richtig machen«, meinte er dann. »Aber ihr haltet uns ja eh für die letzten Idioten. Kommt hier kurz vorbeigeschneit und markiert den Wohltäter.« Er lachte abfällig.

Joseph ließ sich neben ihm nieder und verschränkte die Arme um die Knie. Er runzelte die Stirn, als er über das nachdachte, was er sagen wollte. »Wir halten euch nicht für Idioten«, meinte er dann. »Aber ihr euch selbst offenbar.« Er wies mit dem Kinn zu einer kichernden Mädchengruppe hinüber. »Ihr habt euch gegenseitig als Loser bezeichnet. Nur, weil einer mal was Neues versucht hat. Auf mich wirkt das nicht besonders freundschaftlich, was ihr hier tut. Freunde lachen einander nicht aus.«

Der Junge schaute ihn an. Seine Augen waren genauso hellblau wie der Stoff seiner Jeans. »Meine Freunde halten mich nicht für einen Versager«, sagte er, »die sind in Ordnung. Über die muß keiner herziehen, die ...«

Joseph hob beschwichtigend die Hände. »Ich meine nur, es ist besser, man hilft sich, als sich gegenseitig runterzuziehen. Und wir wollen euch jedenfalls nicht runterziehen. Das meine ich ehrlich.« Er stand auf. »Und Wohltäter sind wir auch nicht. Anthony und ich, wir werden euch ganz schön rannehmen und quälen, bis es klappt. Hier wird nichts verschenkt, okay?« Er grinste.

Der Junge erwiderte es nur halbherzig. »Joseph ist echt ein scheißschwuler Name«, meinte er dann.

Joseph verzog keine Miene. »Beschwer dich bei meinem Vater. Der wollte, daß ich heiße wie er«, meinte er nur. Er machte eine wegwerfende Handbewegung. »Und wie heißt du?«.

»Bernd.« Die Antwort kam zögernd. »Bernd Wöllner.«

Joseph streckte ihm die Hand hin. Er verkniff sich jeden Kommentar, auf den der andere möglicherweise wartete. Nach einem kurzen Zögern bekam er seine Hand geschüttelt, aber Bernd nahm keinen Augenkontakt auf. Joseph beschloß, hartnäckig zu bleiben, und erkundigte sich nach den Regeln des Spiels. Aufmerksam verfolgte er die erst spärlichen, dann immer eifriger und mit wachsendem Feuer vorgetragenen Erläuterungen. Er fand die ganze Angelegenheit ziemlich brutal. Auch glaubte er irgendwo gelesen zu haben, das Spiel wäre indiziert. Aber er beschloß, nichts dazu zu bemerken. Er war dankbar für das kleine bißchen Kontakt, das ihm gerade gewährt wurde. Nur am Ende, als Anthony ankündigte, daß das Training weiterginge, wagte er einen Kommentar. »Ist schon cool, wenn das Ende der Welt bevorsteht«, meinte er, »dann kann man so richtig draufhalten, und es ist scheißegal.«

»Wie meinst'n das?« fragte Bernd irritiert und mißtrauisch.

Joseph stand bereits auf. »Na, ja. Im richtigen Leben geht die Welt eben nicht unter. Alles geht weiter, und was man tut, hat Folgen und so. Man muß überlegen, was man macht.« Er lächelte arglos, bekam aber nur einen bösen Blick zurückgeschossen.

»Klar, immer schön seine Hausaufgaben machen und den Müll raustragen und keinen Scheiß bauen, damit aus uns so geschniegelte Lernfuzzis werden wie aus dir, oder was?« Als Joseph nicht abwehrend reagierte, öffnete der Junge sich ein wenig. Er sei eben nicht so der Typ, der immer strebe und lerne nicht so gern, erklärte er leidenschaftlich. Das hätte bei ihm eh keinen Sinn, er packe das mit Mathe sowieso nicht, das wisse er schon. Er spiele gerne, mache sein Ding. »Ist eh egal«, meinte er dann ein wenig kleinlaut.

Joseph versuchte, das heikle Thema abzubiegen, und machte eine Bemerkung über den Laptop.

»Hat meinem Alten gehört«, meinte Bernd nur knapp.

»Ein Geschenk?« fragte Joseph.

Bernd schüttelte den Kopf. »Ein Erbstück«, rief der Dicke an seiner Stelle, der wieder ein wenig näher gerutscht war und ihr Gespräch neugierig verfolgt hatte. Er lachte, wie über einen besonders guten Witz.

»Dein Vater ist tot?« fragte Joseph mit ernstem Gesicht. »Das tut mir leid.«

»Geschenkt«, knurrte Bernd.

»Schon lange?« hakte Joseph nach.

Felix schien nur auf das Stichwort gewartet zu haben. »Seit drei Wochen«, krähte er und baute sich vor Joseph auf. Er zog sich einen Finger über den Hals und strahlte. »Abgestochen, von 'nem Einbrecher.«

Joseph, der ebenfalls aufgestanden war, um Felix gegenüber keine Schwäche zu zeigen, schaute zu Bernd hinunter, der verbissen weiter auf die Tasten einschlug. »Bernd?« fragte er, aber seine Stimme ging unter in Anthonys lautem Klatschen, mit dem er die säumigen in die Ausgangspositionen rief.

Bernds Augen hingen am Bildschirm. Plötzlich begannen sie zu leuchten. »Boom«, sagte er zufrieden. Dann klappte er den Laptop zu.

17

An der Kasse des Uferpalastes stand eine kleine Schlange. Besorgt schaute Joseph sich immer wieder um und hob den Arm, um heftig zu winken, als er Jeannette schließlich entdeckte. Er hatte Glück, der nächste war er, und bis seine Freundin zu ihm aufgeschlossen hatte, hatte er die zwei Karten bereits bestellt und bezahlt.

»Da«, sagte er und reichte ihr ein Ticket. »Ich dachte schon, du läßt mich mal wieder berufsbedingt sitzen.«

Jeannette schüttelte den Kopf. »Ein Zeuge, den ich noch vernehmen mußte. Das war so ein Querulant, ich war froh, als ich da wieder rauskam.«

Sie gingen zu ihren Plätzen ganz hinten in dem kleinen Kinosaal und machten es sich gemütlich. Vorne, neben der Leinwand, stand schon einsam das Klavier herum, das sie durch den Abend begleiten würde. »Ein Stummfilm?« fragte Jeannette entzückt.

»Mit Klavier«, bestätigte Joseph und räkelte sich. »Wie lange haben wir das schon nicht mehr gemacht.« Gemeinsam durchschmökerten sie das Programm. Auch Jeannette begann, sich zu entspannen. Jetzt konnte sie auch von ihrem Tag berichten. Paul Metz und alles, was ihn betraf, ließ sie vorsorglich aus und konzentrierte sich dafür auf die Beschreibung des Fontäne und seiner Angestellten.

»Ich habe es übernommen, die Freiberufler zu checken«, erklärte sie. »Nach dem Gespräch, das ich mitgehört habe, schien mir das am vielversprechendsten. Aber zu unserem Hauptverdächtigen sind wir noch gemeinsam gepilgert.« Sie schilderte den Besuch bei dem jüngst entlassenen Angestellten. Hatten sie zunächst gedacht, sein Furor entspringe der frischen Wut über die herbe Behandlung, die er erfahren hatte, wurden sie bald eines Besseren belehrt. Wut war das Medium, in dem sich alles und jedes bei diesem Mann bewegte. Es gab beinahe nichts, das er nicht mit Aggressivität verfolgte. »Stell dir vor«, begann Jeannette und senkte dann unwillkürlich die Stimme, als die Sitze rechts und links von ihnen sich füllten. »Er hat doch tatsächlich Buch darüber geführt, wann welches Werbekonzept ausgerufen wurde. Er hatte es schriftlich! Da stand dann: ›Mai 1998: Der Witz in der Werbung wird geächtet.‹ Man verbot ihnen, in ihren Texten und Überschriften Scherze zu machen, weil mit Scherzen nichts verkauft würde. Nur Sachinformationen sollten vermittelt werden.« Sie seufzte. »Er hat mir einen ellenlangen Vortrag gehalten über den Sinn von Humor in der Werbung, als vertrauensbildende Maßnahme, als Mittel der Aufmerksamkeit, Sympathiefaktor, et cetera pp.«

Mitfühlend tätschelte Joseph ihren Arm.

»Der Mann wußte sicher, wovon er sprach, aber ich mußte dauernd an Zametzer und seine Fürth-Witze denken und daß ich gar nichts dagegen hätte, wenn ihm das mal jemand für zwei Jahre verbieten würde.«

»Zwei Jahre?« fragte Joseph.

»›September 2000‹«, las Jeannette vor. »›Wir werden aufgefordert, endlich Witz in die Fontäne-Werbung zu bringen. So wie in der erfolgreichen Kampagne eines Konkurrenten, und weil jemand in einem Managerseminar gelernt hatte, daß Lachen vertrauensbildend wirkte.‹« Sie lachte. »Er hatte Dutzende solcher Beispiele und sich maßlos aufgeregt. Aber was will er?« Sie hob die Hände.

»Seinen Chefs beweisen, daß sie Idioten sind?« fragte Joseph.

Jeannette griente. »Mal abgesehen davon, daß er jetzt sieht, wohin ihn das bringt«, meinte sie, »wie soll das gehen, schon rein logisch? Kann ein Idiot überhaupt einsehen, daß er ein Idiot ist?«

»Interessante Frage«, meinte Joseph und kramte in seinen Taschen. »Gummibärchen?« Er hielt ihr die raschelnde Tüte hin. »Mit so etwas Ähnlichem beschäftige ich mich auch gerade. Ich versuche einem Haufen Kids klarzumachen, daß sie sich selbst im Wege stehen.«

»Und sie sind zu dumm, das zu begreifen?« fragte Jeannette und bediente sich.

»Eher zu gehemmt«, meinte Joseph. »Weißt du, sie sind einfach fest davon überzeugt, gesellschaftlich die Arschkarte gezogen zu haben.«

»Und sie sind im Recht«, gab Jeannette zu bedenken. »Joseph, nimm es mir nicht übel, aber ich glaube, du als Intellektueller weißt nicht besonders viel über das Leben dieser Jugendlichen.«

Er winkte ab. »Und du als Polizistin kennst nur die Auswüchse. Nein.« Joseph schüttelte den Kopf. »Das ist einfach keine Perspektive, mit der man durchs Leben gehen kann. Ohne Visionen, ohne Utopie. Bald werden sie mit einem der größten Dirigenten auf der Bühne stehen, mit ihren Körpern eine der großartigsten Musiken ausdrücken. Das hätten sie sich nie träumen lassen. Und es kann ihr Leben verändern.«

Jeannette machte ein skeptisches Gesicht. »Bist du sicher, daß ihr diesen Kindern nicht zuviel versprecht, dein Freund und du?«

Joseph schaute ernst. »Anthony kommt selber aus ärmlichen Verhältnissen. Er stammt aus einer dieser englischen Bergarbeitersiedlungen. Als kleiner Junge hat er seinem saufenden Vater das Bier zu den Streikversammlungen getragen und hatte keine andere Aussicht im Leben als die auf Maloche unter Tage, bis auch er verbraucht wäre.« Jeanettes Freund ballte die Faust um die Gummibärchen. »Er hat darum gekämpft, auf die Ballettschule zu dürfen. Und das Geld dafür hat ihm ein Lehrer zugesteckt.«

Jeannette legte beruhigend ihre Hand auf Josephs Arm. »Ist ja gut«, sagte sie. »Ist ja gut. Ich verstehe dich ja. Ich wäre ja auch die erste, zuzugeben, daß meine Jugend ohne Literatur unerträglich gewesen wäre.« Sie lächelte und stieß ihn an. »Du und ich, was wären wir noch heute ohne die Tröstungen des Kinos?« Aber dann fuhr sie ernster fort: »Ich gebe ja nur zu bedenken, daß es nicht vielen von euren Schützlingen so gehen wird. Nicht allzu viele Leben werden sich ändern, das zuzugeben ist nur fair.«

Joseph nickte grimmig. »Ja. Und die wenigen wird es Arbeit kosten. Und Enttäuschung. Das ist die Botschaft: Streng dich an und scheitere vielleicht trotzdem. Verkauft sich nicht gut, was? Aber was wären wir ohne Anstrengung? Und auch ohne Scheitern? Was ist das für eine Art, sich im eigenen Versagertum zu wälzen aus nackter Angst vor dem Leben?« Seine Stimme wurde unwillkürlich lauter.

»Du hast ja recht«, flüsterte Jeannette. Begütigend legte sie ihm die Hand auf den Arm. Du lieber Himmel. Jetzt hatte sie den nächsten Mann an ihrer Seite, der sich ereiferte.

»Auf jeden Traum zu verzichten aus Angst vor dem Aufwachen«, fuhr Joseph unbeeindruckt fort. Es sprudelte nur so aus ihm heraus.

Eine Weile hörte Jeannette ihm zu, ehe sie ihn unterbrach. »Die Sache beschäftigt dich ja enorm«, begann sie dann. »Hast du keine Angst, daß du dich zu sehr engagierst? Ich meine, ihr verbringt ein paar Trainingsstunden miteinander, das ist alles. Dann wirst du aus dem Leben dieser Kinder verschwunden sein. Oder«, setzte sie bewußt brutal nach, »hast du vor, an die Hauptschule zu wechseln?«

Joseph hörte ihr überhaupt nicht zu. »Da ist ein Junge«, begann er.

Jeannette hob alarmiert den Kopf. Genau das hatte sie befürchtet. Einer, der in den Hinterhöfen von Fürth Fußball spielte. Womöglich ein armes, vaterloses Wesen. »Sprich weiter«, murmelte sie ahnungsvoll.

Und Joseph erzählte ihr Bernds Geschichte, wie er sie aus dem wenigen zusammensetzte, was er dem Jungen nach der Stunde noch hatte aus der Nase ziehen können. Bernds Mutter war eine Säuferin, meist unterwegs mit wechselnden Cliquen, irgendwo in der Fürther Kneipenlandschaft und den Wohnungen wechselnder Busenfreunde, deren Namen der

Junge nicht einmal kannte. Niemand wußte, wann sie zu Hause sein würde und wann nicht. Manchmal rief sie an, weinerliche Telefonate voller Liebesbekundungen und Versprechungen, die nie eingehalten wurden. »Er hat es aufgegeben, daran zu glauben«, meinte Joseph düster.

Der Vater war vor kurzem erst das Opfer eines Verbrechens geworden, wohl eines Raubmordes, eines banalen Einbruchs mit bösem Ende. »Und Bernd hat die Leiche gefunden.« Joseph rief es fast. »Er ist vierzehn!«

Jeannette begann es zu dämmern, daß ihr Freund von just dem Fall berichtete, mit dem Paul Metz zur Zeit betraut war. Es war Bernd Wöllners Mutter, die heute auf dem Revier aufgetaucht und von Metz verhört worden war.

»Seine Mutter ist gerade zu Hause, oder?« versuchte sie einzuwerfen, kam aber nicht weit.

»Zu Hause?« echauffierte sich Joseph. »Zu Hause nennst du das? Die Blutflecke des Vaters sind immer noch auf dem Küchenfußboden. Er hat nie psychologische Betreuung bekommen, keine Unterstützung. Er haust da völlig alleine, sich selbst überlassen. Jeannette! Es ist ein Wunder, daß er überhaupt in die Schule geht.« Hier hielt er einen Moment inne, denn in der Tat hatte der Lehrer ihm erzählt, daß Bernd Wöllner höchst unregelmäßig zum Unterricht erschien. Und daß er sich nicht wundern solle, wenn das beim Tanzen auch der Fall wäre. Als Joseph sich aufgeregt hatte, hatte er nur gemeint, sie könnten ihnen ja nicht immer alle die Polizei ins Haus schicken.

»Mein Fürther Kollege kennt den Fall«, gelang es Jeannette bei diesem Stichwort einzuwerfen.

»Ach ja?« brauste Joseph auf. »Und da hat er bisher die Hände in den Schoß gelegt? Dieses Kind scheint wirklich jedem auf der Welt egal zu sein. Ich meine, schau dir die Nachbarn an, die müssen doch wissen, was da läuft. Und keiner hat den Mumm, das Jugendamt anzurufen.«

Jeannette ließ ihn noch eine Weile reden, ehe sie die entscheidende Frage stellte. »Und du, wirst du es tun?«

Joseph runzelte die Stirn. Da nahm das Licht an Intensität ab, und der Klavierspieler begann erneut. In der Dunkelheit konnte Jeannette den Gesichtsausdruck ihres Freundes nicht mehr erkennen. Auf der Leinwand nahmen die stummen Helden den Kampf mit den Tücken der Dingwelt erneut auf. Joseph auf seinem Sitz skizzierte derweil Jeannette in anhaltendem Flüsterton, was er zu tun gedachte, um das Vertrauen des Jungen zu gewinnen und eine Lösung für seine Zukunft zu finden. Jeannettes Rat, tatsächlich einfach das Jugendamt zu benachrichtigen, lehnte er ab. Das würde Bernd ihm nie verzeihen; er mißtraue allen Erwachsenen, er würde sich danach jedem Versuch, zu ihm durchzudringen, verschließen. Nein, er müsse den guten Draht, den er zu ihm zu entwickeln beginne, nutzen, um ihm zu helfen, das spüre er deutlich.

Jeannette dagegen verspürte ein wachsendes Unbehagen, und sie fragte sich im stillen, wie weit Joseph seine Adoptionspläne tatsächlich begraben hatte. Dieses Fürth, dachte sie und erinnerte sich unwohl an die Einladung auf einen Drink, die Paul Metz nach der Vernehmung des Graphikers ausgesprochen und die sie mit dem Hinweis auf die ihm ja schon bekannte Abendverabredung abgebogen hatte. Aber wie hatte es in ihrem Bauch gekribbelt. Dieses Fürth verlangte ihnen beiden mehr persönliches Engagement ab, als sie gedacht hatte.

Danach versuchten sie, den Rest des Films zu genießen. Später, auf dem Weg nach draußen, blieb Joseph vor einem Ankündigungsplakat stehen: Godards »Außer Atem«. Er seufzte: »Warum hat Martin nicht so was gedreht?«

Jeannette wollte ihn damit trösten, daß jedermann klein anfange und es bei Martin immerhin nicht die Zahnpastawerbung war, als sie innehielt. Vor ihr in der Schlange der träge Hinausschlendernden zeigte sich ein bekanntes Profil. Kein

Zweifel, es war eine der Frauen, die sie am Mittag im Kaffeehaus belauscht hatte, die mit den Cargohosen und dem wippenden Pferdeschwanz. Er war jetzt zu einem avantgardistischen Irgendwas verknotet, in der Mitte zwischen Schwalbennest und Silvesterrakete, verstärkt durch kobaltblaue Kunsthaarsträhnen. Und die Cargohosen waren durch Jeanshotpants zu gestreiften Seidenstrümpfen ersetzt worden. Sie war langbeinig und schlank, das mußte Jeannette neidlos anerkennen. So schmal, daß die schrille Aufmachung an ihr wie etwas besonders Kostbares wirkte. Auch der blonde Schlaks an ihrer Seite war darauf abgestimmt. Seine weiten Hosen und das lässige Hemd, alles cremefarben, verrieten die langgestreckte, schmale Statur darunter nur um so deutlicher. Jeannette streifte kurz sein Windhundprofil und überlegte, wo sie ihn schon einmal gesehen hatte. Aber sie kam nicht darauf.

»Oder das?« fragte Joseph quengelnd. »Warum dreht er nicht so was wie das?«

Jeannette ließ sich ablenken und wandte den Kopf um zu den Plakaten, auf die Joseph wies. Sie kündigten eine Bergman-Retrospektive an.

»Warum?« fragte Joseph düster und betrachtete die Szene mit dem schachspielenden Tod.

Jeannette, die Bergman sterbenslangweilig fand, hätte es ihm erklären können, aber sie schwieg.

Zu Hause angekommen, ging ihr irgend etwas im Kopf herum, von dem sie nicht hätte sagen können, was es war. Szenen des Films wiederholten sich vor ihrem inneren Auge, durchmischt mit Momentaufnahmen von Metz, dem herablassenden Gesicht des Pförtners, Fassaden der Königsstraße, Philipp Gläsers hoffnungsvollem Blick, dazu Martin mit erhobener Waffe, die Augen dramatisch aufgerissen wie ein Stummfilmstar. Immer wieder drehte sich das Bilderkaleidoskop, alles ging durcheinander und hielt sie vom Schlafen ab, so daß sie aus dem Bett kletterte und sich in der Küche noch einen Tee kochte. Romeo, der auf ihren Füßen zu nächtigen pflegte, maunzte empört und trabte hinter ihr her, um es sich, sobald sie saß, auf ihrem Schoß erneut bequem zu machen.

Jeannette haderte mit sich selbst, daß keine größere Klarheit in ihren Gedanken herrschte, Berufliches und Privates sich vermischten. Es gab in ihrem Leben zu viele Baustellen, dachte sie und starrte traurig auf die Dübellöcher in der Wand, die Joseph am Vorabend gesetzt hatte, um dort für Regine ein Regal in Griffweite aufzuhängen. Er war nicht besonders gut darin, und die Löcher glichen Kratern, aus denen noch immer der Sand rieselte. Aber war sie selber besser?

Sie tat ihre Arbeit nicht korrekt, fand sie, sie war irgendwie aus der Spur, nein, sie kam einfach nicht hinein. Dieses Fürth und dieser Fall waren ihr seltsam fremd. Normalerweise empfand sie so etwas wie Empathie für das Opfer. Nicht immer Mitgefühl, aber doch eine Ahnung von dem, was es gedacht oder empfunden haben mochte. Nicht so bei Sommer. Er blieb ein Mann in einem Anzug, eine seltsam theoretische Anordnung von Eigenschaften. Zu viele andere Menschen drängten sich bereits in ihre Gedanken.

Vielleicht, dachte sie, lag es daran, daß sie ihn nicht am Ort seines Todes gesehen hatte, diesem Büro mit dem aufgeräumten Schreibtisch und dem Foto, in dem die Leiche das einzige Zeichen für Unordnung und menschliche Anwesenheit gewesen war. Dieser Körper, den irgend jemand dort hingestreckt hatte, nachdem er, nachdem er … In Jeannettes Kopf machte es klick.

Die Tatwaffe, dachte sie. Es hatte keine Tatwaffe herumgelegen. Herrgott! Sie schlug so heftig mit der Faust auf den Küchentisch, daß Romeo erschrocken aufsprang und ihr die Krallen in die Schenkel hieb, um nicht abzustürzen. Sie verzog das Gesicht. Warum hatte sie nicht eher daran gedacht? Es war doch wahrhaftig Routine. Die Tatwaffe fehlte. Sie war vom Täter wieder mitgenommen worden – und zuvor wahrscheinlich mitgebracht, da nichts fehlte. Mit einemmal bekam die ganze Sache ein neues Gesicht. Ein Vertrauter, der hereinkommt, das Opfer steht auf, erschrickt jedoch nicht. Der andere aber, der Täter, der hat einen Plan. Er ist nicht zufällig da, er hat sich alles sorgfältig überlegt, Ort, Zeitpunkt, Waffe.

Sie mußten diese Waffe finden. Jeannette biß sich auf die Lippen. Normalerweise hätte sie in den ersten Minuten danach gefragt. Und was hatte sie getan? Auf Paul Metz' Waschbrettbauch gestarrt, gestand sie sich ein. Sie hätte ihn immer noch zeichnen können. Erneut ballte sie die Faust. Warum konnte er nicht ein feister Mittvierziger mit Schnurrbart sein, wie Zametzer, ein fader Kerl, dessen Macken sie aber auch zur Weißglut und zu Spitzenleistungen trieben. Einen, den sie ignorieren konnte, langweilig finden, uninteressant. Himmelherrgottnochmal. Sie würde sofort bei ihrem Tierarzt anrufen und sich in ein Abenteuer stürzen. Dann wäre Metz Geschichte. Sie stand auf, ließ den Kater abstürzen und langte zum Telefon.

Nein, rief sie sich dann zur Ordnung. Sie mußte sich auf ihre Arbeit konzentrieren. Sie würde sich nach der Tatwaffe erkundigen und einen Termin mit der Spurensicherung ausmachen, gleich morgen früh, am besten gleich jetzt noch. Sie hatte doch die Visitenkarte? Sie kramte in ihrer Tasche und zog das Kärtchen mit Metz' Adresse heraus. Ob er sein Handy um diese Uhrzeit noch eingeschaltet hatte? Wieder sah sie sein Häuschen vor sich und das Handtuch um seine Hüften. Und dann hatte er auch noch seine Heimkindheit durchblicken lassen müssen. In Jeannette wallte es gewaltig. Er sollte bloß nicht glauben, daß sie das beeindruckte, diese Verletztes-Kind-versteckt-sich-in-hartem-Mann-Masche. Tat es überhaupt nicht, nicht die Bohne. Schwer atmend hielt sie inne.

Vielleicht war es besser, wenn sie Metz nicht anrief. Sie

konnten ebensogut noch morgen sprechen über, über ... worüber hatte sie noch gleich mit ihm reden wollen?

Da klingelte das Telefon. Jeannette war innerhalb von Sekunden dran. Sie schaffte es nicht, ihre Enttäuschung vor sich selbst zu verbergen, als es eine Frauenstimme war, die sich meldete. Nicht mit ihrem Namen.

»Sind Sie Regines Freundin?« kam es ohne Einleitung aus dem Hörer.

Jeannette bestätigte ohne große Freundlichkeit. »Geht es um den Job?« fragte sie, als nichts mehr kam. Sie erinnerte sich vage daran, daß Regine unter ihren Bekannten die Fühler wegen einer Anstellung ausgestreckt hatte.

»Die Polizistin?« Es klang gepreßt.

»Ja?« gab Jeannette zurück. Es folgte ein langes Schweigen. Und langsam, tief in ihr drinnen, erwachte etwas, ein Verdacht, ein Instinkt. Eine neue Art Erregung packte sie. »Ja«, wiederholte sie, »die bin ich. Um was geht es?« Sie hielt den Atem an. Komm, dachte sie, sprich mit mir, laß mich deine Stimme hören.

Die andere schwieg noch immer.

»Wir reden hier doch über den Fontäne-Fall, nicht wahr?« Jeannette flüsterte beinahe vor Erregung.

In dem Moment wurde aufgelegt.

18

Am folgenden Morgen drückte Jeannette auf die vierte Klingel von oben in einer langen Reihe von Knöpfen, so ungepflegt und defekt wie ein kaputtes Gebiß. Handgemalte Schildchen in rostigen Rahmen verrieten ihr die Namen der zumeist ausländischen Mieter. Der Graphiker Andreas Porten machte da keine Ausnahme und hatte auf eine optische Ausgestaltung seines Klingelschildes verzichtet. Auf seine Anwesenheit offenbar auch, denn auch auf das dritte Klingeln hin öffnete niemand.

»Der is hindn, im Addelier«, verkündete eine Stimme.

Erst jetzt bemerkte Jeannette die alte Dame, die neben ihr im Fenster lehnte, ein Paradekissen unter den Ellenbogen, die Häkelstrickweste vor der Brust zusammengezogen, unter der ein geblümter Küchenschurz hervorlugte. Hinter ihr war ein billiger kleiner Kronleuchter aus Muranoglas zu sehen, der einsam an einem dünnen Kabel von einer viel zu hohen Decke hing.

»Do hindn«, wiederholte sie ihre Auskunft mit einer Geste. Jeannette vergaß zu danken und trat ein. Die dunkle Toreinfahrt wurde nur durch ein paar schwach zitternde bunte Flecken erhellt, dort, wo das wenige Licht, das in den Hinterhof fiel, die kleinen Scheiben aus Buntglas zum Leuchten brachte, die oben in die hölzernen Türen eingelassen waren, die den Innenhof abschlossen. Jeannette drückte eine von ihnen auf und stand im Traum von Josephs Jugend: rote Ziegelmauern, aneinandergeschachtelt, regelmäßig getupft mit kleinen schmiedeeisernen Balkonen, von denen herab fett die Geranien blühten, die Wäsche herunterflatterte. Bedenklich lose hängende Kabel, Verputzschichten wie Palimpseste, zurückreichend in eine Zeit vor den beiden Weltkriegen. Einige vorhanglose Fenster und blaugestrichene Rahmen, Rosmarin in Töpfen und Halogenlampen zeigten an, wo die Moderne hinter den alten Fassaden Einzug gehalten hatte. Aber im größten Teil des Hofes hielt sich eine angenehm kruschige Atmosphäre aus wucherndem, blühendem Unkraut, Sperrmüllrelikten, Kabelresten und vergessenen Einkaufswagen.

Der Sperrmüll sowie der malerisch verrostete Metallschrott gingen offenbar auf das Konto von Porten, dessen handgemaltes Schild »Atelier« einem den Weg durch das Labyrinth der Dinge hin zu einer Glastür wies, hinter der er offenbar residierte. Beim Näherkommen sah Jeannette auch, daß mindestens die Hälfte des Sperrmülls offenbar mit Absicht so gestaltet war und damit als Objekt zu gelten hatte. Beim Näherkommen gewannen die Skulpturen Sinn und Kontur und erwiesen sich als eine Art mythische Armee, die vielarmig und vielgestaltig das Atelier hütete.

Jeannette zog den Kopf ein, um nicht mit dem Speer eines Zentauren zu kollidieren, dessen Bauch aus einer Zinkbadewanne bestand, umgeben von Atemschläuchen, die mal zu einem Staubsauger gehört haben mochten, und klopfte, nachdem sie keine Klingel entdecken konnte, gegen eine der Scheiben.

Die Tür öffnete sich. »Es ist geschlossen«, sagte der Mann mit dem kantigen Gesicht und fuhr sich über den Hals, um seinen Pferdeschwanz aus dem Hemdkragen zu lösen. »Steht doch da.« Er tippte auf ein Schild, das tatsächlich Besichtigungszeiten für die Nachmittage und das Wochenende auswies.

Ohne Worte zückte Jeannette ihren Ausweis.

»Ach so«, sagte er und gab die Tür frei. »Es geht um Fontäne.«

»Es geht um Herrn Sommer«, korrigierte ihn Jeannette. Sie war ein paar Schritte hineingegangen, zwischen Metallskulpturen hindurch, die sich wenig von denen draußen unterschieden, und wandte sich nun zu ihm um. »Er ist tot.«

»Sicher«, murmelte Porten und drückte sich an ihr vorbei zu dem summenden Computer im Hintergrund, der auf einer Art Werkbank stand. Jeannette konnte den typischen Aufbau einer Katalogseite auf dem Bildschirm erkennen, ehe er abschaltete. Eine Reihe männlicher Models in Anzügen verschwand. Sie hatten ohnehin nicht besonders gut in die Umgebung gepaßt. »Er war noch nicht lange in der Abteilung«, sagte er, mit dem Rücken zu ihr.

»Er sollte Ihre Abteilung umstrukturieren, nicht wahr?« erkundigte Jeannette sich mit einem gewissen Drohen im Ton.

Porten ließ sich in den Drehstuhl plumpsen und schwang sich zu ihr herum. »Was glauben Sie, wie viele Umstrukturierungen ich in dem Laden schon miterlebt habe«, meinte er mit einem traurigen Grinsen. »Und geändert hat sich nie was. Ein Jahr flache Hierarchien, dann wieder Unterchefs und Überchefs, erst Kernkompetenzen, dann universelle Einsatzfähigkeit. Und in den letzten Jahren Teams. Teams so rum und Teams so rum«, er wedelte mit den Händen und klemmte sie sich dann über Kreuz unter die Achseln. »Bis dann wieder die Stunde der Manager kam. Die Arbeit mußte trotzdem immer von irgend jemandem gemacht werden.«

»Und Sie haben genug Arbeit?« fragte Jeannette. Da er ihr keinen Sitzplatz anbot und sich ringsum nichts zeigte, was annähernd geeignet gewesen wäre, sich darauf niederzulassen, setzte sie sich auf die Kante des Tisches und schaute auf ihn hinunter.

Er hob das Kinn. »Ich kann nicht klagen«, meinte er knapp.

»Und daß Sie sieben Prozent ihres Jahresgehaltes zurückzahlen sollen, das juckt Sie auch nicht?« hakte Jeannette nach.

Jetzt grinste er wieder.

»Ach, die berechne ich denen einfach bei den nächsten Projekten mit drauf. Da darf man nicht jammern, flexibel sein, das ist die richtige Einstellung. Da haben wir Freien es doch immer noch leichter als diese armen Festangestellten mit ihren Knebelverträgen. Die haben der Firma auf Jahre ihr Weihnachtsgeld schenken müssen, und alle Bonusse. Da sollten Sie mal nachhaken.«

Jeannette ging nicht darauf ein. Sie stellte noch einige Fragen zu seinem Verhältnis zu Sommer. Nicht vorhanden. Zu seinen Arbeitsabläufen. Wie immer. Und zu seinem Alibi.

»Am Vierzehnten?« Er zupfte sich am Pferdeschwanz. Dann ging ein Leuchten über sein Gesicht. »Da war doch der Tag des offenen Ateliers. Ich habe den ganzen Tag hier gehockt. Und abends haben wir gefeiert. Mit Lichterketten über den Figuren. Sah geil aus. Er kramte in einer Schublade und zog einen Zeitungsausschnitt hervor, den er ihr überließ. Rasch überflog Jeannette die überaus günstige Besprechung und studierte das Foto des Künstlers vor dem Eingang zu seiner Klause, der tatsächlich beleuchtet war.

»Da können Sie alle Nachbarn fragen. Um eins haben sie die Polizei gerufen, weil ihnen die Musik zu laut war.« Er lachte »Ich habe sogar ein Stück verkauft, an so eine Tusse, aus Stein, sie hat mir ihre Karte dagelassen, Moment.« Wieder wühlte er herum. »Hier«, rief er dann triumphierend und reichte ihr die Visitenkarte. »Hat den ganzen Abend gedauert, bis ich die soweit hatte. Meine Freundin kann Ihnen das bestätigen. Sie war total sauer, weil ich ihr das Stück noch in der Nacht vors Haus gekarrt habe. Sie fand, ich wäre so spät wiedergekommen.«

Sein Gesichtsausdruck sprach Bände, was den Grund seines Ausbleibens anging. Jeannette machte sich im Geiste eine Notiz, die Visitenkartenbesitzerin nicht in Gegenwart ihres Mannes zu befragen, wenn sie das Schäferstündchen überprüfte. Aber im Prinzip war Porten bereits aus dem Rennen, wenn sich seine Anwesenheit hier bis Mitternacht belegen ließ. Und es sah ganz danach aus. Schließlich verabschiedete sich Jeannette. Porten geleitete sie hinaus. Neben dem Badewannenkrieger blieb er stehen und legte ihm die Hand um das, was seine Schulter sein mochte. »Eine Verkörperung der Misere, in die das Patriarchat uns Männer geführt hat«, erklärte er voller Stolz.

Jeannette nickte. »Ihre Freundin kann das sicher bestätigen«, meinte sie zuckersüß und ging.

Die nächste Adresse beherbergte eine ältere Dame, der an einem Goldkettchen eine Lesebrille auf den enormen Busen herabhing. Auch sie war gerade bei der Arbeit, wie ein Blick auf ihren summenden Computer zeigte. Jeannette sah goldene

Armbänder und Ringe, die dicht an dicht gelegt den Bildschirm ausfüllten.

»Gar nicht so einfach, die nicht zu verwechseln, oder?« fragte sie und kniff die Augen zusammen, um die weitgehend identischen Goldsträngchen zu mustern. Die alte Dame seufzte. »Man braucht Geduld. Aber die habe ich. Wissen Sie, ich war schon mit dabei, als das alles noch von Hand angelegt wurde. Jedes Kettchen gezeichnet.« Sie wandte sich nach einem Sideboard um, wo sie einen Beleg für ihre Erzählung zu finden hoffte. Während sie nach den alten Bildern kramte, hatte Jeannette Zeit, sich der vielen Augen bewußt zu werden, die auf ihnen beiden ruhten. Von zahllosen Borden und Regalbrettern, von Fensterbänken, Schränken und Ablagen herab, aus Vitrinen und alten Kinderwagen heraus starrten sie ihr entgegen.

Als die Dame mit hochrotem Kopf von der Mühe des Suchens wieder aus dem Möbel auftauchte, hielt sie einen Packen Papier in den Händen, auf denen sich Studien von Schmuckstücken befanden, Bleistiftzeichnungen mit einem eigenen Reiz. Blatt für Blatt legte sie vor Jeannette aus und plauderte darüber, daß sie eigentlich aufgefordert gewesen waren, nur so etwas wie Platzhalter zu zeichnen. »Aber ich bin dann doch immer sehr ins Detail gegangen, das war einfach eine Frage der Handwerksehre. Und es hat einem auch die Arbeit erleichtert.« Wieder seufzte sie. »Damals hat man auch noch die Zeit dafür gehabt. Es herrschte nicht diese Hektik von heute.«

Jeannette, die Gelegenheit hatte zu bemerken, daß die gute Frau Wittkowski ihr nur bis zum Brustbein reichte und schon auf einen Stuhl hätte steigen müssen, um Sommer zu erschlagen, bemühte sich um ein gütiges Kopfnicken.

»Damals haben wir in der Werbung fast immer um vier Uhr Schluß gemacht und uns vorne im Sekretariat getroffen, um eine Flasche Sekt zu köpfen. Ja.« Sie lächelte. »Damals waren das auch noch andere Leute. Wie der Herr Doktor Werthoff, unser alter Chef. Da hätte ein Texter mal versuchen sollen, eine Seite abzugeben, auf der sich ein Adjektiv auch nur einmal wiederholt!« Sie lächelte. »Ein strenger Mann war das, aber mit Stil.« Ihr versonnener Blick wanderte in die Vergangenheit.

Andererseits, überlegte Jeannette. Vielleicht war sie ja bereit gewesen, im Namen der besseren Zeiten einen Stuhl zu erklimmen. Sie legte die Zeichnungen fort, um sich eine Notiz zu machen, dabei stieß sie einen ihrer hartnäckigen Beobachter um.

Sofort hob Frau Wittkowski ihn auf und setzte ihn wieder zurecht. In ihren Gesten lag Sorgfalt und Tadel.

»Fühlen Sie sich nicht manchmal beobachtet?« fragte Jeannette, um einen Scherz zu machen.

Frau Wittkowskis Blick wurde weich. »Ich entwerfe sie alle selbst«, sagte sie und liebkoste den Bären in ihrer Hand, einen von vielleicht hundert Teddybären. Manche trugen Latzhosen oder Hemdchen, andere Mützen oder eine Blume hinter dem Ohr. Auf den zweiten Blick sahen nicht zwei von ihnen gleich aus. »Alles Unikate, handgenäht bis ins Detail«, bestätigte Frau Wittkowski, »viele auf Bestellung.« Sie zückte eine Visitenkarte, die auf ihren Teddybärenhandel hinwies. »Mein Mann hat jedem von ihnen einen Namen gegeben und eine eigene Geschichte für ihn geschrieben.« Sie griff nach einem anderen Bären und wies das kleine Heftchen vor, das um sein Handgelenk gebunden war und aussah wie die Miniatur eines ehrwürdigen alten Pergaments. »Mein Mann ist nämlich Schriftsteller, müssen Sie wissen.«

»Ah«, bemerkte Jeannette und dachte an die strenge Adjektivschule, von der Frau Wittkowski geschwärmt hatte. »Arbeitet er auch für Fontäne?«

Frau Wittkowskis Gesicht verdüsterte sich. »Wo denken Sie hin?« fragte sie empört. »Mein Mann ist Künstler.« Ihr breiter Busen bebte vor Empörung, und ihre Haltung machte klar, daß sie nun wünschte, Jeannette möge bitte gehen. Die schoß noch eine letzte Frage ab.

»Am Vierzehnten?« überlegte die Graphikerin widerstrebend, bis ihr Gesicht sich doch noch einmal erhellte. »Das war ja ein Montag. Da hat mein Mann immer seine Ästhetik-Diskussionsrunde. Er hält sie gemeinsam mit dem Literaturkreis des Second-Hand-Kaufhauses Herzogenaurauch«, erläuterte sie. »Ich war dabei, um Kaffee zu reichen. Ein hochinteressanter Abend. Man diskutierte über das Wesen der Kunst.« Sie stellte den Teddy zurück. »Ich hole Ihnen rasch einen von den Bänden meines Mannes. Vielleicht reizt es Sie, einmal hineinzusehen.«

Nervös retirierte Jeannette in Richtung der Tür. Aber Frau Wittkowski kam ihr zuvor. Mit einer für ihren Umfang erstaunlichen Behendigkeit wieselte sie in die Diele, um der Kommissarin ein dünnes Heft aus einem Print-on-demand-Verlag in die Hand zu drücken.

»Scherz und Schalmeien«, las Jeannette höflich.

»Schmerz und Schalmeien«, korrigierte die Dame sie streng.

Jeannette nickte. Mit der Kunst seine Scherze zu treiben, war hier zweifellos unangemessen.

19

Am späten Nachmittag stand Jeannette vor dem Eingang des Gostner Hoftheaters. Die bunten Reste zahlloser Plakate wiesen ihr den Weg zu dem eher unscheinbaren Theatereingang. Sie durchquerte das Lokal, wo im spärlichen, staubig hereinfallenden Licht ein Barkeeper gelangweilt Gläser spülte, und fragte nach Leila Hofmann. Mit einem Kopfnicken wurde sie weiter zur Bühne verwiesen. Jeannette öffnete die Tür und fand sich blinzelnd im dunklen Zuschauerraum wieder. Nur die Bühne selbst war erhellt. Drei junge Menschen standen dort herum, in legerer Kleidung, ein Handy am Ohr und damit beschäftigt, so zu tun, also telefonierten sie hektisch und lauthals, während sie umeinander herumliefen, ohne einander zu begegnen oder wahrzunehmen.

Jeannette wollte die Hand heben und rufen, um sich bemerkbar zu machen. Aber ehe sie etwas sagen konnte, senkte einer der Schauspieler die Hand, wandte sich dem Zuschauerraum zu und rief: »Leila, ich habe immer noch Schwierigkeiten mit dem Text an dieser Stelle. Wäre es nicht besser, wir improvisierten?«

»Ja«, meldete sich das Mädchen an seiner Seite zu Wort. »Einfach raussprudeln lassen, was einem so durch den Kopf geht, die ganz normalen Alltagssachen, Telefonate, die man selber geführt hat. Darum geht es doch, oder?« Sie trat an die Rampe und legte eine Hand über die Augen, um die Gestalt, die in der ersten Reihe im Dunkeln saß, besser sehen zu können. »Um den ganzen alltäglichen Schrott in seiner Banalität.«

Jeannette hatte bereits Kurs auf den schwarzen Umriß genommen, als jemand sie an der Hand packte. Mit einem Ruck wurde sie auf einen Sitz an der Treppe gezogen.

»Genießen Sie die Show«, sagte eine tiefe, leise Stimme.

Es war Metz.

Sie atmete erst einmal tief durch, um den Schreck zu verarbeiten. »Was machen Sie denn hier?« zischte sie dann. »Hatten wir nicht vereinbart, daß die Freiberufler mir gehören?«

Er lachte leise. Sie hörte es im Dunkeln mehr, als daß sie es sah. Und sie konnte ihn riechen, ein herber, gar nicht unangenehmer Duft. Ein wenig nach Rasierwasser, ein wenig nach frischer Wäsche, ein wenig nach Mann. Ihre Nasenflügel weiteten sich, als sie den Namen seines Aftershave zu erraten suchte. Sie war dankbar, daß Metz ihren Gesichtsausdruck nicht erkennen konnte.

»Higher Energy, von Dior«, sagte er, und Jeannette ballte

die Faust. Sie zitterte vor Ärger, ermahnte sie sich, aus reiner Wut über seine Einmischung. »Ich weiß nicht, wovon Sie reden«, zischte sie. »Es sei denn, das ist Ihre Entschuldigung dafür, daß Sie mir in meine Ermittlungen pfuschen.«

Er lachte wieder. »Ich war mit meiner Liste durch, das ist alles«, meinte er. »Und ich dachte, Sie möchten vielleicht mit mir zu Mittag essen. Pst.« Er legte den Finger auf die Lippen und wandte den Kopf wieder nach vorn, wo die Schauspieler noch immer debattierten.

»Die Sprache ist so künstlich«, erregte der erste Schauspieler sich gerade. »So redet doch kein Mensch im wirklichen Leben.«

»Was meinen Sie?« fragte Metz leise.

Jeannette schüttelte den Kopf. »Ich weiß nicht. Die Regisseurin betextet im Hauptberuf Babyartikel.«

»Das Stück heißt ›Teurer Spaß‹«, meinte Metz, »und es handelt von dem hohen Preis, den wir für die moderne Spaßgesellschaft zahlen. Steht im Programmheft«, fügte er hinzu, als er ihr erstauntes Schweigen bemerkte, und drückte ihr ein Papier in die Hand.

»Es geht auch nicht um das wirkliche Leben.« Das waren die ersten Sätze, die Leila Hofmann sprach. Sie war nicht aufgestanden. »Es geht um das wahrhaftige Leben. Um das, was seinen Kern ausmacht und was im Alltag und seinem Geschwätz normalerweise untergeht. Darum geht es mir. Um den Gegensatz zwischen unseren Kommunikationsmethoden und den Inhalten. Normalerweise ist dieses Reden hohl.«

Jeannette sah, wie sie eine zur Schale geformte Hand hob. »Hier ist es geballt voll mit Sinn.« Sie schloß die Finger zur Faust, eine brutale Silhouette vor dem erleuchteten Bühnenraum. »Und den werden wir Wort für Wort herausmeißeln.«

»Babybadewanne Myrte«, zitierte Jeannette flüsternd. »Die hält ihren kleinen Liebling sicher im Wasser, für herrlich unbeschwerten Badespaß.«

»Das Leben ist voller Widersprüche.« Metz seufzte und erhob sich. Der Zuschauersitz knarrte.

Und manche davon tun weh, dachte Jeannette und beeilte sich, ihm hinterherzukommen. Sie überholte ihn auf der Treppe und zückte ihre Marke als erste. »Kriminalpolizei. Wir hätten da ein paar Fragen an Sie.«

Eine Stunde später ließen sie sich aufatmend an einem blankgescheuerten Holztisch nieder, Jeannette betrachtete die Wölkchen am Himmel eines Gemäldes mit Schafherde. Direkt neben ihrer Nische stand ein Tischfußballgerät, an dem ein paar Jugendliche zugange waren, denen Paul Metz eine Weile mit den Augen folgte, als suche er jemanden. Dann wandte er sich achselzuckend zu ihr um.

Jeannette versuchte ein Lächeln. »Dafür der ganze Weg?« fragte sie und wies mit einer Handbewegung auf das Interieur, vom Linolboden über die Blümchentapete bis zu dem Kicker.

»He, der ist locker fünfzig Jahre alt«, protestierte er. »Sie haben doch mal Geschichte studiert, oder?«

»Zeitweise«, gab Jeannette sauer zurück. Offenbar hatte er ihre Akte studiert. Wenn jetzt eine Bemerkung über studierte Frauen kam, oder daß ein Polizist Instinkt brauchte, nicht Bildung, dann würde sie …

Aber er winkte bereits nach der Kellnerin. »Der wahre Grund unseres Hierseins«, verkündete er, »sind die Schnitzel in diesem Laden. Sie mögen doch Schnitzel?«

Jeannette liebte Schnitzel tatsächlich, vor allem mit Kartoffelsalat, aber er wartete ihre Antwort nicht ab und bestellte zweimal. »Der ›Blaue Affe‹ hat die besten Schnitzel weit und breit.«

Die Wirtin lächelte. »Bei uns gibt's auch noch anderes zu essen«, erklärte sie Jeannette gutmütig, ehe sie die Getränke aufnahm und ging.

»Sie sind öfter hier«, stellte die Kommissarin fest.

»Mhh.« Metz nickte und widmete sich seinem alkoholfreien Bier, das prompt kam.

»Suchen Sie nach Bekannten?« erkundigte Jeannette sich, die bemerkte, wie sein Blick schon wieder wanderte.

»Mein letzter Fall lag hier in der Nähe, und ich dachte ...«, meinte er, brachte den Satz aber nicht zu Ende. Dann wandte er sich vom Treiben im Lokal ab und ihr zu. »Was haben Sie denn da alles?« fragte er.

Jeannette breitete ihre Funde aus. »Die Rezension einer Vernissage, die Visitenkarte einer Kunstfreundin, den Lebenslauf eines Teddybären, gestohlen«, fügte sie hinzu, denn das Heftchen hatte sie in letzter Sekunde mitgehen lassen. »Weiterhin ›Schmerz und Schalmei‹«, zitierte sie dann ernst. »›Eine ästhetische Streitschrift für das neue Jahrtausend‹, ein Theaterprogramm, eine neue Ausgabe des Fontäne-Babykatalogs. Dann den Entwurf der Dissertation einer Romanistin über ›Die Struktur des Begehrens in Baudelaires Fleurs du Mal‹.« Sie hatte auch Maria Pfister besucht, die sie bereits in den Büros kennengelernt hatte. »Und der Graphiker aus Dambach hat mir das hier mitgegeben: ein neues Autoaufklebermodell, mit dem er demnächst den Weltmarkt erobern will.«

Ratlos hob Metz die Folie mit dem Schriftzug hoch, der wirkte wie in Metall gekratzt.

»In den Achtzigern hätten sich alle plötzlich bunte Farbkleckse auf ihr Auto geklebt, hat er mir erklärt.« Metz nickte vage. Er erinnerte sich. »Völlig sinnfrei, aber eine Epidemie. Das neue Jahrtausend nun, meinte der Mann, sei reif dafür, Sprüche auf den Kotflügel zu kleben, die aussehen, als hätte jemand mit dem Schlüssel Wörter in den Lack eingekratzt. Auch sinnfrei, so der Schöpfer der Idee, also müßte es klappen.«

Kritisch betrachtete Metz den Spruch. »Ist das nicht ein bißchen ordinär?« fragte er dann.

Jeannette zuckte mit den Schultern. »Jugendjargon, sagte

er. Aber ich vermute, es war das, was ihm zur Polizei als erstes einfiel. Aber er hat noch andere Sprüche für andere Zielgruppen.«

Kopfschüttelnd wollte Metz das Ding beiseite legen, das an seinen Fingern klebenblieb. »Hat er auch ein Alibi?« wollte er wissen.

»Alles, was das Herz begehrt«, meinte Jeannette und zückte ihr Notizbuch, während ihr Kollege den Aufkleber wie ein Schulkind unter die Tischplatte klebte. Dann kamen die Schnitzel. Und der Rest war Schweigen.

»Uff!« Jeannette legte das Besteck weg. »Das macht vieles wett.« Zufrieden wischte sie sich den Mund ab. »Aber jetzt brauche ich einen Spaziergang. Haben wir nicht einen Verdächtigen, der hier in der Nähe wohnt?«

Metz schüttelte den Kopf. Er winkte nach der Rechnung. »Nein, aber ich wollte ohnehin …« Wieder vollendete er den Satz nicht. Draußen vor dem Lokal wandte er sich aber zielstrebig in eine bestimmte Richtung. Jeannette schlenderte an seiner Seite und nahm ihre Rekapitulation des Vormittags wieder auf.

»Mein Kandidat«, erklärte sie, »wäre das hier.«

Sie wies auf einen Namen. Es stand ihr noch deutlich vor Augen, wie sie an der Wohnung geklingelt hatte, nicht weit von den Fontäne-Büros, in einem heruntergekommenen Industrie-Altbau, drinnen mit dem Charme eines Lofts. Es war die junge Frau mit den weißblonden Stoppelhaaren, die Jeannette schon am ersten Vormittag im Café erlebt hatte. Sie empfing die Kriminalbeamtin ohne eine sichtbare Regung.

Hinter ihr her die Wohnräume betretend, hatte Jeannette Zeit gehabt, den akkuraten, symmetrischen Haarschnitt zu bewundern, den sie in solch künstlicher Brutalität zuletzt bei Grace Jones gesehen hatte, und den ausrasierten Nacken, gegen den bei jedem Schritt große Kreolen schlugen. Als ihre

Gastgeberin sich umwandte, waren ihre Augen ebenso exakt geschminkt, mit dicken schwarzen Kajalstrichen, so weit vom Auge entfernt angesetzt, daß es beinahe doppelt so groß wirkte, ein Bühnenmakeup, berechnet auf große Entfernungen. Und Jeannette mußte zugeben, daß sich die Sessel, auf denen sie sich einander gegenüber niederließen, in ausreichendem Abstand voneinander befanden. Die wenigen, blendend weißen Sitzmöbel verloren sich beinahe in dem weiten Raum, der eine Komposition aus vereinzelten weißen Objekten und Tageslicht war, beherrscht von großen Leinwänden. Die Besitzerin fügte sich ein wie ein weiteres Objekt. Jeannette hingegen kam sich vor wie etwas, das die Putzfrau entfernen würde.

»Von Ihnen?« hatte Jeannette, klüger geworden durch die Erfahrungen des Vormittags, höflich gefragt und auf die Bilder gewiesen.

Die Graphikerin hatte laut gelacht. »Schätzchen, wenn ich so was könnte, würde ich nicht bei Fontäne arbeiten.

Jeannette hatte ihren Ärger über das abschätzige Kosewort hinuntergeschluckt und war näher an die Bilder herangetreten. »Das sind Originale«, hatte sie festgestellt und – eingedenk der letzten Bemerkung ihrer Gastgeberin – gefragt: »Teuer?« Sie weitete die Frage mit einer Geste auf die gesamte Wohnung aus.

Die Frau hatte nur die gezupften Brauen hochgezogen und sich auf ihrem edlen weißen Ledersofa niedergelassen mit der Grandezza von jemandem, der es nicht nötig hatte, über Geld zu sprechen. Jeannette rief sich ins Gedächtnis zurück, daß die Graphikerin für die Waschmaschinen- und Kühlschrankseiten im Katalog zuständig war. Ganz klar, woher sie ihre Inspirationen hat, dachte sie, mit einem Blick auf die kühle weiße Pracht ringsum. Und dennoch hatte auch sie den Abstand zwischen ihrem Beruf und dem Privatleben so groß wie möglich gestaltet. Zu groß beinahe, wie es Jeannette schien.

»Kann man sich das von einem Fontäne-Gehalt denn leisten?« hatte sie deshalb nachgehakt.

Die Blonde hatte ein böses Gesicht gezogen. »Es reicht«, war ihre knappe Antwort gewesen. Sie hatte die Beine übereinandergeschlagen und, wie sie da verharrte, einen Arm lässig über die Lehne des Sofas drapiert, so arrogant ausgesehen, daß Jeannette sich nicht hatte verkneifen können zu sagen:

»Aber den Sekt müssen sich die Besucher Ihrer Vernissage selbst mitbringen.«

Mit einem Schlag war ihr Gegenüber puterrot angelaufen, was einen seltsamen Kontrast zu ihren hellen Haaren bot. Sie war vorgeschnellt und hatte nun weit weniger elegant dagehockt. »Woher ...«, hatte sie begonnen, sich dann aber auf die Lippen gebissen.

Jeannette war es ein Vergnügen gewesen. »Und jetzt«, sagte sie, sich vorneigend, »werden wir uns ein bißchen unterhalten, über Ihre Finanzen, Ihre Ausstellung und über den Tag, an dem Herr Sommer starb.«

In dem Moment war die Frau so weiß geworden wie das Sofa.

»Aber sie hat ein Alibi, diese Heike Auer«, warf Metz ein, der stehengeblieben war, »oder?« Sie waren auf eine Querstraße gestoßen, die parallel zur Rednitz verlief. Die Front der heruntergekommenen Jahrhundertwende-Mietshäuser, die die übrigen Straßen des Viertels säumte, brach hier auf und lief aus in ein paar altmodischen Siedlungshäuschen, die sich in kleine Gärten schmiegten, ehe eine Reihe hinter hohen Bäumen versteckter pompöser Neubauten, alle mit großem Grundstück und unverbaubarem Blick auf den Fluß, folgten. Jeannette konnte das Wasser zwischen den Häusern hindurch sehen.

»Sie gab an, mit zwei Freundinnen zusammengewesen zu sein«, las Jeannette ab. »Beide stehen mit auf unserer Liste.«

»Eine Bürofreundschaft«, meinte Metz. Er war an das Gartentor eines der Häuschen getreten und spähte zu den Fenstern hinüber, während er klingelte. »Und«, fragte er dann zerstreut, »haben die das nicht bestätigt?«

»Doch, doch«, meinte Jeannette und kam zu ihrem Argument. »Ganz genau, und das ist es, was mich stört. Sie haben nicht nur dasselbe ausgesagt, sondern auch mit ganz genau den gleichen Worten. Sie sagten«, sie mußte blättern: ›Ich verbrachte den Abend mit meinen Freundinnen.‹ Ist das nicht seltsam?« Triumphierend schaute sie auf. Doch sie mußte feststellen, daß Metz sie gar nicht beachtete, und hielt inne. »Hören Sie mir überhaupt zu?«

»Ganz genau«, murmelte Metz. Dann gab er sich einen Ruck und wandte sich ihr zu. »Was ist daran seltsam?«

»Na die Formulierung«, meinte Jeannette. »So redet doch kein Mensch. Es ist wie in dem Theaterstück, das wir eben gesehen haben: künstlich, ein geschriebener Text. Mensch«, sie war versucht zu sagen »Paul« und hielt einen Moment inne. »Mindestens eine von ihnen ist Werbetexterin. Die weiß, wie man in schlechten Krimis redet.« Sie bemerkte seine zweifelnde Miene und setzte nach: »Was würden Sie denn sagen, wenn ich Sie fragte, wo Sie gestern abend waren?«

»Daß Sie das nichts angeht?« Er grinste. »Apropos, wie lief's mit Ihrem schwulen Freund?«

Jeannette klopfte ihm mit dem Notizbuch auf den Arm. Dann bemerkte sie den Namen auf dem Klingelschild. War das nicht der, den Joseph erwähnt hatte, als er von dem Jungen sprach?

»Ist das der Ort, an dem Ihr unaufgeklärter Mord stattgefunden hat?« fragte sie unvermittelt.

Metz brummte etwas. »Ich dachte vielleicht …«, begann er wieder. Jeannette überlegte bereits, wie sie schonend auf das Thema zu sprechen kommen sollte. Daß es ein Fehler wäre, in so einem Kind sich selber zu sehen und an ihm alte Fehler wiedergutmachen zu wollen. Dasselbe, was sie Joseph am Vorabend gepredigt hatte.

Da kam eine Rentnerin vorbei, die einen Einkaufstrolley mit Schottenmuster hinter sich herzog und ihnen mißtrauische Blicke zuwarf. »Da ist keiner da«, brummte sie im Weitergehen abwehrend.

»Also dann«, sagte Metz und straffte sich. Es war, als bemerke er Jeannette erst jetzt wieder, und er starrte sie einen Moment an. »Eine Absprache also?« Er wiegte den Kopf. Doch man sah ihm an, daß es nicht Heike Auer war, über die er nachdachte. Noch einmal drehte er sich zu dem Haus um. »Wo der Junge bloß stecken mag?« fragte er sich.

»In der Schule«, gab Jeannette zurück und klimperte mit den Wimpern. »Haben Sie keine Kinder?«

20

Keuchend richtete Joseph sich auf. Er war erschöpft, aber glücklich. Sie hatten zwei gute Stunden hinter sich, und das Training lief besser als je zuvor. Zum ersten Mal hatten sie den Kids die Originalmusik zu einer der Bewegungsfolgen vorgespielt, und wider Erwarten war es nicht zu Protesten gekommen. Statt sich damit aufzuhalten, an der schwer zugänglichen Klassik herumzumosern, hatten alle angespannt gelauscht, um ihren Einsatz und den richtigen Rhythmus zu finden.

»Wenn ich etwas dazu machen muß, dann finde ich die Musik auch schön«, hatte ein Mädchen seinen Eindruck zusammengefaßt. Und Joseph hätte sie dafür küssen können. Er schaute zu Anthony hinüber und hob den Daumen. Der Tänzer kam herbeigeschlendert. Auch sein Brustkorb pumpte. Aber auch er strahlte übers ganze Gesicht.

»Fucking fantastic«, flüsterte er seinem Freund zu.

Joseph nickte. »Hast du gesehen, wie der Dunkelhaarige

sich bewegt hat?« Er wies auf den blassen Jungen, der neben Bernd hockte und wie üblich ein düsteres Gesicht zog. »Wenn du ihn ansprichst, findet er alles scheiße. Dabei hat er verdammt noch mal echt Talent.«

»Like his friend«, meinte Anthony und wies auf Bernd, der aus einer Flasche trank und trank und trank.

»Er verausgabt sich richtig«, stellte Joseph fest, nicht ohne Stolz. »Er hat wirklich Feuer gefangen. Und das sieht man an seinen Bewegungen. Wir sollten ...« Sofort begann in seinem Kopf ein neues Bild zu entstehen, eine weitere Schrittfolge, eine kompliziertere Bewegung. Er führte sie in Andeutungen Anthony vor, der zweifelnd den Kopf wiegte und zu bedenken gab, daß man die Kinder nicht überfordern sollte.

»Dann laß es die drei alleine machen«, schlug Joseph vor und wies auf die Freunde. Er war nicht zu bremsen. »Bernd kann seinen Freund heben, das wird cool aussehen, der Dicke hilft, ihn zu halten. Dann in die Drehung, komm schon.« Er umschlang Anthony mit dem Arm. »Die anderen haben in dem Moment eh nur die Wellenbewegung im Hintergrund.« Zögernd stimmte der Tänzer zu.

Joseph war schon dabei. Mit großen Schritten ging er in die Mitte, rief alle mit einem Händeklatschen aus der Pause und verkündete, über das ganze verschwitzte Gesicht strahlend: »Weiter geht's. Ihr probt noch mal den Chor. Und mit euch«, er wies auf die Freunde, »habe ich etwas Besonderes vor.«

Bernd hob den Kopf, der Dicke schaute verwundert, aber nicht unfreundlich. Da Bernd aufstand, tat er es ihm eifrig nach. Nur der Blasse schaute noch mürrischer drein.

»Da kommt wieder unser Missionar«, brummte er. »Aber bild dir nichts ein, der verschwindet wieder, sobald er auf der Bühne den Applaus für uns eingeheimst hat.« Er kannte das; die wenigen Augenblicke, in denen sein Vater für ihn Zeit gehabt hatte, waren die Preisverleihungen gewesen, bei denen sein Sohn ausgezeichnet worden war: Erster beim Skirennen, bayerischer Mathematik-Nachwuchspreis, Geräteturnen Mannschaftssieg. Bei diesen Gelegenheiten war sein Vater gekommen, hatte gelächelt, ihm zerstreut über den Kopf gestreichelt und mit den Lehrern parliert, ganz Mann von Welt, ehe sein Handy dann wieder klingelte und ihn wegrief. Anfangs hatte Alex versucht, möglichst viele Preise zu gewinnen, um den kurzen Moment möglichst oft zu wiederholen. Dann hatte er damit aufgehört. »Für den werde ich mich nicht zum Affen machen.«

»Ach komm«, sagte Bernd begütigend. »Er hat dem Fischer gesagt, wir wären gut. Dafür hat der uns von den Hausaufgaben befreit, damit wir üben können.« Er grinste. »Was hältst du von heute nachmittag am Rednitzufer abhängen?«

Sogar über das Gesicht seines Freundes zog ein Lächeln.

»Also, Jungs.« Joseph war herangetreten. Forsch zog er sie in ihre Positionen und zeigte ihnen, was sie zu tun hatten. Die Jungs stellten sich gar nicht so dumm an, aber das T-Shirt von Bernd störte. Es verschob sich jedesmal, wenn Alex auf seine Schulter sprang, wickelte sich um seinen Hals und würgte ihn. »So geht das nicht«, befand Joseph schließlich. »Ihr macht das klasse«, er klopfte Bernd auf die Schulter, der sich ein frohes Lächeln nicht verkneifen konnte, »aber das Shirt stört.« Er trat einen Schritt zurück. »Zieh das Ding aus. Eure Kostüme sind eh oben ohne. Ihr werdet Hosen tragen und am Oberkörper eine Bemalung, dazu manche einen Umhang mit Federn und am Anfang eine Vogelmaske.« Er beschrieb es mit den Händen. »Denkt euch den Klimbim einfach dazu.«

Als keiner der Jungen reagierte, beschloß Joseph, mit gutem Beispiel voranzugehen, und zog sich sein eigenes T-Shirt über den Kopf. Für einen Moment fühlte er sich unwohl. Es war lange her, daß er an einem Strand gelegen hatte, und sein Körper war nicht so durchtrainiert wie der seines Freundes Martin. Wenn sie im Freibad nebeneinander auf dem Handtuch lagen, hatte er ihn immer für seinen gut definierten

Körper bewundert und sich selbst eher wie eine Made gefühlt. Eine Made mit von Jahr zu Jahr mehr Haaren auf der Brust. Martin hatte ihn dann stets ausgelacht und mit einem Handtuch gejagt. Für einen Moment gab die Erinnerung an seinen Partner ihm einen Stich. Er winkte zu Anthony hinüber, der etwas sagen zu wollen schien. »Schon gut.« Dann bemühte er sich um ein fröhliches Lachen. »Generalproben-Feeling«, verkündete er. »Also dann.«

Als Bernd noch immer keine Anstalten machte, langte er gespielt gut gelaunt nach dem Saum von dessen Shirt und zog es hoch. Für einen Moment lag Bernds Rücken bloß. Aber nur einen kurzen Augenblick. Dann rammte etwas Josephs Seite mit der Gewalt eines D-Zuges. Es waren Alex und Felix, die sich mit aller Kraft gegen ihn geworfen hatten. Joseph stolperte und ließ los. Mit blassem Gesicht zog Bernd sein T-Shirt wieder runter. Er sagte kein Wort und schaute nur zu, wie Felix, der dicke, freundliche Felix, Joseph vor sich hertrieb, ihn immer wieder mit beiden Händen vor die Brust stoßend, bis er mit dem Rücken an einer Sprossenwand stand, zu verdattert, um zu reagieren.

»Du schwule Sau«, brüllte er dabei, und noch einmal: »Du verdammte, schwule Sau.«

Joseph spürte den schmerzhaften Druck der Sprossen gegen seine Schulter. Er sah Felix' wütendes Gesicht, seinen aufgerissenen Mund, das boshafte Glänzen in Alex' Augen, der mit verschränkten Armen zusah, und Bernd, der nur dastand, stumm und teilnahmslos, und sein Shirt festhielt, daß es sich fest um seinen Rücken spannte. Joseph blinzelte. Noch immer stand ihm das Muster vor Augen, das er auf Bernds Haut gesehen hatte, die alten Narben, und die frisch verheilten Striemen, schwarz und blau und verkrustet, wie ein böses Netz, das über allem lag. Nur verschwommen sah er jemanden zu seiner Unterstützung herbeirennen.

»Was ist denn hier los?« fragte eine energische Stimme.

Felix fühlte sich am Arm gepackt und so routiniert beiseite geschoben, als wöge er gar nichts.

»Au«, protestierte er halbherzig und schaute sich nach Alex um, aber der war abgetaucht.

»Jeannette?« Joseph blinzelte überrascht.

Sie stemmte die Hände in die Hüften und schaute sich um, aber der kleine Dicke hatte sich bereits verdrückt. Eine Wand von jungen Gesichtern starrte sie an, verblüfft, abweisend. Keines stach in besonderer Weise hervor.

Joseph räusperte sich, rückte seine Kleider zurecht und trat neben sie. »Alles in Ordnung«, sagte er. Seine Stimme allerdings strafte diese Aussage Lügen.

»Bist du sicher?« insistierte Jeannette. Sie wandte ihren drohenden Blick von den Jugendlichen ab. »Du siehst nämlich gar nicht gut aus.«

Hastig wischte Joseph sich den Schweiß von der Stirn. »Ehrlich, Jeannette.« Er nahm sie um die Schulter und zog sie beiseite. »Brutale Polizeimethoden sind das letzte, was wir hier brauchen«, flüsterte er.

Verletzt zuckte Jeannette zurück. Der Vorwurf, der nach ihrem letzten Fall gegen sie erhoben worden war, daß sie einen Verdächtigen mißhandelt hätte, war immer noch frisch. Und mehr als die gerade noch vermiedene Anzeige hatten sie die Reaktionen der Leute geschmerzt, die sich von ihr distanzierten, meist ohne die Tatsachen zu kennen. »Ich wußte nicht, daß du dich so schämst, mit einer Prügelpolizistin wie mir bekannt zu sein.«

Joseph schüttelte den Kopf. »Es geht um Vertrauen«, erklärte er, »verstehst du das nicht?«

Sie runzelte die Augenbrauen. »Ich verstehe vor allem, daß du mich anlügst.«

Er räusperte sich verlegen. »Tu ich nicht. Aber das hier«, er wedelte mit der Hand in Richtung der Kinder, »ist meine Angelegenheit. Und sie ist mir wichtig.«

»Hast du deshalb unsere Verabredung vergessen?« fragte Jeannette spitz.

Joseph hob erst begütigend die Hände, dann stutzte er. »Ist es schon sieben?«

»Eher später«, stellte Jeannette fest und beobachtete ihn, wie er nachdachte und sich nervös dabei wand. Immer wieder wanderten seine Blicke zu den Jugendlichen hinüber, die Anthony gerade mit einigen Erklärungen abzulenken versuchte.

»Eigentlich«, begann er, »wollten wir noch ein wenig üben, ich ...« Diese Narben, dachte er dabei, dieser Rücken! Ich muß mit dem Jungen reden, ehe er verschwindet, ehe seine Freunde ihn wieder ins Schlepptau nehmen, und wenn ich ihm auflauern muß. »Ich ...«, war alles, was er herausbrachte.

Jeannette nickte langsam. »Schon gut«, sagte sie nur. »Ich habe auch was Besseres zu tun.« Viele Augen sahen ihr nach, als sie die Turnhalle verließ. Doch kaum ein Blick war freundlich.

21

Auf einer Bank am Rand der Fürther Freiheit sitzend, betrachtete sie später alleine das Einsetzen der Dämmerung. Die Musik eines Jazz-Festivals erfüllte die Luft und verzauberte den Platz, der ansonsten mit seiner langen Kaufhausfassade recht banal und wenig reizvoll aussah. Erst links von Jeannette wurden die modernen Gebäude mit ihren Neonreklamen von vereinzelten Gründerzeitvillen abgelöst und begann das Grün, das sie angezogen hatte, sich zu einer Pause niederzulassen, ein wenig entfernt vom Getriebe des Festes, aber in Hörweite der Musik, die ihr gefiel. Hier konnte man den Duft der Bäume noch riechen, auch wenn er sich mit dem Geruch von Pommes und Currywurst aus den Imbißbuden mischte.

Jeannette dachte über Joseph nach. Ihr gefiel nicht, wie er seine neue Aufgabe anging. Sie hätte gerne mit Martin darüber gesprochen, aber der drehte noch immer in München und war selten am Telefon zu erreichen. Und wenn, wollte er nicht über Joseph sprechen. Martin fehlte ihr. Seine besonnene Art fehlte ihr. Sie wünschte, sie hätte ihn hier in Fürth an ihrer Seite, statt dieses ärgerlichen, verführerischen Menschen, über den sie viel zuviel nachdachte. Martin hätte ihr vielleicht sagen können, was hier schieflief und warum sie so unzufrieden war mit der ganzen Art, wie der Fall sich entwickelte. Du hast deine Gedanken nicht beisammen, tadelte sie sich selbst. Du bist zu abgelenkt. Da hilft es auch nichts, daß du bis spät in die Nacht hier herumhängst.

Ein riesiges Brötchen auf zwei Beinen tauchte vor Jeannette auf und überreichte ihr einen Werbezettel für ein neues Bistro. Sie war tatsächlich hungrig und überlegte, dort vorbeizuschauen, statt den langen Weg nach Hause anzutreten und darauf zu hoffen, daß Romeo ihr etwas zu essen übriggelassen hätte. Seit seiner Operation war sie noch laxer geworden, was seine Erziehung anbelangte, und war dazu übergegangen, ihn bei Tisch zu füttern, wenn er bettelte. Hier und da ein Stückchen Parmaschinken war ein geringer Ausgleich für den Verlust seiner Männlichkeit, fand sie. Das rechtfertigte allerdings nicht, daß er ihre Einkaufstüten, die sie oft unausgepackt auf dem Küchentisch stehenließ, auf eigene Faust plünderte. Schinken, Käse, Wurst, selbst Semmeln biß er an. Heute morgen hatte sie ihn mit einem Stück Schokolade ertappt.

Jeannettes Magen knurrte, und sie stand auf. Den Zettel in der Hand, folgte sie der Wegzeichnung, fand das Lokal aber nicht. Statt dessen bemerkte sie, daß sie in einer Straße stand, die den Namen des Fontäne-Gründers trug. Wohnte hier nicht eine ihrer Verdächtigen? Jeannette schaute in ihren Aufzeichnungen nach und fand den Namen. Es mußte sich um die dritte der drei Freundinnen handeln, die sie im Café belauscht hatte, die Frau mit der Cargohose, die ihr auch schon im Kino begegnet war. Anita Lange, las sie. Die andere Hälfte von

Schätzchens Alibi. Jeannette nannte die Weißblonde, Heike Auer, im Geiste nur Schätzchen. Sie schaute in den dunkelblauen Himmel und schätzte die Uhrzeit auf neun. Sollte sie so spät noch einen Versuch starten?

Als sie aufblickte, sah ihr wie zur Bestätigung von einem Plakat, das für Josephs Ballettveranstaltung im Stadttheater warb, das Sponsorenlogo von Fontäne entgegen. Nimm es als Zeichen, sagte sie sich. Du entkommst Fürth und diesem Fall erst, wenn du ihn gelöst hast.

Die Tür war nicht schwer zu finden, die Fenster des Mietshauses waren hell erleuchtet. Aus manchen Fenstern lehnten Menschen und lauschten der Musik. Der Kopf von Anita Lange war nicht dabei. Dennoch wurde auf Jeannettes Klingeln geöffnet. Zu ihrer Überraschung stand sie am Ende von vier steilen Holzstiegen allerdings nicht der Graphikerin, sondern einem jungen Mädchen gegenüber, das sie bockig anschaute.

»Meine Schwester ist nicht da«, gab sie auf Jeannettes Anfrage zu. »Ist noch im Büro.« Ihre Stimme klang widerwillig, und die Kommissarin überlegte, ob das nur der globale Widerwille war, mit dem Menschen ihres Alters die Welt im allgemeinen betrachteten, oder ob er ihrem Erscheinen im besonderen galt, kam aber zu keinem Schluß.

Sie versicherte sich, daß mit Büros die Fontäne-Verwaltung gemeint war. Die Kleine nickte nur, murmelte dann aber ungefragt, daß der Computer ihrer Schwester kaputt sei und sie deshalb dort eine Arbeit zu Ende bringe. Ihre Art war noch immer patzig und abwehrend, dabei biß sie sich auf die Lippen, als müßte sie etwas zurückhalten; irgend etwas arbeitete in ihr. Als Jeannette sich verabschiedete, trat sie plötzlich ins Treppenhaus und rief hinter ihr her: »Aber ich habe ihr schon gesagt, daß ich es nicht gewesen bin, das mit dem Virus. Jedenfalls nicht absichtlich.« Ihre Stimme wurde flehentlich. »Es tut mir leid, daß ich mit ihrem Eye-Mac gesurft bin, sagen Sie ihr das bitte?«

Als Jeannette wieder draußen stand, war es endgültig dunkel. Sie beschloß, Anita Lange die Botschaft ihrer kleinen Schwester trotzdem zu überbringen. Außerdem war sie zu gespannt darauf, ob die Dritte im Bunde ihr mit derselben Aussage kommen würde wie die anderen beiden: »Ich verbrachte den Abend mit meinen Freundinnen«, pah. Noch immer glomm der Ärger in ihr, wenn sie daran dachte, wie Paul Metz ihren Verdacht schließlich vom Tisch gewischt hatte: als Einbildung einer »Studierten«, die zuviel gelesen hatte. Sie schnaubte noch immer. Sprache bedeutete etwas, das würde sie ihm schon noch beweisen. Auch sein ewiges »also dann« sprach Bände. Also dann noch einmal zu Fontäne.

Anschließend würde sie auf einen Sprung in die »Kofferfabrik« gehen, eine Kneipe, die sie noch aus ihrer Studentenzeit kannte, dort etwas trinken und später mit der U-Bahn nach Hause fahren. Ob sie Joseph von dort aus anrufen und ihm einen Versöhnungstrunk anbieten sollte? Oder, fiel es ihr mit klopfendem Herzen ein, vielleicht Philipp Gläser? Jetzt hatte sie ihm schon zweimal abgesagt. Er mußte ja langsam glauben, daß es ihr nicht ernst war mit ihrer Verabredung. Zwar sehnte sie sich nach Entspannung, und sie wußte, in seiner Gegenwart wäre sie alles andere als gelassen. Schon der Gedanke daran, ihn heute zu treffen, ließ ihr Herz schneller schlagen. Aber verdammt noch mal, wollte sie sich nun verlieben oder nicht?

Sie trug seine Visitenkarte in ihrem Geldbeutel. Im Gehen zog sie das zerknitterte Stück heraus und tippte die Nummer ein. Dann hielt sie das Handy an ihr Ohr. Es kam kein Laut, tot. Jeannette fluchte. Der verdammte Akku war schon wieder leer. Sie mußte das Ding endlich mal zur Reparatur geben, das war ja nicht normal. Es half ihr im Moment allerdings wenig. Nun ja, sie tröstete sich mit dem Gedanken, daß Anita Lange sie möglicherweise in ihrem Büro telefonieren ließ.

Als sie vor der Hauptverwaltung stand, war der Schlagbaum

heruntergelassen und das Pförtnerhäuschen leer. Doch es brannte noch Licht, und auch das schwere Gittertor war erst halb geschlossen, also schlüpfte Jeannette hindurch und ging hinüber zur Eingangstreppe. Kein Mensch begegnete ihr, und das gepflegte »Gong«, das die Ankunft des Aufzugs ankündigte, tönte übermäßig laut in der leeren Halle.

Mit einem Summen fuhr die Kabine in die vierte Etage. Dort leuchtete Jeannette der Teppich im typischen Firmengrün entgegen. Sie hörte Schritte sich entfernen, doch als sie aus dem Aufzug heraus und um die Ecke getreten war, lag der Korridor leer vor ihr; der andere späte Besucher war hinter einer der vielen Türen verschwunden.

Jeannette ging an den Türschildern entlang und las leise die Nummern ab. An manchen standen Namen; so war das offenbar: Einige waren Nummern, manche hatten einen Namen. Anita war die Nummer vierhundertachtunddreißig. An ihrer Tür klebte unübersehbar die Kopie eines Vertrages, den Jeannette mit gerunzelter Stirn musterte. Sie studierte das Kleingedruckte und erfuhr, daß die Firma Fontäne mit Unterschrift vier Prozent Skonto von den Rechnungen des Lieferanten abziehen durfte und darüber hinaus noch einmal drei Prozent einer sogenannten, das Wort war mit Filzstift unterstrichen worden, »Kooperationspauschale«. »Saustarkes Wording«, hatte jemand in Großbuchstaben danebengekritzelt. Tatsächlich, die gute Anita war schwer verstimmt.

Zu sehen allerdings war sie nicht. Zwar brannte Licht an ihrem Schreibtisch, und der Computer lief noch brummend, aber der Drehstuhl mit der übergehängten leichten Strickjacke war leer. Jeannette überlegte kurz, ob das ein Trick sein könnte. Sie hatte von ihrem Exschwager gehört, daß es in manchen Universitätsbüros üblich war, Licht brennen und ein Kleidungsstück zurückzulassen, um seinen Professor glauben zu machen, man leiste die halbe Nacht hindurch wissenschaftliche Arbeit. Aber im Hinblick auf den Türschmuck nahm sie nicht an, daß die Graphikerin so profilbeflissen wäre. In dem Moment ging auf dem Flur das Licht aus. Wieder wurden kurz Schritte laut. Dann war alles still. Jeannette, dankbar um den kleinen Lichtkreis der Schreibtischlampe, ging zur offenen Tür und lauschte in den Gang hinaus. Nichts war zu hören. Sie schaute sich nach einem Lichtschalter um, konnte aber keinen finden. Erst an der Biegung des Ganges leuchtete ihr ein schüchternes rotes Licht entgegen.

Fluchend machte Jeannette sich dorthin auf den Weg. Prompt stolperte sie über eine Teppichfalte, um, als sie ankam, festzustellen, daß es sich um das Netzlicht eines Elektrogerätes handelte. Gerade wollte sie sich wieder auf den Weg zurück zu der erleuchteten Bürotür machen, als diese durch einen kaum merklichen Zug bewegt wurde und sich mit zögerndem Klicken schloß.

Jeannette stand in völliger Finsternis. Diese Gänge hatten keine Fenster, kein Schimmer einer Straßenlaterne, kein Rest Dämmerung fiel herein. Nur die Schritte erklangen wieder. Langsam stellten Jeannettes Nackenhaare sich auf. Zum ersten Mal dachte sie daran, daß sie mit einer wütenden, einer sehr wütenden Frau hier alleine war. Vielleicht hatten ihre Freundinnen ihr bereits berichtet, daß eine Polizistin unterwegs war, die zu ihrem Alibi eine sehr skeptische Miene gemacht hatte? Vielleicht war ihrer kleinen Schwester doch noch mulmig geworden, und sie hatte angerufen, um Anita vorzuwarnen, es käme später Besuch. Ehe sie den Gedanken zu Ende gedacht hatte, zog Jeannette bereits ihre Waffe.

Da ging das Licht wieder an. Jeannette stand blinzelnd da und kam sich nackt vor mit der Pistole in der erhobenen Hand und ein wenig albern. Aber irgendwer mußte irgendwo auf einen Schalter gedrückt haben. Jemand war da.

»Hallo?« rief Jeannette. Die Rigipswände schluckten ihren Ruf. Da gab sie sich einen Ruck. Sie würde das Stockwerk ablaufen, sämtliche vier Biegungen. Hinter einer davon würde ihr nächtlicher Gefährte wohl zu finden sein. Sie machte sich auf den langen Weg durch die Flure, drückte probeweise auf Türklinken, lugte in Eingänge und entdeckte – niemanden. Im Vorbeigehen probierte sie auch die Glastür zum Treppenhaus. Sie war abgeschlossen. Jeannette nickte, sie hatte beinahe nichts anderes erwartet. Als sie am Aufzug vorbeikam, der sie vor kurzem noch nach oben gebracht hatte, probierte sie auch hier den Knopf. Er reagierte nicht. Der Aufzug war abgeschaltet worden. Nun brach Jeannette der Schweiß aus.

Ihre erste Reaktion war Ärger. Verdammt, wenn sie tatsächlich hier eingesperrt war! Sie hatte keine Lust darauf, eine lange Nacht in einem Bürohaus zu verbringen, um am nächsten Morgen den erstaunten Angestellten erklären zu dürfen, was sie hier triebe. Die zweite war Angst. Sie mochte hier vielleicht eingesperrt sein, aber sie war es nicht allein. Irgend jemand war vor ihr hiergewesen, hatte den Schalter bedient, vielleicht sogar den Schlüssel herumgedreht, deshalb saß sie hier fest. Jemand spielte mit ihr Verstecken.

Plötzlich setzte ein neues Geräusch ein. Jeannette fuhr herum. Langsam näherte sie sich der Tür, hinter der das Geräusch erklungen war, und stieß sie auf, die Waffe im Anschlag. »Kommen Sie da raus«, verlangte sie. Es kam keine Reaktion. Vorsichtig näherte sie sich der Türöffnung. Sie erspähte die dämmrig-weißen Fronten einer Küche, beschienen vom fernen Licht einer Straßenlaterne und einem beinahe vollen Mond, dazwischen unwägbare Schatten. Jeannette wiederholte ihre Aufforderung. Als niemand Folge leistete, holte sie tief Luft, knallte die Tür ganz nach innen auf, querte den Lichtstrahl, der vom Korridor hereinfiel und warf sich drinnen mit dem Rücken gegen die Wand, um die verbleibenden toten Winkel des Zimmers zu sichern.

Eine Kaffeemaschine schimmerte ihr entgegen, ein Stapel alter Zeitschriften fiel durch die Erschütterung vom Tisch, und mit einem empörten Rütteln kam der Kühlschrank zur

Ruhe, dessen Summen sie angezogen hatte. Als sie sich sicher war, alleine zu sein, zog Jeannette seine Tür auf und checkte den Inhalt. Na prima, dachte sie, und ihr Zorn wuchs, einen Diätjoghurt erlegt. Immerhin würde sie hier nicht verhungern.

Aber verflucht, sie hatte keine Lust, hier festzusitzen. Die Teeküche besaß ein Fenster auf den Hof, und sie konnte einen Blick auf die linke Seite des Pförtnerhäuschens werfen. Dort brannte immer noch Licht. Aber sie konnte nicht erkennen, ob der Stuhl besetzt war.

Der Pförtner, dachte sie, das ist die Lösung. Ich werde ihn anrufen. Sie zückte ihr Handy, um im spärlichen Licht der hereinfallenden Straßenbeleuchtung die Nummer zu wählen. Dann fiel ihr der leere Akku wieder ein. Mist, verdammter! Sie würde es von Anitas Büro aus versuchen müssen. Sofort wollte sie aufbrechen. In diesem Moment erlosch das Flurlicht erneut. Jeannette erstarrte. Wer immer da draußen war – wo sie sich befand, hatte er nach ihrem kleinen Auftritt eben mit Sicherheit mitbekommen. Sich zu zeigen, hatte er allerdings nicht für nötig gehalten. Es war müßig, über die Gründe dafür zu spekulieren. So oder so, sie mußte hier raus.

Nur ungern verließ sie das Halbdunkel der Küche und den Anblick des Himmels für die tiefe Dunkelheit des Flures und seine dumpfe Atmosphäre. Einen Moment lang versuchte sie sich zu erinnern, wie oft sie bereits links abgebogen war und ob sie sich schon wieder in dem Teil des Flures befand, in dem Anitas Büro lag. Dann, mit einemmal, wuchs in ihr ein Unbehagen, das sich nicht vertreiben ließ. Jeannette erstarrte, der Schweiß stand ihr auf der Stirn. Sie fühlte, nein, sie wußte mit absoluter Sicherheit, daß sie nicht alleine war. Irgend jemand stand hier, nicht weit von ihr entfernt. Sie streckte die freie Hand aus und berührte die Wand des Flures. Da war eine Türfassung, eine Klinke, abgesperrt. Jeannette wagte einen Schritt. Ihr war, als knisterte der Teppich unter ihren Schuhen ohrenbetäubend. Doch von dem anderen, sosehr sie auch den Atem anhielt, konnte sie keinen Laut hören. Oder war da etwas? Ein Schlag, ein unterdrückter Schrei. Jeannette fuhr herum und blinzelte in die Schwärze.

Sie widerstand dem Drang, auf das Geräusch zuzugehen, und zog sich statt dessen Schritt für Schritt zurück. Nächste Tür, Klinke, Widerstand. Hatte Anitas Tür sich überhaupt rechts oder links befunden? Jeannette hatte Mühe, sich noch zu erinnern. Es schien, als läge vor ihr nur dieser endlose Korridor, der sie immer im Kreis herumführte.

Da, ein Knacken, Jeannette fuhr zusammen. Waren das nur die Wände gewesen, oder folgte ihr jemand? Tür, Klinke, Widerstand. Es war zum Verrücktwerden. Als sie schon gar nicht mehr damit rechnete, gab plötzlich eine Klinke unter dem Druck ihrer schweißnassen Finger nach. Eine Schrecksekunde lang strömte Licht auf den Flur und tauchte die Umrisse der erschrockenen Jeannette in Helligkeit. Geblendet starrte sie den Flur hinunter und fuhr, als sie hinter sich Schritte hörte, herum. Doch beide Male sah sie nichts als die kahlen Wände. Mit einem Fluch zog sie sich in das Büro zurück und schloß die Tür. Als nächstes löschte sie das Licht. Für ewige Sekunden starrte sie auf die leuchtende Fläche des Bildschirms. Eine Mail, sie konnte eine E-Mail absenden. Aber zuerst würde sie noch einmal versuchen, beim Pförtner anzurufen. Sie wählte und lauschte mit klopfendem Herzen dem Piepton, aber vergebens. Es ging niemand ran. »Mist«, murmelte sie herzhaft und warf den Hörer auf die Gabel. Dann machte sie sich an den Computer. Sie schickte Meldungen an alle Adressen, die ihr einfielen, an die Reviere, an ihre Familie, an Joseph. Ohne große Hoffnung allerdings, daß um diese Uhrzeit noch jemand in seinen elektronischen Postkasten sehen würde. Die Uhr auf dem Schreibtisch zeigte Viertel vor elf.

Und dann bewegte sich die Tür.

Jeannette glitt lautlos aus dem Stuhl und ging hinter dem

Schreibtisch in Deckung. Langsam, ganz langsam wuchs die schwarze Öffnung vor ihr. Umrisse zeichneten sich schemenhaft ab, ein Kopf, eine Schulter, eine erhobene Hand. Darin eine Waffe. Jeannette hob den Revolver und zielte. Der Schatten schob sich mit dem Rücken zur Wand herein und verharrte. Draußen fuhr ein Auto vorbei. Der Reflex der Scheinwerfer wanderte über die Mauern und ließ für einen Moment aufschimmern, was der Unbekannte hielt. So langsam und leise sie konnte, entsicherte Jeannette ihre Waffe. In ihren Ohren war das leise Klicken wie ein Knall. »Waffe runter«, rief sie dann und sprang vor.

Der Unbekannte reagierte anders als erwartet. Das metallene Etwas in seiner Hand sauste herunter und hätte beinahe Jeannette an der Schulter getroffen, die es im letzten Moment schaffte auszuweichen. Im Fallen trat sie der fremden Gestalt gegen das Knie und hatte die Genugtuung, sie mit einem Schmerzensschrei zusammenbrechen zu sehen. Ein zweiter Tritt beförderte das Rohr, mit dem sie bewaffnet gewesen war, in eine entfernte Ecke. Jeannette rappelte sich auf und tastete auf dem Schreibtisch nach dem Schalter der Lampe. Stifte und ein Glas stürzten um und rollten auf den Boden, ehe sie ihn gefunden hatte und das vertraute gelbe Licht die Szene in seine warme, beruhigende Helligkeit tauchte.

Vor ihr auf dem Boden lag Anita Lange und hielt sich mit verzerrtem Gesicht das Kniegelenk. Mit großen Augen starrte sie zu Jeannette hinauf, die ebenfalls schwer atmete und nur langsam begriff, daß es nicht Schmerz, sondern Angst war, was die andere lähmte. Mit zitternden Fingern suchte sie nach ihrer Dienstmarke. »Polizei«, stieß sie hervor und ließ sich in den schwarzen Drehsessel fallen. »Kommissarin Dürer.«

Anita Lange rappelte sich langsam hoch und rieb ihr Knie. »Und da überfallen Sie zu nachtschlafender Zeit die Leute?« keuchte sie.

»Sie arbeiten ja auch noch«, gab Jeannette zurück.

Die Graphikerin zog sich am Tisch hoch. Jeannette schob ihr mit dem Fuß einen Hocker zu.

»Ich weiß, ich sollte nicht. Nicht nach allem, was passiert ist. Aber ich dachte ...« Anita Lange verriet nicht, was sie gedacht hatte. Statt dessen öffnete sie eine Schreibtischschublade, zog eine Dose Cola hervor, öffnete sie und nahm einen großen Schluck. »Meine einzige Droge«, erklärte sie mit Befriedigung in der Stimme. Es schien ihr besserzugehen. Dann warf sie einen Blick auf den Bildschirm. »Sie waren an meinem Computer.« Es klang alarmiert.

»Ich habe bloß eine Hilfsbotschaft abgesendet«, sagte Jeannette beschwichtigend. »Wir sind eingesperrt.«

Anita Lange sah erleichtert aus. Sie nickte. »Das ist mir schon mal passiert. Verdammt unheimlich.« Sie nahm einen neuen, kräftigen Schluck. »Normalerweise warte ich in solchen Fällen auf den Pförtner. Er kommt auf seinem Rundgang überall noch einmal vorbei. Aber dann fiel mir ein ...« In diesem Moment wurde draußen das Klacken eines Schlüssels hörbar. Klirrend und scheppernd öffneten sich die Türen zum Treppenhaus. Schritte näherten sich, jemand pfiff vor sich hin.

»Dann fiel mir ein ...«, stammelte Anita Lange wieder. Die Angst in ihren weit aufgerissenen Augen verriet Jeannette, was sie dachte. Gerhard Sommer wäre sicher überhaupt nicht verwundert gewesen, wenn er damals plötzlich dem Pförtner gegenübergestanden hätte. Nicht verwundert und nicht alarmiert. Er hätte womöglich nicht einmal von seinem Schreibtisch aufgesehen.

Die Melodie kam näher und wiederholte sich.

Jeannette spürte, wie ihr Mund trocken wurde. Wieder zog sie ihre Pistole. »Kommen Sie hinter mich«, flüsterte sie. Anita Lange machte einen Schritt. Da füllte eine Gestalt die Türöffnung. Wie in Trance drehte Anita Lange sich um.

»Zur Seite«, fauchte Jeannette, die kein freies Schußfeld hatte.

Schon fuhr der Arm des Mannes mit dem Baseballschläger

hoch. Die Schlüssel, die er außerdem hielt, klirrten. Jeannette warf sich zur Seite und zielte im Sprung, während der mächtige Männerarm niederging. Er umschlang Anita Lange und zog sie mit sich auf den Boden.

»Vorsicht, Fräulein«, rief der Pförtner, da ist ...« Der harte Aufprall schnitt ihm das Wort ab.

»... die Polizei«, vollendete Jeannette, die als erste von den dreien zu sich kam und sich hochrappelte. Sie sicherte ihre Pistole und steckte sie weg, innerlich erleichtert, keinen Schuß abgegeben zu haben und nun kein Protokoll ausfüllen zu müssen, warum das Revier den Fontäne-Büros eine Renovierung schuldete. Sie streckte die Hand aus und half Anita Lange hoch, die sich unwirsch aus der unwillkommenen Umarmung ihres Retters befreite. Wütend starrte der Pförtner Jeannette an und stand langsam auf.

»Wissen Ihre Vorgesetzten, daß Sie bei Ihren Rundgängen eine Waffe tragen?« erkundigte Jeannette sich provozierend. Jetzt, wo sie vor ihm auf den Knien gelegen hatte, konnte sie den Mann noch weniger leiden als zuvor. Der hieb sich den Schläger mehrfach in die offene Hand. Polizei hin oder her, offenbar teilte er ihre Antipathie in vollem Maße. Dann steckte er das Holz in seinen Gürtel.

»Das ist keine Waffe«, erklärte er von oben herab, »das ist ein Sportgerät. Sie merken ja selbst, wie nervös man in den leeren Räumen wird.«

»Allerdings«, murmelte Anita Lange und humpelte hinüber zu ihrer eigenen »Waffe«, um sie mit einem unauffälligen Schubs des Fußes unter ein Regal zu kicken. Jeannette hinderte sie daran und zog sie hervor. Es war das Metall-Bein eines Bürostuhls. »Das lag im Kopierraum herum«, rechtfertigte sich die Graphikerin.

Jeannette betrachtete das Ding und beschloß, es sicherheitshalber an sich zu nehmen, ebenso wie den Baseballschläger des Pförtners.

»Was will sie denn damit?« flüsterte die Graphikerin ihm zu, die ihre Sympathien nun, da die Situation aufgeklärt war, schnell wieder von der Kommissarin auf den Kollegen verlagerte.

Der Mann grinste. »Prüfen, ob noch Gehirnmasse vom Sommer dranklebt, stimmt's?« Er schaute Jeannette provozierend an. Und diese bedauerte nur, daß er nicht mitbekam, wie deutlich Anita Langes angeekeltes Gesicht zeigte, daß er seinen Sympathiebonus so schnell verlor, wie er ihn gewonnen hatte.

»Dann wollen wir mal so schnell wie möglich hier raus«, meinte Jeannette nur. Sie war mit einemmal sehr müde.

»Ich muß erst meinen Rundgang beenden«, protestierte der Pförtner.

Aber Jeannette zeigte sich nicht gewillt, darauf einzugehen. »Erst lassen Sie uns heraus, dann können Sie weitermachen«, beschied sie den Mann. Und er gehorchte, wenn auch zähneknirschend. Auf dem Weg bis in die Eingangshalle pfiff er nicht ein einziges Mal.

Anita Lange quetschte sich gemeinsam mit Jeannette durch den Spalt im Gittertor und machte sich mit einem gemurmelten Gruß auf den Heimweg. »Ja dann.«

Jeannette rief sie zurück. »Was ich Sie noch fragen wollte«, begann sie und wurde dann doch noch los, weswegen sie hergekommen war.

»Am abend als der Sommer starb?« Anita Lange runzelte die Stirn und tat, als dächte sie nach. Jeannette wartete auf die Antwort. Sie hätte sie Silbe für Silbe mitsprechen können. »Ich verbrachte den Abend mit meinen Freundinnen. Warum?« fügte Anita Lange dreist hinzu und klimperte mit den Wimpern, ehe sie sich endgültig abwandte und ging.

22

Erschöpft kam Jeannette nach der U-Bahnfahrt zu Hause an. Nach der »Kofferfabrik« und Ausgehen hatte ihr nicht mehr der Sinn gestanden. Müde, frustriert und mit laut knurrendem Magen schloß sie gerade ihre Haustür auf, mit nichts mehr rechnend als dem vorwurfsvollen Maunzen ihres Katers und einem Kühlschrank, der noch leerer war als der in der Fontäne-Teeküche, als sie das Licht unter der Küchentür sah. Nein, dachte sie, nicht noch ein unliebsamer Besucher.

Ihre Mutter konnte es nicht sein, die hatte den Schlüssel abgeben müssen, als Regine eingezogen war. Ihre Freundin hatte ihr erklärt, daß es mehr wäre, als sie vertrüge, nach einem langen Arbeitstag unverhofft Frau Dürer senior in der Wohnung anzutreffen, wie sie Fenster putzte oder die Bügelwäsche erledigte, während auf dem Herd ein Schweinebraten köchelte und ihr ein Vortrag über das Waschen von Wollsachen gehalten würde. Jeannette hatte das voll und ganz verstanden.

Der Zweitschlüssel war also an Regine gegangen, doch die lag nun gelähmt im Krankenhaus. Jeannette hatte Mühe, ihre Gedanken zu sammeln. Sie war am Ende ihrer Kräfte und ihrer Geduld. Im Reflex zog sie die Waffe, als die Küchentür aufging.

»Gott, bin ich froh, daß du endlich da bist.« Joseph ging mit langen Schritten auf sie zu und umarmte sie so heftig, daß sie ihre Mühe hatte, die Pistole vor ihm zu verbergen. »Es tut mir so leid.«

Er zog sie in die Küche und setzte sie vor einen Teller mit Reis, über den er ein verführerisch duftendes Gulasch schöpfte.

Maunzend sprang Romeo auf ihren Schoß und begann sich zu räkeln. Sie schob ihn beiseite und griff zur Gabel.

»Du hast gekocht?« fragte sie mit vollem Mund und schaufelte Pasta in sich hinein, bereit, alles zu vergeben und zu vergessen, wenn man sie nur in Ruhe essen ließe.

»Ja«, meinte er verlegen und wies auf das Durcheinander in der Küche. »Ich hatte den Schlüssel noch von unserer Renovierungsaktion her, und da dachte ich, eine kleine Geste meinerseits könnte vielleicht ...«

»Schon gut«, mümmelte Jeannette kauend. Ihr Bauch füllte sich langsam, die Nachwirkungen der Aufregung und des langen Tages machten sich bemerkbar. Sie fühlte ihre Augenlider schwer werden. Sie war froh, daß Joseph gekommen war, froh, daß sie einander nicht mehr böse waren, aber sie war auch müde und hätte die Details der Versöhnung, all die Geständnisse und Bekenntnisse, gern auf den nächste Tag verlegt.

Joseph ließ sich auf den Stuhl neben sie fallen und legte die Arme auf den Tisch. »Ich weiß einfach nicht mehr weiter«, brach es aus ihm heraus.

Jeannette schloß die Augen und seufzte innerlich. Das war wirklich nicht der Tag dafür, befand sie. Aber Joseph war ein Freund, er hatte gekocht, sie konnte ihn jetzt nicht einfach vor die Tür setzen, um, wie sie es sich sehnlich wünschte, ihre müden Knochen in die Badewanne zu schleppen.

»Hör mal«, begann sie sanft und pflichtschuldig. »Ich weiß, daß es schwer für dich war, seit Martin weg ist. Es ist immer ein Schock, wenn man denkt, alles ist wunderbar, und dann bemerken muß, daß der Partner das ganz anders sah, und das vielleicht schon längere Zeit, aber glaub mir ...«

»Er hat den ganzen Rücken voller Narben.«

Einen Moment lang wußte Jeannette nicht, wovon Joseph sprach. Der Satz hinterließ nur ein vielstimmiges Echo in ihrem Kopf, und es dauerte eine Weile, bis sie verstand, was er besagte, und dann einen weiteren Moment, bis sie definitiv sicher war, keine Ahnung zu haben, wovon er sprach. Jeannette öffnete die Augen.

»Wovon redest du?« fragte sie.

»Der Junge, in meinem Tanzprojekt, Bernd!« Nun sprudelte es aus Joseph heraus, und er erzählte den ganzen Vorfall von vorne bis hinten. Als er zu der Stelle kam, an der er von Felix durch die Halle geschubst worden war, wurde er noch einmal blaß.

Jeannette sah die feinen Schweißtropfen auf seiner Stirn und ergriff seine Hand. Sie wußte, wie tief die Angst vor Diskriminierung in Joseph trotz der lockeren, ironischen Fassade immer noch saß.

»Willst du ihn anzeigen?« fragte sie möglichst ruhig.

Joseph schüttelte den Kopf. »Und ich dachte, sie vertrauen mir. Ich habe geglaubt, ihnen ein Stück nähergekommen zu sein.«

Jeannette überlegte. »Vielleicht«, meinte sie dann, »bist du ihnen zu nahe gekommen.« Als er sie groß anschaute, erläuterte sie den Gedanken. »Zweifellos sind die Narben sein Geheimnis; er wollte sie vor dir verstecken. Er schämt sich ihrer, schämt sich, geschlagen worden zu sein. Er war noch nicht soweit, dir das anzuvertrauen.« Sie hielt inne. »Weißt du, wer ihn so zugerichtet hat?«

Joseph schüttelte den Kopf. »Ich habe die Szene wieder und wieder vor Augen, weißt du. Ich sehe diesen Rücken.« Er hob die Hände und malte etwas in die Luft, was nur er gesehen hatte. Dann ließ er sie sinken. »Es waren alte Narben dabei, da bin ich sicher, dazwischen helle Striemen, nichts, was rot oder frisch gewesen wäre.

Jeannette schaute ihn aufmerksam an. »Also eine Geschichte, die lange ging und vor kurzem endete.«

Er nickte und fuhr sich mit beiden Händen über das Gesicht. Über seine Finger hinweg schaute er sie hilfesuchend an.

Aber Jeannette war nicht gewillt, ihn zu schonen. »Sein Vater ist vor kurzem gestorben«, sagte sie.

Joseph nickte. »Ja, daran mußte ich auch denken«, gab er zu. Er schaute auf. »Es liegt so nahe, nicht?«

Jeannette mußte an die vielen Fälle denken, die sie schon

bearbeitet hatte. Familiäre Gewalt, nannte sich das. Sie schnaubte. Als ob das familiäre daran die Gewalt irgendwie anders machte als banale Gewalt, besser, entschuldbarer, erklärbarer zumindest.

»Sein Vater ist ermordet worden«, gab sie zu bedenken. »Angeblich von Einbrechern.«

Joseph nickte. Seine Augen wurden feucht. Jeannette fuhr nachdenklich fort.

»Ich stand heute zufällig vor dem Haus, weißt du. Es ist nichts Besonderes. Für einen Raubüberfall hätten sich ganz in der Nähe lohnendere Objekte gefunden.« Sie ließ das Ende des Satzes in der Luft hängen. Joseph vergrub sein Gesicht und seufzte.

»Er hat einen Laptop«, sagte er leise, »er nennt es ein Erbstück. Ich habe mir gedacht, so etwas hätten Einbrecher sich doch nicht entgehen lassen, oder?« Er wartete eine Weile. »Oder?« wiederholte er.

Jeannette streckte die Hand aus und streichelte ihm über die Haare. »Du solltest zur Polizei gehen«, sagte sie.

Er schaute auf und griente. »Habe ich das nicht eben getan?« fragte er.

Jeannette schüttelte den Kopf. »Joseph, wenn du den begründeten, ach was sage ich, auch nur den leisesten Verdacht hast, dieser Junge könnte etwas mit dem Tod seines Vaters ...«

Joseph streckte die Hand aus und legte ihr einen Finger auf die Lippen. »Wie er mich angesehen hat«, murmelte er und starrte an ihr vorbei. »So verwirrt, so verletzlich.« Sein Blick suchte ihre Augen. »Da war kein Haß in seinem Gesicht. Nein.« Er schüttelte den Kopf. »Daß sein Vater ihn geschlagen hat, muß noch lange nicht heißen, daß Bernd ihn deshalb ...« Er brachte das Wort nicht heraus.

Jeannette wollte etwas sagen, doch Joseph schüttelte den Kopf.

»Er ist mißhandelt worden«, sagte er. »Brutal mißbraucht.

Und seine Mutter ...« Er machte eine wegwerfende Handbewegung.

Jeannette nickte. »Trotzdem«, ermahnte sie ihn. Wieder schüttelte er den Kopf.

»Ich will erst mit ihm reden«, meinte er, »ich muß, verstehst du?« Eindringlich griff er nach ihren Händen. »Ich glaube, daß ich ihn erreichen kann.«

Jetzt war es an Jeannette, den Kopf zu schütteln. »Das kann gefährlich sein«, gab sie zu bedenken.

Joseph lächelte. »Es sind Kinder«, erwiderte er.

Wortlos schaute sie ihn an. Aber er war entschlossen.

»Laß dich auf nichts ein, was dir über den Kopf wachsen könnte«, ermahnte Jeannette ihn noch. Aber sie sprach nur zu seinem Rücken. Joseph war aufgestanden und hatte sich darangemacht, das Geschirr zusammenzuräumen. Er wusch sich die Hände und griff nach seinem Schlüsselbund. Sein Entschluß stand ganz offensichtlich fest.

»Wenn ich nichts von dir höre«, sagte Jeannette noch, als er bereits an der Tür war, »werde ich mich an meinen Kollegen wenden müssen. Er bearbeitet den Fall.« Sie dachte an Metz' Gesicht, als er vor dem Haus gestanden hatte. Tatsächlich war sie überzeugt, daß er mit Leib und Seele noch an der Sache hing. Sie beschäftigte ihn viel stärker als der Fontäne-Mord. Joseph schenkte ihr zum Abschied nur einen Blick. Sein Mund war verkniffen.

»Danke für das Essen«, rief Jeannette ihm hinterher. Als Antwort kam nur das Türklacken.

Na prima, dachte Jeannette, einen Freund vergrault. Aber sie konnte nicht anders, sie hielt ihre Haltung für richtig. Einen Moment lang überlegte sie sogar, ob sie ihr Wort zurückziehen und Paul Metz sofort anrufen sollte. Sie war im Besitz von Erkenntnissen, die seinen Ermittlungen eine ganz neue Richtung geben konnten.

Dann wurde sie unsicher. War sie das? Was konnte sie schon

vorbringen? Der Junge war geschlagen worden, nun gut. Aber weder galt als sicher, daß der Vater der Schuldige war – obwohl, dachte sie bitter, wer sollte es sonst sein, immer waren es die Väter, sie hatte schon so viele solcher Fälle gesehen. Noch brachte das den Jungen zwingend mit dem Mord in Verbindung, rief sie sich zur Ordnung. Da war nur ... Sie suchte es zu fassen. Diese Angst in Josephs Gesicht, als er erzählte, wie die drei auf ihn losgegangen waren. Die Atmosphäre, die er geschildert hatte, diese Aura aus Wut und Entschlossenheit erschütterte auch sie.

Vielleicht war sie einfach nur müde. Jeannette schaute auf die Uhr. Bald eins, nein, sie würde Paul Metz ganz sicher nicht um diese Uhrzeit stören und sich lächerlich machen, beschloß sie. Gähnend wankte sie am Telefon vorbei in Richtung Schlafzimmer.

Da klingelte das Telefon.

»Das mit dem Mord«, sagte eine Stimme, die sie nun schon kannte, kaum daß Jeannette sich gemeldet hatte. »Das waren wir nicht.«

23

Als das Telefon sie am nächsten Morgen aus dem Schlaf riß, fühlte Jeannette Dürer sich, als hätte sie einen Kater. »Romeo, runter da«, murmelte sie und schob das Tier von ihren Knien. Mit eingeschlafenen Waden humpelte sie zum Apparat. »Jeannette Dürer«, murmelte sie verschlafen, um gleich darauf alarmiert hinzuzufügen:

»Mutter! Weißt du, wieviel Uhr es ist?«

»Man erreicht dich ja sonst nie«, rechtfertigte Frau Dürer senior ihren morgendlichen Überfall. So wie sie all ihre Handlungen stets perfekt zu rechtfertigen wußte.

»Ich bin doch in dieser Sonderkommission, Mutter, in Fürth.« Jeannette gähnte und wischte sich übers Gesicht.

»Mein Gott, Kind, wo du dich herumtreibst.« Frau Dürer seufzte besorgt.

»Mama, man kommt da mit der U-Bahn hin.«

»Ja, ja«, erwiderte Frau Dürer auf ihre unnachahmlich ausweichende Weise, die ihre Abneigung klar ausdrückte, ohne sie offen zuzugeben und ohne ein greifbares, bekämpfbares Argument dafür vorbringen zu müssen. Jeannette seufzte.

»Kriegst du denn auch genug zu essen, Kind?« faßte Frau Dürer ihre Sorgen zusammen.

»Mama, man kann auch in Fürth essen gehen, weißt du.«

»Schon, aber ...«

»Ich habe dort gestern sogar das größte Schnitzel meines Lebens verspeist.«

Am anderen Ende der Leitung herrschte eine vorwurfsvolle Stille, die Jeannette zu verstehen gab, daß sie so weit nicht hätte gehen dürfen. In Fürth Nahrung zu sich zu nehmen, war eine Sache, sie zu loben, eine andere. Jeannette setzte noch eins drauf.

»Und demnächst will Joseph mich dort in ein spanisches Lokal ausführen, wo es ganz köstliche Tapas geben soll.«

»Ist sein Lebensgefährte denn vom Film zurück?« fragte Frau Dürer mit schlecht gespielter Unschuld. Nun war es an ihrer Tochter, zu schweigen.

»Nein, Mama«, sagte sie schließlich. »Nein, Martin ist immer noch in München.« Sie gab sich geschlagen. »Mama, ich muß jetzt los.«

»Frühstücke ordentlich.«

»Ja, Mama, ciao.«

Als sie einhängte, hatte sie plötzlich das dringende Bedürfnis, menschliche Nähe und Wärme zu spüren. Vor ihrer zudringlichen Umarmung floh Romeo schreiend in die Küche.

Während sie ihr Müsli kaute, starrte Jeannette auf die Plastiktüte, in die sie den Baseballschläger und das Stuhlbein gewickelt hatte. Romeo tätzelte an dem knisternden Material herum und maunzte, bis Jeannette ihm ein Schüsselchen Milch anbot. Vielleicht doch Gehirnmasse, dachte sie und fuhr mit der Hand über die Tüte. Mit jedem Bissen überlegte sie, ob sie nun das Vertrauen von Joseph oder von Paul Metz mißbrauchen sollte; die Wahl gefiel ihr nicht. Noch im Auto war sie unschlüssig. Weder wollte sie ihren alten Freund enttäuschen noch gegen ihr eigenes professionelles Gewissen verstoßen. Und etwas sagte ihr, daß Metz an diesem Fall mehr als ein gewöhnliches Interesse hatte. Er würde wissen wollen, was sie wußte.

Der Gedanke beschäftigte sie so sehr, daß sie erst, als sie auf den Hof der Nürnberger Polizeidirektion einfuhr, bemerkte, wie sie automatisch ihren üblichen Weg zur Arbeit genommen hatte. Einen Moment starrte sie zum Fenster ihres Büros hinauf. Dann entschloß sie sich. Warum nicht, sie konnte die Beweisstücke ebensogut Doktor Greif, ihrem Nürnberger Gerichtsmediziner, zeigen und Fürth dann die Berichte liefern. Vermutlich war ohnehin nichts dran. Bei dem Gedanken, noch einmal in dem roten Fürther Polizeigebäude am Tresen zu stehen und sich belächeln zu lassen oder gar einem der Beamten dort zu erklären, daß sie, die »Nürnbergerin«, im Fontäne-Gebäude eingesperrt gewesen und von einer dortigen Angestellten mit einem Stuhlbein attackiert worden war, festigte sich ihr Entschluß. Wozu sich den Tag verderben, dachte sie und schwang sich aus dem Wagen, die Tüte in der Hand. Dann lieber Greifs beißende Ironie ertragen, die war sie wenigstens gewohnt.

Aber schon in der Halle kam ihr Zametzer entgegen, aus dem Ei gepellt, wie immer mit Jackett und Krawatte.

»Der ist in Fürth«, erklärte er zackig, als er mitbekam, daß sie sich am Empfang nach Greif erkundigte. »Abgestellt wie Sie«, fuhr er dann fort und wandte sich ihr zu. Er zeigte auf die Tüte. »Sie haben doch nicht vor, der Sonderkommission Beweismaterial vorzuenthalten?« fragte er drohend. In seinem Gesicht lag Vorfreude. Jeannette griente ihn böse an.

»Ich habe ihm nur einen Kuchen gebacken«, gab sie zurück und brachte die Tüte hinter ihren Rücken.

Zametzer nickte langsam. »So, so, dann hat er Sie wohl versetzt, Ihr Kuchenfreund, was?« Sein dröhnendes Lachen verfolgte Jeannette bis auf den Parkplatz.

In Fürth wartete die nächste unangenehme Überraschung auf die Kommissarin. Zwar wurden die beiden potentiellen Mordwaffen mit Gleichmut entgegengenommen und der Spurensicherung überantwortet, aber einem Tadel entging sie dennoch nicht.

Der Beamte am Empfang blickte streng auf die Uhr. »Wollte der Metz sich mit Ihnen nicht um halb neun vor dem Fontäne treffen?« fragte er.

Jeannette schaute erst auf die Uhr, dann in sein Gesicht. »Davon weiß ich nichts«, platzte sie heraus. »Mir hat er davon nichts gesagt.«

»Er hat Ihnen eine SMS geschickt«, beharrte der Mann.

Jeannette griff unwillkürlich in ihre Tasche. Mist, sie hatte vergessen, ihr Handy über Nacht aufzuladen. Sie ließ es zwischen die Stoffschichten zurückgleiten und bemühte sich um ein Lächeln. Es gelang ihr nur mit zusammengebissenen Zähnen.

»Dann will ich mich mal auf den Weg machen«, meinte sie künstlich energisch und trat den Rückzug an.

Verdammt, verdammt, verdammt. Sie fluchte, bis sie vor der Hauptverwaltung stand. Der Frühportier allerdings wies ihren Wagen vor dem Tor ab; der Innenhof war besetzt. Sie mußte wohl oder übel durch die Wohnstraßen kreisen, bis sie eine Parklücke entdeckt hatte. Im Laufschritt kehrte sie zu den Büros zurück. Um wenigstens einen Teil ihrer Wut loszuwerden, nahm sie die Treppe und joggte die paar Stockwerke hinauf. Oben im Flur wäre sie beinahe mit einem Mann zusammengestoßen, der mühsam versuchte, trotz seines Gipsbeines und der beiden Gehhilfen eine Aktentasche, einen offenen

Karton und eine Topfpflanze durch die Aufzugtür zu manövrieren.

Jeannette half ihm mit dem Grünzeug; er bedankte sich nicht. In der Tür des Vorzimmers von Sommer wartete schon dessen Sekretärin auf sie. Als Jeannette sich erkundigte, wer das gewesen sei, seufzte sie pflichtschuldig. »Der arme Herr Kaspian. Ihm ist eben gekündigt worden.« Sie seufzte wieder. »Er war über zwölf Jahre bei uns.«

»Aha.« Jeannette nickte. Sie schloß daraus, daß Sommers Nachfolger die Zeit, die er auf sie hatte warten müssen, nicht ungenutzt gelassen hatte. »Und weshalb hat man ihm das Bein gebrochen?«

Frau Zeidler schaute sie tadelnd an. »Das ist bei einem Autounfall passiert, schon vor Wochen.« Brüsk wandte sie sich ab und ging ins Büro. Jeannette folgte ihr.

»Ganz schön unfallträchtige Firma«, meinte sie, während sie sich im Büro umschaute, da Frau Zeidler meinte, es dauere noch einen Moment. Die Sekretärin verzog das Gesicht.

»Wenn Sie damit den Herrn Vierling meinen, der kriegt seinen Führerschein nächsten Monat wieder. Er hatte auch nur 1,5 Promille. Und er war so nett, mir für die Zeit seinen Firmenparkplatz zu überlassen.«

»Nein«, setzte Jeannette nach. »Ich meinte eher den Herrn Sommer. Der hatte doch selber einen Unfall. Wie lange ist das jetzt her?«

Frau Zeidler machte eine Geste, die einem Sichbekreuzigen ähnelte. »Gott, jetzt über ein Jahr. Er war damals noch in der Abteilung für besondere Werbemaßnahmen.« Sie schaute sich ein wenig hilflos um. Flüchtig fuhr ihre Hand über eine kleine Statue, die auf ihrem Schreibtisch stand. »Ja, daß er das überlebte, grenzt wirklich an ein Wunder. Nur, um jetzt so zu enden.« Sie bückte sich, um in einer Schublade nach einem Taschentuch zu wühlen.

Jeannette dachte an die Flaschen im Schreibtisch und fragte

sich, ob er den Unfall gehabt hatte, weil er trank, oder umgekehrt, wegen des Unglücks zu trinken begonnen hatte. Aber sie konnte es nicht fragen. Statt dessen betrachtete sie die goldfarbene Figur auf der Tischplatte. Es war das täuschend echte Imitat eines Oscars, etwas kleiner als das Original, aber massiv. Die Plakette am Fuß besagte, daß es in einem teuren Ferienclub verliehen worden war. An den Sieger des bunten Abends.

»Seine Frau«, meinte Jeannette beiläufig, »hat es ja nicht überstanden.«

»Ja.« Frau Zeidler schnaubte in ihr Taschentuch. »Was für ein Unglück. Er hat auch sehr darunter gelitten.«

Noch immer quollen die Tränen aus ihren Augen. Dann nahm sie Jeannette die Statuette ab. Die zog schuldbewußt ihre Hand zurück. Gedankenlos hatte sie mit den Fingernägeln am Lack herumgekratzt und tatsächlich einen kleinen goldenen Span abgehoben. Frau Zeidler schien es nicht zu bemerken. Sie hielt die Statuette wie ein Baby.

»Das ist eine sehr liebe Erinnerung. Ich habe damals den Theaterwettbewerb gewonnen. Mit einer Szene aus ›Titanic‹.« Ein Lächeln breitete sich auf ihrem verweinten Gesicht aus, und sie wischte sich erneut über die Augen. Beides, Tränen und Lächeln, verschwand, als die Tür aufging und Sommers Nachfolger seinen Kopf hereinschob.

»Ich lasse jetzt bitten, Frau Zeidler«, verkündete er und nickte Jeannette zu. Die Sekretärin nickte, stand auf und geleitete Jeannette überflüssigerweise die vier Meter bis zur Tür.

Als die Kommissarin eintrat, sah sie Metz bereits am Fenster stehen. Sie öffnete den Mund, um etwas zu sagen, aber er legte den Finger auf die Lippen und nickte zu dem Manager hinüber, der bereits hinter dem noch immer leeren Schreibtisch Platz genommen hatte und die Fingerspitzen aneinanderlegte.

Metz räusperte sich und begann damit, ihren Verdacht

auseinanderzusetzen, daß der Tod Sommers mit dem Verschwinden seines Laptops und geplanten Entlassungen in der Abteilung zusammenhinge. Aber er kam nicht weit.

Der Manager lehnte sich in seinem Ledersessel zurück. »Wir bei Fontäne«, unterbrach er Metz, »sehen das nicht so.«

»Ach«, sagte Metz und lehnte sich ebenfalls zurück. »Was meinen Sie damit. Daß Sie die Möglichkeit nicht sehen können oder sehen wollen?«

Er erntete einen vernichtenden Blick. Jeannette neigte sich zu ihm hinüber.

»Der Gedanke besitzt keine Selbstähnlichkeit«, flüsterte sie.

Da brach das Donnerwetter auch schon über sie herein. Ohne Punkt und Komma wurden sie davon unterrichtet, daß solche Dinge in dieser Firma a) per se unmöglich seien, b) noch nie vorgekommen seien und c) jenseits seiner Vorstellungskraft lägen. Was alles dasselbe zu sein schien. Außerdem würde niemand es wagen. Nein, nein, wurden sie belehrt, in dieser Abteilung wäre das nicht denkbar.

Kommt darauf an, wer denkt, dachte Jeannette. Aber sie kam nicht dazu, es laut auszusprechen.

»In meiner Abteilung herrscht ein anderer Geist«, klärte der neue Chef sie auf, der von »seiner Abteilung« strenggenommen seit exakt zwei Stunden sprechen konnte. »Hier arbeiten lauter Koniferen.«

»Sicher«, quetschte Jeannette heraus und wandte den Kopf ab, damit er ihr Gesicht nicht sah. Und Pflanzen mordeten bekanntlich nicht. Von Venusfliegenfallen abgesehen.

»Er meint Koryphäen«, flüsterte sie Metz zu, der ein wenig ratlos dasaß und an den offenen Manschetten seines weißen Hemdes zupfte. Er war einer der wenigen Männer, der mit halboffenem Hemdkragen und Manschetten phantastisch aussah. Jeannette rief ihre Gedanken zurück.

»... Und deshalb erwarte ich«, fuhr ihr Gegenüber fort, »daß Sie sich künftig bei Ihren Ermittlungen zurücknehmen. Der Firmenfrieden darf nicht durcheinandergebracht werden. Das bin ich der Firma schuldig, die mir ihr Vertrauen ausgesprochen hat. Verstehen Sie mich nicht falsch, aber ich bin entschlossen ...« So ging es weiter. Er enthielt sich auch nicht, seine Verbindungen zu hohen Polizeibeamten und Staatsanwälten zu betonen. »Verstehen wir uns?« fragte er zwischendurch und mahnte baldige Ergebnisse an. »Sonst, meine Damen und Herren, rucken wir zamm.«

Jeannette und Metz rissen gleichzeitig die Augen auf. Als sie etwas sagen wollten, klingelte das Telefon, wie bestellt. Jeannette mutmaßte, daß er seiner Sekretärin befohlen hatte, zu lauschen und im richtigen Moment das Schlußzeichen zu geben. Es war allerdings nicht Frau Zeidler. Mit röter und röter werdendem Gesicht lauschte der Manager den Worten des unbekannten Anrufers. Dann warf er den Hörer zornig auf die Gabel. »Und Sie sitzen noch hier herum«, bellte er Jeannette und Paul Metz vorwurfsvoll an. Aber sein Gesicht war blaß geworden und hatte alle Arroganz verloren, als er sie hilflos anstarrte. Dann wischte er sich den Schweiß von der Stirn.

24

Vor dem Fontäne war die Hölle los. Eine riesige Menschenmenge versuchte, durch die Türen hineinzudrängen. Die Leute waren wie im Fieber, sie schrien und drohten, während das Personal schweißgebadet schob und drängte, debattierte und drohte. Der Parkplatz war vollkommen verstopft, das Chaos weitete sich bis auf die Straße aus.

Dennoch hatte die Feuerwehr es geschafft, einen Wagen in Stellung zu bringen und die Leiter auszufahren. Zwei Mann waren eben damit beschäftigt, das Spruchband abzunehmen, das die ganze Hysterie ausgelöst hatte. An einer Seite hing es schon herab und bäumte sich nur hier und da noch einmal träge im Sommerwind auf.

»Alle Textilien 1 Euro«, las Jeannette und zog das Band mit der Hand beiseite.

»Das ist eine juristisch bindende Aussage«, kreischte ein älterer Herr, der zu keinem bestimmten Zweck einen Regenschirm mit sich führte und damit einen Verkäufer bedrohte, der ihn vor die Tür schob. »Das klagt mein Anwalt ein.« Mit der freien Hand zerrte er an einem Jogging-Anzug, der zwischen den beiden Männern lang und länger wurde, ehe das Gewebe riß. Das Ratschen ging im lauten Geklirr des Parfumstandes unter, der krachend und splitternd den Nahkämpfern nachgab. Eine betäubende Duftwolke wallte auf.

Jeannette wedelte sich vor der Nase herum und konzentrierte sich wieder auf die Feuerwehrleute. Sie hoffte im stillen, daß keiner dabei war, der sich an ihre Einlage vor dem Unternehmensturm erinnerte.

»Einfach, aber effektiv«, murmelte Paul Metz, während er von der Menge hin und her geschoben wurde. Er verschaffte sich Platz, marschierte zu dem niedergehenden Band hinüber und wog es in der Hand.

»Ich glaube kaum, daß wir verwertbare Fingerabdrücke finden«, meinte Jeannette ein wenig spöttisch und seufzte. Auch sie starrte auf das Plastikbanner mit den aufgeklebten Buchstaben. Ein Gedanke wollte sich in ihrem Kopf formen, doch sie bekam ihn inmitten des allgemeinen Geschreis und Gewoges nicht recht zu fassen. Die Feuerwehrleute droben turnten herum wie die Helden in einem Stummfilm. Ein Klavier klimperte schräg dazu, irgendwo in Jeannettes Hinterkopf. Die Buchstaben tanzten dazu vor ihren Augen einen spöttischen Reigen. Jeannette ballte die Faust, als könne sie die Idee damit zu fassen kriegen, und hieb sie sich gegen die Stirn. Paul Metz schaute sie stirnrunzelnd an.

»Sie sehen aus, als sollte ich Sie erst einmal zu einem Frühstück einladen«, meinte er.

Da gab ihr Handy ein letztes ersterbendes Fiepen von sich. Automatisch griff Jeannette danach und meldete sich geistesabwesend. »Philipp?« rief sie dann, als sie den Anrufer zu erkennen glaubte. Aus ihren Gedanken gerissen starrte sie den kleinen Apparat an. Doch da half kein Schütteln und Drücken, er war tot. Und diesmal blieb er es. »Ach, verflucht!«

Der Tierarzt war fort, der Gedanke war fort. In Jeannettes Kopf herrschte verwirrende Leere.

»Frühstück?« wiederholte Paul Metz sein Angebot. »Oder muß ich mich da hinten anstellen?« Er wies mit dem Kinn auf ihr Handy.

Rasch steckte Jeannette es ein. Wie betäubt folgte sie ihm zu den Autos.

»Wollen Sie vorausfahren, oder ich?« fragte er.

Jeannette schüttelte den Kopf. »Wir haben es völlig falsch angefangen«, murmelte sie.

»Wie bitte?« fragte Metz. »Wir können auch ein Auto nehmen und nachher noch mal vorbeikommen«, bot er an.

Aber Jeannette ergriff seine Hand.

»Das Spruchband«, sagte sie. Da war ihre Eingebung wieder. Und diesmal hielt sie daran fest.

Paul Metz blinzelte. Sie aber hatte jetzt das richtige Fahrwasser gefunden und entwickelte ihren Gedanken.

»So etwas ist doch Profiarbeit. Die Materialien, das Format. Das kann nicht jeder machen. Oder die Veränderungen auf der Diskette. Dazu braucht man Kenntnisse, technische. Und den Zugang zu den passenden Einrichtungen.« Eins nach dem anderen purzelten die Ideenteilchen an ihren Platz. Sie schaute Metz erwartungsvoll an. »Den Zugang zu den richtigen Computern, zu einer Werkstatt oder ...«

Erwartungsvoll verschränkte er die Arme. Das Klavier in

ihrem Kopf spielte einen letzten Akkord. Und nun war die Erinnerung wieder da an jenen Abend im Kino, an dem sie mit Joseph nicht allein gewesen war. Anita Lange war ebenfalls dort gewesen, in Begleitung eines jungen Mannes. Und endlich wußte sie, woher sie ihn kannte.

»... einer Werbeagentur?« versuchte Metz sein Glück.

Jeannette lächelte grimmig. »Einer Druckerei«, verkündete sie. Den Rest erklärte sie ihm im Wagen.

»Bernd«, rief Joseph Brunner, »Bernd, einen Augenblick noch.« Aber der Junge wandte sich nicht um. Barfuß, die Turnschuhe über der Schulter verknotet, verließ er die Halle und schlenderte hinaus ins Sonnenlicht. Seine beiden Freunde folgten ihm, oder besser, sie flankierten ihn, so schien es Joseph. Sie schirmten ihn ab. Und einen Moment lang war es ihm, als würde der blasse Junge sich umdrehen und ihm mit der Faust drohen. Aber das mochte, im grellen Gegenlicht, das durch die Tür fiel, eine Täuschung gewesen sein.

»Ahhh!« Anthony reckte sich zufrieden. »That's been great.« Er war außerordentlich zufrieden mit dem Vormittag.

Flüchtig lächelte Joseph ihm zu. Ja, auch er freute sich über die Fortschritte, die die ganze Gruppe gemacht hatte. In ihre Bewegungen waren Form und Rhythmus gekommen. Jetzt, da sie die Musik kannten und selbst einen Begriff davon hatten, wie das, was sie taten, später auf der Bühne aussehen würde, hatten sie einmal mehr Feuer gefangen. Und Joseph hatte sie aufrichtig gelobt: Sie würden gut aussehen bei der Aufführung, davon war er nun überzeugt. Wie er es sich gewünscht hatte. Sie würden Teil von etwas Größerem, Wunderbarem sein. Und manche Augen leuchteten bei der Erkenntnis. Er wünschte sich, die von Bernd wären auch dabei.

Anthony schlug vor, den Rest des schönen Tags zu nutzen und gemeinsam ins Freibad zu gehen. »The kids will do«, meinte er. Sie sollten schlau sein und es ebenso halten. Sein

Lächeln war einladend, und er strich sanft über Josephs Schulter.

Die Kids! In Joseph reifte ein Entschluß. Er lehnte das Angebot ab und verabschiedete sich rasch von seinem Freund. Der deutete seine Verwirrung und Distanz falsch.

»Hey«, rief er ihm nach. »Martin is an idiot to leave you alone.«

Joseph lächelte hilflos. Doch er beließ es dabei, hob nur kurz die Hand zum Gruß. Schon stand er auf dem Vorplatz. Am Tor verliefen sich die letzten Schülergruppen. Joseph sah ein paar Gestalten um die Papierkörbe stehen und rauchen, aber Bernd und sein Anhang waren nicht darunter. Zu seiner Erleichterung entdeckte er sie ein Stück weiter unten an der Straße, wie sie barfuß über den staubigen Asphalt schlenderten. Er verfolgte sie so lange mit den Augen, bis er sicher war, daß sie hinunter zu den Rednitzwiesen gingen. Er glaubte, ihr Ziel zu kennen, und beschloß, es zu riskieren, mit dem Auto vorauszufahren und auf sie zu warten. Er hatte Glück und fand einen Parkplatz schräg gegenüber der Adresse, bei der Bernd Wöllner laut Eintrag in der Teilnehmerliste lebte. Es war ein kleines Arbeiterhäuschen, eines der wenigen freistehenden in einer langen Straße voller Mietshausfassaden aus der Zeit der Jahrhundertwende. Viele der hier früher ansässigen kleinen Ladenlokale standen leer, und an so mancher verstaubten Scheibe in den Stockwerken darüber hingen ebenfalls keine Vorhänge mehr. Seine Rückseite ging auf den Rednitzgrund hinaus. Die Aussicht, dachte Joseph flüchtig, mußte wunderbar sein. Er warf einen Blick auf die Neubauten, die sich nicht weit davon hinter hohem altem Baumbewuchs versteckten, und überlegte, wieviel Geld man für diesen Sichtschutz wohl hatte drauflegen müssen. Es waren Welten, die hier aufeinanderstießen. Aber der Sommertag war friedlich und still. Hinter Joseph rauschte der Verkehr durch die glühend heiße Südstadt. Vor ihm rauschten ein paar Bäume,

Vögel sangen. Eine Horde Kinder kickte gegen einen verrosteten Einkaufswagen.

Joseph mußte es nicht lange in seinem glühend heißen Wagen aushalten. Wenig später schon gingen im Obergeschoß die Fensterflügel auf. Felix lehnte sich kurz heraus, blies den Rauch einer Zigarette in den Himmel und verschwand dann wieder.

Joseph stieg aus. Ein Rentner schob seinen Einkaufstrolley vorbei und musterte ihn mißtrauisch. Doch er verschwand hinter der Tür eines Nachbarhauses, ohne ein Wort zu sagen. Joseph trat an das Gartentürchen und las das Namensschild. Wöllner, stand dort, wie er es erwartet hatte. Die Jungs mußten von der Gartenseite her hereingekommen sein.

Automatisch nahm er den dicken Packen Werbezettel, der den Briefkastenschlitz verstopfte, und zog ihn heraus. Als er die Mülltonne aufklappte, um das Papier zu entsorgen, stieg ihm eine schier unerträgliche Gestankwolke entgegen. Maden krochen über Pizzakartons und uralten Unrat. Ein Flickenteppich war zusammengeknüllt worden, vermutlich, dachte Joseph, der dunkelroten Flecken wegen, die sich auf seiner Oberseite breitmachten. Schillernde Fliegen saßen darauf und surrten. Entsetzt starrte Joseph auf das Stück Stoff, auf dem Herr Wöllner senior höchstpersönlich sein Leben ausgehaucht hatte. Ihm war, als wäre der Tote selbst mit solcher Pietätlosigkeit entsorgt worden. Angeekelt klappte er den Deckel wieder zu und hielt inne.

Doch das Geräusch schien niemanden im Haus alarmiert zu haben. Joseph näherte sich der Haustür über den kurzen, holprigen Steinweg, der grasbewachsen war und bedeckt mit den abgefallenen Blüten einer üppig sich über den Eingang wölbenden Glyzinie, die niemand weggekehrt hatte. Er fand eine verrostete Klingel, die an einem blauen Draht aus der Wand hing, und wollte schon klopfen, als er sich besann. Aus dem Fenster neben der Tür waren Stimmen zu hören. Es mußte die Küche sein, denn Wasser rauschte, und einem satten Ploppen folgte ein dumpfes Klirren, so als wäre ein Kühlschrank geschlossen worden, in dessen Innerem vielversprechende Flaschen ruhten.

Joseph leckte sich über die trockenen Lippen und spürte, daß er Durst hatte.

»Bring das Bier mit!« Es war Bernds Stimme.

Bier, dachte Joseph, Zigaretten. Die Kerle waren nicht einmal sechzehn.

»Schon dabei«, antwortete Felix aus der Küche. Dann hörte Joseph Schritte, die sich im hinteren Teil des Hauses verloren. Die Jungen mußten im Wohnzimmer sitzen, das vermutlich auf den Fluß hinausging.

Ohne zu überlegen, verließ Joseph den Weg und ging auf dem Rasen um das Haus herum. Die Beete waren mit alten Kacheln eingefaßt und voll altmodischer, kerzengerade ausgerichteter Pflanzen. Er sah auch ein Gemüsebeet. Aber der Salat war wild aufgeschossen, und der Spargel grünte, ohne geerntet worden zu sein. Offensichtlich kümmerten Bernd und seine Freunde sich nicht um eine vitaminreiche Ernährung.

Hinter dem Haus fand Joseph eine kleine Terrasse mit roten Steinfliesen, voller halbverrosteter Gartenmöbel. Von einer Wäschespinne hingen mutwillig alte Schnüre, Fetzen von Hemden und Möbelteile herab. Jemand hatte einen mechanischen Rasenmäher hinaufgehievt, der jetzt hilflos mit dem Unterteil nach oben in die Luft ragte. Das Ganze sah aus wie eine Skulptur der Verkommenheit. Der Wein jedoch, der hier die Mauer hochrankte, war üppig, und ein Rhododendron bot Joseph genug Schutz, um unbemerkt ins Wohnzimmer zu spähen. Dort fläzten sich die drei in den Sofas der üppigen Sitzgruppe, die Füße auf dem Tisch, Laptops auf dem Schoß. Sie schauten nur auf, um die Bierflasche anzusetzen oder einen Siegesruf auszustoßen, wenn eine ihrer Bildschirmaktivitäten Erfolg hatte. Joseph sah, daß der Boden übersät war von Dosen und Flaschen. Es klirrte, als Alex aufstand, um in einem Haufen Pappen in der Ecke nach etwas Eßbarem zu wühlen.

»Mann, laß«, rief Bernd, ohne aufzusehen, »die ist doch schon von vorgestern.«

»Die läuft bald von selber«, kicherte Felix.

Alex ließ das Stück Pizza, das er in der Hand gehabt hatte, auf den Boden fallen. »Ich muß pissen«, verkündete er. Man hörte polternde Schritte auf der Treppe.

Aus einem offenen Fenster im oberen Stock hörte Joseph seine Stimme. »Das Klo sieht aus wie Sau, Leute, hey.« Dann wurde das Fenster aufgestoßen, und er hörte ein Plätschern. Rasch zog er den Kopf zurück, gerade noch rechtzeitig, um nicht mehr als die Ahnung von ein paar Tropfen abzubekommen.

Droben stand Alex und pinkelte frohgemut aus dem Fenster, die Zigarette in der freien Hand. Seine Freunde hatten die Terrassentür geöffnet, waren herausgekommen und johlten, während der Urinstrahl in die Blätter rauschte. Joseph hatte sich um die Ecke verzogen und stand, den Rücken an die Wand gepreßt, mit angehaltenem Atem da, während die Jungen sich Obszönitäten zuriefen. Schließlich wurde es leiser, und die Terrassentür klappte zu.

Sie hausen wie die Wilden, dachte Joseph. Er betrachtete das tropfende Weinlaub, die Wäschespinne. Sein Blick blieb an dem Rasenmäher hängen. Joseph, hörte er eine schrille Stimme aus seiner Vergangenheit rufen. Joseph, mäh den Rasen! Sofort! Daß du nicht einmal etwas tun kannst, ohne daß man es fünfmal sagen muß. Und er sah sich, wie er mißmutig den Fußball wegkickte, seine glücklicheren Freunde grüßte, die weiterspielen durften, und nach Hause trabte, der ungeliebten Pflicht entgegen, die seine Samstagnachmittage vergällte. Ob Bernd auch von seinem Vater dazu angehalten worden war? Ob der Mäher deshalb diesem Vandalismus zum Opfer gefallen war, gemeinsam mit der Krawatte, die daneben baumelte.

Nun stand das Gras jedenfalls so hoch, daß es Joseph bis zu den Waden ging. Zecken fürchtend, klopfte er sich die Hosenbeine ab und ging zum Plattenweg zurück.

Noch einmal ließ er seinen Blick über die allgemeine Vernachlässigung schweifen. Dann hob er die Hand und klopfte kräftig an die Tür.

25

Jeannette und Paul bretterten unter Mißachtung sämtlicher Verkehrsregeln durch die Stadt. Aber endlich, endlich war Bewegung in den Fall gekommen. Jeannette kurbelte das Fenster herunter und ließ sich den Wind ins Gesicht wehen. Sie fühlte sich wieder als Herrin der Situation.

»Dieser Typ hat sich ja ganz schön aufgespielt«, stellte sie fest, im Rückblick auf ihre Unterredung mit dem Fontäne-Manager. »Sonst rucken wir zamm«, intonierte sie hämisch und schüttelte den Kopf. »Davon träumt der Typ wohl.«

Metz, konzentriert nach vorne starrend, blickte nur grimmig. »Der Ton war daneben«, stellte er bloß fest. »Aber in der Sache lag er richtig. Den Konzern eine große Nummer zu nennen, wäre untertrieben. Natürlich kennt er den Polizeipräsidenten und die Staatsanwälte nicht persönlich. Aber sein oberster Boß tut es. Du kannst in Fürth nirgendwohin treten, ohne über Fontäne zu stolpern. Die mischen überall in der Stadt mit. Was die alles sponsern …«

Jeannette dachte an den Straßennamen, das Theaterplakat und nickte.

»Gerade jetzt«, fuhr Metz fort und jagte unter dem protestierenden Gehupe seiner Hintermänner über eine rote Ampel, »haben sie wieder so ein riesiges Kulturprojekt am Laufen mit einem bekannten Dirigenten und allem. Sogar der bayerische Kultusminster wird kommen.«

»Ach«, unterbrach ihn Jeannette, »da arbeitet mein Freund mit.«

Er warf ihr einen kurzen Seitenblick zu. »Der schwule oder der, mit dem Sie eben telefonieren wollten?« fragte er und fuhr, als er keine Antwort bekam, fort: »Was das Frühstück angeht ...« Er ließ den Satz gedehnt auslaufen.

»Frühstück?« platzte Jeannette heraus. »Sind Sie verrückt? Wo es gerade so richtig losgeht?«

Mit quietschenden Reifen bogen sie auf den Parkplatz der Druckerei ein. Einige erstaunte Gesichter erschienen an den Fenstern.

Ihr rasanter Auftritt blieb nicht ohne Folgen. Denn als sie, den empörten, da ignorierten Pförtner auf den Fersen, mit vollem Schwung in den Raum eintraten, den Jeannette damals mit ihrem Kollegen Zametzer besucht hatte, war von dem schmalgesichtigen jungen Mann mit den blonden Haaren, der ihrer Erinnerung nach in der Nähe des Fensters hätte sitzen sollen, nichts mehr zu sehen.

Jeannette betrachtete seinen verwaisten Arbeitsplatz. Der Computer summte eifrig, der Kaffee, erst halb getrunken, war beinahe noch heiß. Und der Ärmel der Jacke, die über seiner Stuhllehne hing, baumelte noch immer sachte hin und her.

»Der Daniel?« fragte sein erstaunter Nachbar. »Keine Ahnung, wo der hin ist. Eben war er doch noch da?«

Jeannette fuhr herum, daß einige Blätter raschelnd vom Tisch flogen und hinter ihr zu Boden schwebten, während sie schon auf dem Weg hinaus war, ohne die Rufe Schrüfers zu beachten, der, vom Pförtner herbeigerufen, hinter ihr herrief und zu wissen verlangte, was in aller Welt das den solle.

»Mit Pförtnern können Sie nicht, wie?« erkundigte Metz sich, der neben ihr herjoggte.

Jeannette schnaubte. »Mit dem könnten Sie auch nicht, der

erzählt dämliche Fürth-Witze.« Als sie seine fragende Miene sah, schnappte sie kurzatmig: »Sitzen ein Nürnberger, ein Fürther und ein Neger in der Geburtsklinik.«

Metz winkte ab. »Kenn ich; gibt schlimmere.«

Jeannette starrte ihn an, dann verdrehte sie die Augen und wandte den Kopf. Ihr Blick fiel durch das Fenster auf den Parkplatz. »Da!« rief sie und wies auf einen Mann, der sich eben seinen Motorradhelm überzog und auf seine Maschine stieg.

Metz warf ihr die Autoschlüssel zu und beschleunigte. Jeannette konnte nicht umhin, seinen Antritt zu bewundern, als er in die Eingangshalle spurtete, die Türflügel knallend hinter sich ließ und auf den Parkplatz rannte in genau dem Moment, als der Motorroller die Einfahrt passierte.

Sie ging zum Wagen, startete und fuhr los. Den keuchenden und wütenden Metz sammelte sie einige hundert Meter die Straße hinunter ein. »Er ist Richtung Innenstadt«, preßte er heraus, während er sich auf den Beifahrersitz schwang. Jeannette nickte und gab Gas. Dort warteten enge Gassen und eine Menge Einbahnstraßen, das ideale Terrain, um ein Auto abzuhängen. Falls es sich nicht an die Verkehrsregeln hielt. Sie drückte das Gaspedal durch und hatte den Roller schon nach kurzer Zeit vor sich.

»Haben Sie ein Blaulicht fürs Dach?« erkundigte sie sich, während sie gegen die Fahrtrichtung in eine Einbahnstraße einbog und die Besucher eines Eiscafés nötigte, die fahrbahnnahen Tische fluchtartig zu verlassen. »Es könnte den Passanten helfen.«

Metz schüttelte den Kopf. Er hieb mit der aus dem offenen Fenster hängenden Faust gegen die Tür. »Der Mistkerl. Ich gebe zu, bis vor kurzem dachte ich noch, du übertreibst vielleicht mit deinem Verdacht.«

»Duzen wir uns jetzt?« erkundigte Jeannette sich, die mit Tempo sechzig über das Kopfsteinpflaster um die Sebalduskirche holperte.

»Ich duze alle Frauen, mit denen ich dem Tod gemeinsam ins Auge sehe«, meinte Metz und streckte den Kopf aus dem Fenster. »Ach, die Lochgefängnisse«, bemerkte er. »Da ist jetzt eine interessante Ausstellung.«

»Keine Ahnung.« Jeannette kurbelte am Lenkrad, um die Einfahrt in den Hauptmarkt nicht zu verpassen. »Da war ich seit einem Fall vor fünf Jahren nicht mehr.«

»Ich führe dich bei Gelegenheit gerne mal herum«, meinte er. »Da, der Schöne Brunnen.« Er zeigte nach links, ehe sie in einen der schmalen Durchlässe zwischen den rot-weiß gestreiften Markisen der Marktstände einbog.

»Was sollen denn die Berge von Stühlen?« fragte Jeannette erstaunt.

»Hast du das noch nicht gesehen?« fragte er erstaunt. »Das ist Kunst, jedenfalls laut Stadtrat. In der Bürgerschaft hat das Ding kontroverse Reaktionen hervorgerufen. Weshalb man im Kulturreferat jetzt überlegt, ob es vielleicht doch keine Kunst ist. Liest du keine Zeitung?«

»Keine Zeit«, gab Jeannette zurück und drückte aufs Gas.

Metz reckte den Kopf, um noch einen letzten Blick zu werfen. Dann zog er ihn ein, um einem Gemüsestand auszuweichen. Fußgänger flohen kreischend nach allen Seiten, Obsthändler brüllten; einer warf mit einer Ananas nach ihnen, die, überreif, an ihrer Heckscheibe zerplatzte.

»Die Reaktionen«, meinte Metz gelassen. »waren wirklich sehr gespalten. Bei moderner Kunst muß das so sein, schätze ich.« Aber seine Hände krampften sich um die Ablage vor ihm, an der er sich abstützte, als Jeannette mit unverminderter Geschwindigkeit auf die Brücke zuhielt, die wie alles andere eine Fußgängerzone war. Noch standen dort friedlich die Straßenmusikanten und Talmiverkäufer mit ihrem selbstgemachten Schmuck. Hinter ihnen war ein einziger Aufruhr. Wenn sie jetzt stehenblieben, dachte er, würde ein aufgebrachter Mob ihn lynchen.

Links konnte man nun einen Blick auf das Heilig-Geist-Spital werfen. Friedlich kreuzten die Enten davor auf dem Fluß, in dem sich die mächtigen Sandsteinmauern spiegelten.

»Ah«, seufzte Metz. Jeannette hob kurz den Kopf und wich dann im letzten Moment einem Obdachlosen mit Hund aus, der es sich an einem Brückenpfosten gemütlich gemacht hatte. Ihr Auto schlingerte, verfehlte knapp einen Eisverkäufer samt Kunden und fing sich wieder. »Ich finde es hier an der Pegnitz immer sehr schön friedlich«, verkündete ihr Beifahrer. »Das hier ist mein Lieblingsplatz.«

»Festhalten«, erwiderte Jeannette. Sie bog scharf links ab. Ein Ständer mit Halstüchern kam ins Wanken und sank auf den erbosten Verkäufer. »Fahrer übt«, brüllte er ihnen wutentbrannt hinterher. Passanten schüttelten die Fäuste.

Metz nickte nur. Hinter der Lorenzkirche – »bedeutendes Schnitzwerk von Veit Stoß, schon mal genauer betrachtet?« bemerkte Metz knapp – bequemte ihre Jagdbeute sich endlich wieder, auf einer normalen Straße weiterzufahren.

»Wo will er denn hin?« murmelte Jeannette, die einen Gang höher schaltete und das Hupen ringsum ignorierte.

»Zum Bahnhof?« mutmaßte Paul Metz.

»Prima«, erwiderte sie schnippisch. »Dann kannst du mir noch den Handwerkerhof zeigen.«

Schon beim Abbiegen aus der Lorenzer Straße allerdings verriß Daniel, der Drucker, den Lenker seines Rollers, nachdem er sich nervös umgeschaut hatte. Er kippte und schlitterte bis vor den Eingang eines imposanten Sandsteingebäudes. »Die Kunsthalle«, erklärte Jeannette, als sie ausstieg. »Ich weiß. Hast du Handschellen dabei?«

Daniel Heim war unverletzt bis auf ein paar Schrammen, doch ihm zitterten die Knie, als Paul Metz ihn hochzog und mit dem üblichen Spruch verhaftete. »Na, wen haben wir denn da?« fragte der Fürther Kommissar.

Jeannette trat näher. »Einen Mann mit einem ausgezeichneten Kinogeschmack, wie mein Freund Joseph sagen würde, nicht wahr?«

26

Telefonisch wiesen sie das Fürther Revier an, Maria Pfister, Anita Lange und Heike Auer ebenfalls vorzuladen. Danach ging alles sehr schnell. Daniel Heim leugnete erwartungsgemäß, Anita Lange zu kennen, bis sie einander gegenübergestellt wurden. Sie waren keine Profis und konnten ihre Beziehung nicht verleugnen. Blaß, mit großen Augen, starrten sie einander an und sagten kein Wort. Jeannette kürzte die ganze Sache dann ab, indem sie Heim die Brieftasche abnahm, diese aufklappte und alle Beteiligten einen Blick auf das darin befindliche Foto werfen ließ, das eindeutig Anita Lange zeigte. »Ich habe Sie beide an jenem Abend im Uferpalast gesehen«, sagte sie. »Das Lügen hilft doch nichts.«

»Woher wußtest du das mit dem Bild?« raunte Paul Metz ihr zu, als sie den Verhörraum verließen, in dem zwei zusammengesunkene Gestalten zurückblieben und einander an den Händen hielten.

Sie zuckte mit den Schultern. »Reine Glückssache«, meinte sie, »aber so ging es schneller, oder?« Das mußte er wider Willen anerkennen.

Dann traten Jeannette und Metz in das Zimmer, in dem Maria Pfister wartete. Sie schaute auf, als sie kamen.

»Aber ich habe Ihnen doch erklärt, daß wir damit nichts zu tun haben«, waren ihre ersten Worte.

Jeannette nickte. »Ja, Sie haben bei mir angerufen, nicht wahr? Zweimal.« Sie schaute die Texterin mitleidig an. »Sie brauchen es nicht abzustreiten, die Anrufe lassen sich zurückverfolgen, wissen Sie?«

Maria Pfister senkte den Kopf und nickte verzagt. »Aber

daß irgend jemand zu Tode kommt, das wollten wir nicht, wirklich, damit haben wir nicht das geringste zu tun.«

Metz stand mit dem Rücken zur Tür und trommelte ungeduldig mit den Fingern gegen die Wand. Er wußte nichts von irgendwelchen Anrufen, und das paßte ihm nicht. Diese Jeannette Dürer schwebte hier durch seine Verhörräume und zauberte Tatbestände an den Tag, wie es ihr gerade gefiel. Aber ihm behagte das ganz und gar nicht. Er würde jetzt endlich die Initiative ergreifen.

»Ach«, sagte er kalt und beugte sich vor über den Tisch, um der Pfister aus nächster Nähe in die Augen zu schauen. Jeannette hob die Hand, um Metz an der Schulter zurückzuhalten, überlegte es sich aber im letzten Moment. »Und womit haben Sie dann zu tun? Mit Sabotage, Bombendrohungen und Sachbeschädigung?«

Maria Pfister senkte wieder den Kopf und blickte auf ihre Finger, die fest ineinander verschränkt waren und ganz weiß aussahen.

»Nun kommen Sie«, rief Metz und hieb auf den Tisch, daß sie zusammenzuckte. »Ihr lieber Daniel sitzt gerade dort drüben und erklärt uns haarklein, wie er es geschafft hat, die Disketten zu manipulieren.«

Jeannette lächelte mitleidig. »Er hatte sich dummerweise für den Abend von Sommers Tod kein so schönes Alibi zurechtgelegt wie Sie.«

»Aber er wollte doch ...«, entfuhr es der Texterin. Erschrocken hielt sie inne.

»Ja?« fragte Metz in ätzendem Ton und zog die Brauen hoch. Seine blauen Augen blickten kalt.

Maria Pfister schien den Tränen nahe. »Es war alles nicht böse gemeint«, murmelte sie, so leise, daß man kaum etwas verstehen konnte. »Es sollte nur ... wir wollten uns ein wenig Luft machen.« Hilfesuchend schaute sie Jeannette an. »Heike meinte, es wäre endlich mal was wirklich Kreatives«, wisperte sie mit ersterbender Stimme. »Richtige Dada-Aktionen eben, verstehen Sie?«

Metz verstand nicht und ärgerte sich, daß Jeannette nickte. Heftig schüttelte er den Kopf. »Nein«, schrie er, »nein, ich verstehe nicht. Geht es auch ein bißchen lauter?«

Maria Pfister schluchzte auf. »Wir wollten«, begann sie, mußte aber um ihre Fassung ringen. »Es …«, sie schniefte, während Metz erneut die Faust auf den Tisch hieb. »Es war doch alles nur ein Spaß«, sagte sie dann.

Triumphierend richtete Metz sich auf. »Das, meine Liebe, wird ein teurer Spaß gewesen sein.«

Einige Gespräche und Stunden später saß er mit Jeannette in einem Zimmer und sah die Protokolle durch.

»Das dürfte es gewesen sein«, meinte er und schaute sie mit zusammengekniffenen Augen durch den Rauch seiner Zigarette an. Ein Beamter klopfte und reichte etwas herein. »Das haben wir in der Wohnung der Blonden gefunden«, sagte er.

»Ging ja schnell mit den Durchsuchungsbefehlen«, meinte Jeannette.

Metz zuckte mit den Schultern. »Fontäne«, sagte er und grinste. Dann gab er ihr das Blatt Papier rüber. »Es hat auch seine Vorteile.«

Jeannette enthielt sich eines Kommentars und betrachtete, was er ihr gegeben hatte. Es war eine getreue Zeichnung der Bombenattrappe, bis hin zu dem Schachtelkasper und den Aufdrucken, versehen mit Pfeilen, Erläuterungen und Aufrißzeichnungen, die das Innenleben der Konstruktion veranschaulichen sollten. Die lebhafte Skizze strahlte einen seltsamen Charme aus; man hätte sich das Ganze gerahmt an einer Wand vorstellen können. Vermutlich hatte Schätzchen sich deshalb nicht davon getrennt, obwohl es unklug war. Auf welcher Vernissage hätte sie es denn vorstellen wollen? Der Fluch des Künstlertums, dachte Jeannette und seufzte.

Metz hingegen war bester Laune. »Bei diesem Heim haben wir Reste der Buchstaben gefunden, die das Spruchband zierten, die Sache bei der Villa haben sie zugegeben, und wie die Manipulation der Diskette gelaufen ist, wissen wir jetzt auch.«

Das hatte Anita Lange ihnen erklärt. Sie hatte im Büro heimlich eine Kopie gezogen, diese zu Hause in aller Ruhe bearbeitet und dann an Daniel weitergegeben, damit der sie gegen das Original austauschte. »Damit haben wir sie«, stellte Metz noch einmal fest. »Nur die Sache mit Sommer wollten sie nicht gestehen. Da halten sie sich alle an ihrem konstruierten Alibi fest. Aber das werden wir knacken.«

»Ich weiß nicht.« Jeannette schüttelte den Kopf und lehnte die angebotene Zigarette ab. »Es paßt so gar nicht zu den anderen Sachen, finde ich, diesen Dada-Aktionen.«

»Dada? Gaga«, gab Metz kurz zurück. »Was soll denn das heißen? Es ging ihnen ums Geld, und um Rache ...«

»Dada«, belehrte Jeannette ihn, »war eine revolutionäre Kunstrichtung kurz vor dem Ersten Weltkrieg, die das bürgerliche Kunstverständnis auf die Schippe nahm. Sie haben zum Beispiel ...«

Aber Metz winkte ab. »Kunst soll es also sein?« fragte er. »Und deswegen ist es nicht strafbar, oder wie? Meine Liebe.« Er neigte sich vor. »Die Stühle am Schönen Brunnen wären ohne Absegnung des Kulturreferenten auch als grober Unfug eingestuft worden.«

»Das macht es natürlich nicht besser«, gab Jeannette zu. »Ich meine nur, alles, was sie getan haben, hat in gewisser Weise den Konzern veräppelt. Es hatte etwas Komisches, oder? Ich glaube, sie sagen die Wahrheit, und es ging tatsächlich zu einem guten Teil um Spaß.«

»Mord ist aber nicht komisch«, beharrte Metz.

Nun nickte Jeannette. »Eben. Deswegen meine ich, der Mord an Sommer paßt nicht dazu. Wenn sie seinen Alkoholismus publik gemacht hätten, oder seine Entlassungsliste so manipuliert, daß er selber draufgestanden hätte.« Sie dachte nach. Doch, auch ihr fielen einige schöne Dinge ein, die man hätte tun können. Sie mußte unwillkürlich lächeln, wenn sie daran dachte; sie hatte etwas für sich, die dadaistische Lebensweise. Dann aber zuckte sie hilflos mit den Schultern. »Ihn zu erschlagen allerdings, das paßt einfach nicht.«

»Vielleicht wollten sie ihm ein lustiges Papierhütchen aufsetzen«, schlug Metz vor. »Und er hat es nicht komisch gefunden?«

»Ach!« Jeannette winkte ab.

»Nein, nein, nein. Die koche ich weich.« Metz war nicht von seiner Idee abzubringen. »Die stehen doch keine weitere Stunde Verhör mehr durch. Und außerdem ...« Er wühlte in den Unterlagen. »Da, genau, die kleine Schwester von dieser Lange. Die konnte doch auch dir sagen, wo sie gestern abend war. Die lasse ich kommen. Mal hören, was sie zu den Aktivitäten ihrer Schwester zu sagen hat.« Er machte sich fieberhaft Notizen.

»Wie du meinst«, sagte Jeannette Dürer. Es klopfte erneut.

»Wer zum Teufel ...«, begann Metz.

Zu Jeannette Dürers großem Erstaunen war es der Gerichtsmediziner, Doktor Greif. Mißmutig knallte er einen Bericht vor ihr auf den Tisch. »Sie sind ja überhaupt nicht mehr greifbar, seit Sie sich in Fürth rumtreiben«, brummte er, mit einem Seitenblick auf Metz, der interessiert aufschaute.

»Ja, ich habe schon gehört, daß Sie auch da sind«, erwiderte Jeannette ruhig, ohne auf seinen vorwurfsvollen Ton einzugehen. »Haben Sie die beiden Stücke schon erhalten, die ich heute morgen reingereicht habe?«

Er lachte trocken. »Rein wie Schnee«, raunzte er. »Außerdem viel zu glatt. Das, was das Loch im Kopf unseres lieben Verstorbenen verursacht hat, war weit schwerer und von unregelmäßiger Form.« Er wandte sich zum Gehen. »Ach ja, und es war lackiert. Wie Sie auf Seite siebenundzwanzig lesen werden, habe ich winzige Spuren von Goldlack entdeckt.« Damit ging er steif hinaus.

Metz schaute ihm grinsend hinterher. »Mannomann, werde ich mich weit hinten anstellen müssen«, stellte er fest. Dann wandte er sich Jeannette zu, die in dem Obduktionsbericht blätterte. »Was die Einladung zum Frühstück angeht«, fuhr er fort. »Jetzt ist es ja schon ein wenig spät, und ich fürchte, die Zeit für ein Lokal haben wir nicht. Aber soll ich uns was kommen lassen? Ich kenne da ein thailändisches Schnellrestaurant, das ...« Seine Rede erstarb, da Jeannette ihr offensichtlich nicht die geringste Aufmerksamkeit widmete.

»Goldlack«, sagte sie und schaute mit glänzenden Augen auf, als er endlich schwieg. »Habe ich dir erzählt, daß ich heute eine Statue in Händen hielt, einen knappen halben Meter hoch, schwer, mit Goldfarbe lackiert?« Sie strahlte übers ganze Gesicht.

»Nein«, erwiderte er und fügte, nicht ohne Groll, hinzu: »Du erzählst mir offenbar nie etwas.«

Sie winkte ab. »Ich hatte dem keine Bedeutung beigemessen. Außerdem waren wir danach eine Weile sehr beschäftigt. Aber jetzt.« Sie lächelte, als sie die gespannte Aufmerksamkeit in seinem Gesicht sah. In solchen Momenten, wenn seine Augen sich lauernd verengten, sah er noch besser aus als sonst.

Er mißverstand ihre Miene und packte sie an der Hand. »Wo?« fragte er.

27

»Die Zeidler?« staunte Metz nicht schlecht. »Die jedesmal in Tränen ausbricht, wenn ich mit ihr rede? Und läßt das Ding da vor aller Augen stehen?«

»Vielleicht hat sie Poe gelesen«, grübelte Jeannette. »Nirgendwo ist eine Sache besser versteckt als vor aller Augen. Aber Scherz beiseite«, fuhr sie rasch fort. Seinem Gesichtsausdruck nach, dachte sie, hielt er Poe womöglich für einen Körperteil. Und ehrlich gesagt, wollte sie das gar nicht so genau wissen. Lieber behielt sie ein paar Illusionen. »Sie muß ja nicht selber zugeschlagen haben«, spann sie dann den Gedanken weiter. »Die Statuette stand ja für jeden greifbar herum. Aber es würde mich schon sehr wundern ...«

Metz schob seinen Stuhl zurück. »Ich gehe das Ding jetzt holen«, sagte er.

Jeannette schaute auf die Uhr. Ihrer Erfahrung nach mußte der Pförtner jetzt noch dasein.

»Nimm dein Handy mit«, riet sie ihm. »Dann kannst du anrufen, falls du eingesperrt wirst. Hier ist die Nummer des Pförtners.« Sie kritzelte etwas auf einen Zettel.

»Aus Schaden klug, hm?« brummte Metz und grinste sie an. Hatte sie sich getäuscht, oder war das seine Hand gewesen, die da kurz ihren Nacken gestreift hatte? »Und danach? Abendessen als Ersatz für das entgangene Frühstück?«

Jeannettes Herz schlug schneller. »Mal sehen«, murmelte sie und neigte sich noch ein wenig tiefer über den Obduktionsbefund. Sie hoffte, daß er ihr Lächeln nicht sähe.

Als er fort war, wagte sie endlich aufzuschauen. Was war nur mit ihr los, überlegte sie. Sie mußte verrückt sein. Sie stand kurz vor der entscheidenden Verabredung mit Philipp Gläser, und dann machte sie solche Sachen. Sie schüttelte den Kopf. Wirklich, Fürth bekam ihr nicht.

Jeannette blätterte weiter in dem Bericht, merkte aber nach einer Weile, daß sie nichts von dem aufnahm, was sie las. Und ihre Finger zitterten. Da sprang sie auf. Es war nicht nötig, daß sie untätig hier herumsaß. Jeannette beschloß, zu Frau Zeidler nach Hause zu fahren und ihr ein paar Fragen zu stellen.

»Alright.« Anthony winkte ab. »Heute abend war es leer, morgen wird es voll sein«, übersetzte der Lehrer seine Worte, der die Gruppe Kids bei der Generalprobe begleitet hatte. Für einen Moment starrten alle in den Zuschauerraum, wo heute noch alles dunkel war. Stuhlreihe um Stuhlreihe starrte zurück. Jeder ihrer Schritte hallte in dem hohen Raum, als sie langsam und unschlüssig von der Bühne schlenderten. Manche kasperten herum, andere legten den Kopf in den Nacken und starrten in den Nachthimmel der Bühnentechnik über ihnen, voller Gerüste, Kabel und Gerätschaften, so hoch, wie sie sich das nie vorgestellt hatten. Keiner von ihnen hatte bislang ein Theater aus dieser Perspektive gesehen. Und Anthony lächelte, als er die Erregung in einigen Gesichtern sah. Ja, dachte er, wenn man es einmal gehabt hat, dann will man immer wieder hierhin zurück. Einigen von euch wird es nicht anders ergehen als uns damals. Ihr werdet Blut lecken.

Sein Blick wanderte und fand die Gruppe der Jungen, die sich das letztemal Joseph gegenüber so aggressiv verhalten hatte. Heute war nichts dergleichen vorgefallen; die drei hatten mustergültig mitgemacht, der mit den wirren Haaren und der zerrissenen Jeans, Bernd, dachte Anthony, war sogar richtig gut gewesen. Vielleicht, sagte Anthony sich, war es ja tatsächlich das Talent, das Joseph in ihm erkannte. Er hoffte es für sie alle.

»Bernd«, rief er, ehe er noch nachgedacht hatte, und winkte dem Jungen. »Have you seen Joseph?« fragte er ihn dann, als er angetrabt kam, die leuchtend blauen Augen mißtrauisch zu Schlitzen verengt.

Der Junge schüttelte den Kopf. Radebrechend gab er Anthony zu verstehen, daß sie sich auch schon Sorgen gemacht hätten. Nämlich, daß er ihretwegen weggeblieben sei. Dabei täte es ihnen leid und sie würden sich gerne entschuldigen. »Excuse«, sagte er mit schlechter Betonung, »you understand?« Sein Blick schweifte ab. Er wippte auf den Zehen.

Anthony betrachtete ihn lange und nickte schließlich. »I will tell him«, sagte er.

Bernd nickte erleichtert. »Und dem Lehrer brauchen wir es doch nicht …«, begann er dann und richtete seine Augen wieder auf Anthony. »The teacher …«, verbesserte er sich dann und verzog das Gesicht, auf der Suche nach den richtigen Worten.

Anthony ließ ihn eine Weile zappeln. Dann aber verkniff er sich ein Lächeln. Es waren doch Kinder, letztlich, ungelenk in ihren Versuchen, cool zu sein, aber verletzlich und vor allem: jung. Er legte theatralisch den Finger auf die Lippen.

Bernd grinste erleichtert und sprang zu seinen Freunden zurück. Unwillkürlich verfiel er für einen Moment in das Muster seiner Tanzschritte, die ihm in Fleisch und Blut übergegangen zu sein schienen.

Tatsächlich, dachte Anthony, Joseph hätte hiersein sollen. Er konnte zwar verstehen, daß er sich vor dem neuen Zusammentreffen fürchtete oder, so überlegte er, für den Moment einfach die Schnauze voll hatte. Aber er hätte hiersein sollen. Allein für diesen Moment. Es hätte ihn gefreut. Erneut klatschte er in die Hände.

»Tomorrow we will meet at six«, rief er. »And then: Showtime.«

Er wartete die Übersetzung des Lehrers ab, nickte, winkte und warf sich sein Bündel über die Schulter. Als letzter verließ er dann die menschenleeren Gänge des Theaters, wie immer mit einer leichten Gänsehaut, wenn das Licht ausgegangen war. Aber das war noch nie anders gewesen vor einem großen Auftritt.

Paul Metz stand im vierten Stockwerk und fluchte. Die Doppeltür des Treppenhauses war versperrt. Er konnte durch das Glas ins Innere schauen, und wenn er sich nicht sehr täuschte, war da noch ein Licht irgendwo. Jemand schien in diesem Stockwerk noch beschäftigt zu sein. Jemand, der ihn entweder nicht hörte oder ignorierte. Und Metz kam nicht hinein.

Schließlich ließ er das kindische Rütteln und joggte die Stufen wieder hinunter. Ungeduldig und ein wenig außer Atem hieb er auf den Rufknopf des Aufzugs. Es schien eine Ewigkeit zu dauern, bis es endlich »Pling« machte und die Kabine ihn empfing. Ihr Licht wirkte so spät am Abend weißlich und fahl. Mit hinter dem Rücken verschränkten Armen stellte Metz sich in die Mitte des engen Raumes, wie ein General vor seine Truppen. So ließ er sich sachte nach oben tragen. Als die Türen des Aufzugs sich zur Seite schoben, zeigten sie ihm das Bild eines menschenleeren, dunklen Flures. Doch dort hinten, hinter dem Knick nach rechts, den der Korridor nahm, drang Lichtschein hervor. Metz hatte sich nicht getäuscht. Jemand mußte noch hiersein.

Unwillkürlich ging er leise. Es mochte eine vergessene Lampe sein, sagte er sich, ein verspäteter Angestellter, der noch schnell eine Arbeit zu Ende führte, einsam und übermüdet. Ein Büro-Techtelmechtel, das sich nach dem Fortgang der anderen auslebte. Er hatte bei den Verhören so einige Anspielungen serviert bekommen. Möglicherweise, dachte er und grinste bei sich, ruckte der neue Chef gerade mit einer seiner Untergebenen »zamm«. Dann sah Metz die halb geöffnete Tür, hinter der Licht war. Es war das Zimmer von Frau Zeidler. Er blieb stehen. Er atmete ein paarmal tief durch, um die aufsteigende Erregung unter Kontrolle zu bringen. Er spannte und entspannte seine Finger, daß die Knochen knackten. Dann griff er nach seiner Waffe.

Sehr vorsichtig schob er sich an den Türflügel heran und spähte ins Innere. Dort stand eine Frau mit dem Rücken zu ihm. Sie war damit beschäftigt, etwas einzuwickeln, das sie vor sich hielt und was nicht deutlich erkennbar war. Rasch schaute Metz sich in dem Zimmer um. Die Statue stand nicht auf dem Platz, den Jeannette ihm beschrieben hatte. Sie war überhaupt nicht zu sehen. Nun hob die Frau das Bündel an, und Metz sah zweierlei zugleich: Es war erstens tatsächlich Elke Zeidler, die hier zugange war. Zärtlich hielt sie ihr Päckchen und drückte es sogar einmal kurz an sich, ehe sie es in einer Tasche zu verstauen suchte. Und zweitens war das, was sie in Händen hielt, die gesuchte Statuette. Metz sah die goldenen Füße im Licht der Lampe schimmern, als das Tuch sich zu lockern begann.

Sie hat also doch selber zugeschlagen, dachte er und biß die Zähne aufeinander. Jeannettes Interesse an der Tatwaffe mußte ihr unheimlich geworden sein. Und jetzt versuchte sie, das Ding verschwinden zu lassen. Er hob seinen noch nicht entsicherten Revolver und bereitete sich darauf vor, sie anzusprechen.

In diesem Moment, den er noch heftig verfluchen sollte, klingelte sein Handy. Elke Zeidler fuhr herum, die schwere Statuette in der erhobenen Hand. Metz versuchte, ohne hinzusehen, den Anruf wegzudrücken, erwischte aber den falschen Knopf.

»Paul?« Jeannette wartete gar nicht ab, bis ihr Partner sich meldete. Sobald sie hörte, daß der Ruf angekommen war, sprudelte sie los. Es war einfach zu überwältigend, was sie gefunden hatte. »Sie war nicht zu Hause, hörst du?« begann sie atemlos. »Die Zeidler«, fügte sie hinzu, als ihr einfiel, daß sie ihn ja gar nicht in ihre Absicht eingeweiht hatte, die Wohnung der Sekretärin in Fürth-Dambach aufzusuchen.

Nein, die Frau war nicht zu Hause gewesen. Aber Jeannettes Tatendurst hatte sich damit nicht zufriedengeben wollen. Sie war zur Rückseite der Wohnung gegangen, die im Erdgeschoß eines Mietsblocks lag, und über die Brüstung des ebenerdig liegenden Balkons geflankt, wo sie ihre Nase an der Scheibe der Glastür plattgedrückt hatte. Zu ihrem Erstaunen hatte diese nachgegeben. Elke Zeidler mußte nach dem morgendlichen Lüften vergessen haben, sie wieder ordentlich zu schließen. Und unfreiwillig, aber nicht unglücklich hatte Jeannette auf ihrem Wohnzimmerparkettboden gestanden und ein paar erste, knarzende Schritte getan. Die Wohnung war tatsächlich verlassen gewesen. Leer, was Menschen anbelangte.

»Aber Mensch, Paul, das hier ist ein Museum, du müßtest hiersein und das sehen.« Jeannette drehte sich einmal auf den Fersen um sich selbst. Von allen Wänden herab starrten sie Fotografien an: Farbbilder, Schwarzweißbilder, Studioaufnahmen, Schnappschüsse, gerahmte und ungerahmte. Auf allen war dasselbe zu sehen: der tote Sommer, hier noch sehr lebendig. Mal mit Elke Zeidler an seiner Seite, mal ohne. Aber stets in enger Tuchfühlung. »Sogar Nacktbilder sind dabei«, erklärte Jeannette und ließ einen Stapel Fotos wieder zurück in eine Box gleiten, die dezent in einer Schublade verborgen gewesen war. Sie nahm ihren Rundgang wieder auf und blieb an der Wand beim Telefon stehen. Dort hingen zwei Aufnahmen. Die eine zeigte das Paar in der berühmten Pose von Leonardo die Caprio und Kate Winslet am Bug der »Titanic«, die andere vermutlich kurz darauf bei der Entgegennahme des Oscars auf der Terrasse eines teuren Ferienclubs. Sie sah rückhaltlos glücklich aus und strahlte mit allen Zähnen in die Kamera. Ihre Haut unter den Spaghettiträgern der Abendrobe war rotbraun, wie häufig bei Touristen, und glänzte vom Sonnenbrand und der chiantibefeuerten Glut. Ihr Haar war wirr und sonnengebleicht. Er, das Glas in der Hand, wirkte, zu seiner Ehre sei es gesagt, ein wenig peinlich berührt, war aber Herr der Lage, korrekt gekleidet und zugeknöpft, die Haare feucht zurückgekämmt nach der abendlichen Dusche. Ein schönes Paar.

»Mann, wir müssen ungedingt sehen, daß wir hierfür einen Durchsuchungsbefehl bekommen.« Jeannettes Stimme überschlug sich beinahe. »Und jetzt hör dir das an.« Sie raschelte ein wenig mit einem Blatt Papier, das sie entfaltete. Sommers Handschrift blickte ihr entgegen. »›Liebe Elke‹«, begann sie und räusperte sich. »›Hiermit muß ich dir mitteilen, daß unsere Beziehung aus betrieblichen Gründen ab sofort beendet ist. Wie du sicher einsiehst, muß nach meiner Versetzung das Berufs- und Privatleben strikt getrennt werden; das bin ich meiner Position schuldig. Du wirst das verstehen. Es war sehr schön.‹«

Jeannette stieß ein Schnauben durch die Nase aus. »Ein Scheck lag dabei, stell dir das vor.« Sie schaute sich noch einmal in dem Zimmer um, wo Sommer ihr von überall her entgegengrinste. »Muß die eine Wut gehabt haben, was Paul? Paul?« wiederholte sie, als keine Antwort kam.

Elke Zeidler ließ das Handy sinken, aus dem noch immer Jeannettes Stimme tönte. Zu ihren Füßen lag Paul Metz, die Hände über dem Kopf zusammengelegt und stöhnend nach dem Schlag, den er erhalten hatte. Halb blind vor Schmerz krümmte er sich um ein Tischbein. Elke Zeidler stieg über ihn hinweg und richtete mit einem zärtlichen Stups ein Bild an der Wand wieder aus, das er im Stürzen berührt hatte. Es war eine Aufnahme von ihr selbst, auf der Terrasse eines südlichen Urlaubsortes, mit Glanz in den Augen, Sonnenbrand auf den Schultern und einem Glas in der Hand. Der Mann, dem sie zuprostete, war nur für ihre Augen zu sehen. Und die verschwammen in Tränen. »Ich habe ihn so, so sehr geliebt.«

Mit einem Ächzen richtete Metz sich auf. Einen Moment lang starrte er ungläubig auf das Blut an seiner Hand, dann wischte er es an seinen Hosen ab. Er tastete nach der Waffe. Dann sah er Elke Zeidler, die die Statuette noch immer fest umklammert hielt.

»Schon gut«, suchte er sie zu beruhigen, während er sich mühsam hochrappelte und schwankend zum Stehen kam. »Alles kommt wieder in Ordnung.«

Sie starrte ihn mit großen Augen an. Das Blut lief noch immer über seine Stirn, an seinen Nasenflügeln hinunter. Es hinterließ bizarre Flecken auf seiner Haut und ließ die aufgerissenen Augen noch blauer leuchten. Sein Haar stand verklebt ab. Die Finger, die er nach ihr ausstreckte, waren rot.

»Ich habe das nicht gewollt«, murmelte sie, den Oskar vor die Brust gedrückt. »Ich habe das alles nicht gewollt. Es ist einfach so passiert.« Wie ein Schrei entrang es sich ihrer Brust.

Metz zuckte zusammen. Sein Kopf pochte so heftig, daß er glaubte, er müsse zerspringen. Er kniff die Augen zusammen und holte tief Luft, um der Übelkeit zu begegnen, die wie eine Woge in ihm aufstieg. Nur jetzt nicht das Bewußtsein verlieren. Er hob die Hand, um sich über die Stirn zu wischen, wo noch immer das klebrige Naß hervorquoll. Da bemerkte er die Pistole in seiner Hand. Das Klicken, mit dem er sie endlich entsichert hatte, beruhigte ihn. Er suchte Halt an der Tischkante.

»Es ist einfach so passiert. Einfach so«, stotterte Elke Zeidler, die sich von ihm zurückzuziehen begann. »Sie werden doch nicht ...«

Angespannt fixierte sie die Pistole und ging rückwärts, Schritt für Schritt um den Schreibtisch herum, bis er sich zwischen ihr und Metz befand. Zwischendurch schluchzte sie auf, dann wieder kicherte sie unbeherrscht.

Der Kommissar war inzwischen wieder weit genug bei Sinnen, um ihre Angst zu bemerken. Aus dem Handy, das zwischen ihnen auf dem Tisch lag, drang quäkend Jeannettes Stimme, ohne daß ein Wort zu verstehen war. Beider Blicke wanderten kurz dorthin, ehe sie einander wieder trafen. Wie von etwas gestochen, wich sie vor Metz zurück. Der hob die Hände.

»Sie haben ihn geliebt«, sagte er, »ich verstehe das. Alle werden das verstehen, machen Sie sich keine Sorgen. Es wird alles gut.«

Aber sie schüttelte nur heftig den Kopf und lachte bitter. Nein, insistierte sie mit ihrer seltsam flatternden, überkippenden Stimme, die Metz so nervös machte, weil sie ihm verriet, daß die Frau außer sich war, nicht sie selbst, und deshalb gefährlich. Sein schmerzender Schädel sagte ihm, wie sehr. Liebende Weiber, dachte er bei sich, und für einen Moment drangen blitzartig auftauchende Bilder in sein Hirn, von seinem friedlichen kleinen Haus, klirrenden Scheiben, Geschrei, dem Knall einer Ohrfeige, einem Teller, dessen Scherben auf den Schotterweg vor der Haustür fielen. Weiber. Kurzfristig erwog er, die Verabredung für das Abendessen abzusagen. Dann kam er blinzelnd zu sich. »Jeder kennt das doch«, sagte er noch einmal. In seiner Stimme schwang Mißmut mit.

»Keiner versteht es.« Elke Zeidler kniff die Lippen zusammen. »Keiner weiß, was er mir gewesen ist.« Mit tränenfeuchten Augen schaute sie Metz an. »Dabei habe ich mich so bemüht. Alles habe ich getan, damit er begreift, daß ich ihn liebe. Aber er ...« Wieder schüttelte sie den Kopf. Sie schniefte und fuhr sich unwillkürlich mit dem Ärmel über das Gesicht. Metz sah, wie sein Blut von der Statuette einen dünnen Streifen auf ihrer Wange hinterließ, und biß die Zähne zusammen. »Ich hätte alles getan, alles!« Das war ein Aufschrei, so laut, daß er zusammenzuckte. »Und ich weiß, er hätte es irgendwann begriffen.« Laut weinend nun krümmte sie sich um die Statuette zusammen, die sie doch keinen Moment losließ.

Jetzt, dachte Metz und schob sich um den Schreibtisch herum. Er streckte einen Arm aus, als wollte er sie beschützen, aber sie kam zu sich, schoß hoch und wich zum Fenster zurück. Das stand offen; jetzt bemerkte Metz es auch. Verdammt, verdammt, verdammt, dachte er fieberhaft, während sein Magen sich verkrampfte. Das durfte doch nicht sein.

Er räusperte sich. »Ich bin sicher, er hat es verstanden«, sagte er weich und bemüht, Verständnis in seine Stimme zu legen. »Bestimmt.«

Die Zeidler hob die Statue und fuhr zärtlich darüber. »Einige Momente lang«, murmelte sie versonnen, »dachte ich das auch.« Dann, als sie aus den Augenwinkeln eine Bewegung von Metz wahrnahm, hob sie ihre Waffe, ihren Talisman, erneut. Zugleich schob sie sich auf die Fensterbank. Der Wind erfaßte ihr kurzes Haar und ließ es aufflattern. Er war so weich und zärtlich wie die Sommernacht draußen. Unten hallten Schritte im Hof. Aus dem Fenster eines der Mietshäuser gegenüber kam Radiomusik herüber. Es duftete nach den Blumen einer Dachterrasse. Unwillkürlich sog sie das Aroma mit bebenden Nasenflügeln ein.

»Schön, nicht wahr?« bestätigte Metz und streckte die Hand aus. »Nun kommen Sie, es wird alles gut.« Er wagte ein Lächeln. »Ein Toter ist genug.« Kaum hatte er es gesagt, biß er sich schon auf die Lippen. Denn über ihr Gesicht ging ein Leuchten, als sie es hörte. Und sie erwiderte sein Lächeln. Glücklich drückte sie die Statuette an sich. Ohne Halt saß sie nun da. »Nein«, sagte sie leise. »Nein, es müssen zwei sein.« Dann kippte sie ohne Vorwarnung hintenüber.

Metz sprang vor, der Schmerz in seinem Kopf explodierte. In der Schwärze, die sich vor seine Augen schob, sah er noch ihr Gesicht, bleich im Widerschein des grünen Neonschimmers, der von dem Fontäne-Logo an der Hauswand gegenüber ausging. Er sah, daß es zuckte und zitterte. Die Röhren sind kaputt, dachte er unsinnigerweise. Dann wurde es für einige Momente Nacht. Er glaubte, noch ihr Bein zu sehen, nach dem er griff, fühlte das Fleisch unter dem glatten Nylonstrumpf, der an seiner Handfläche entlangglitt. Metz packte zu und spürte das harte Schienbein, den Knochen des Gelenks, die Zehen, die aus seinen Fingern glitten, während eine Sandalette, abgestreift von seinem Griff, mit einem leisen Poltern auf den Teppich des Büros fiel. Er stürzte vor und hing im Fensterrahmen, blutend und keuchend. Aus seinem offenen Mund troff der Speichel herab, vier Stockwerke tief.

Dort lag Elke Zeidler, den Faltenrock ihres Kostüms um sich ausgebreitet. Mit zögernden Schritten trat der Pförtner näher. Die Radiomusik hatte aufgehört. Ihre Augen, dachte Metz, stehen offen. Dann sank er an der Wand unterm Fenster zusammen.

28

»Sie ist bei dir.« Jeannette schrie es in den Hörer. »Stimmt's? Paul, Paul.« Sie rief so lange, bis er das Quäken und Zirpen des außer Rand und Band geratenen Handys nicht mehr ertrug.

»Ja«, meldete er sich schließlich. Es klang schwach.

»Paul«, rief Jeannette erleichtert. »Geht es dir gut?«

»Nein«, gab er zurück. »Schlag, Kopf.« Erstaunt stellte er fest, daß es ihm immer mehr Mühe machte, zu sprechen. Er holte tief Luft und weitete seinen verkrampften Brustkorb.

»Und sie?« fragte Jeannette angespannt. Das anhaltende Schweigen am anderen Ende sagte ihr genug. »Ich bin sofort bei dir«, verkündete sie. »Warte auf mich!«

Gegen jede Vernunft war Paul Metz froh. Er nickte. Sofort stach der Schmerz wieder zu, Schwindel packte ihn.

»Übergibst du dich?« fragte Jeannette besorgt.

Er hustete und keuchte. »Geht schon wieder«, stieß er hervor und fügte hinzu: »Jetzt geht es besser.«

»Ich bin in ein paar Minuten bei dir«, erklärte sie noch einmal. »Mach dir keine Sorgen, ich veranlasse auch alles andere. Krankenwagen?« fragte sie dann.

Metz ächzte. »Nicht für mich«, sagte er.

Jeannette schwieg eine Weile. Sie lauschte den Geräuschen aus dem Hörer, nahm aber davon Abstand, zu fragen, ob er weine. Sie hätte keine Antwort bekommen. »Bis gleich dann«, sagte sie nur sanft und legte auf.

Noch von Elke Zeidlers Wohnung aus benachrichtigte sie die Kollegen. Als sie selbst vor der Fontäne-Hauptverwaltung eintraf, waren die Streifen- und der Krankenwagen bereits da. Sie warf einen raschen Blick auf die Sekretärin, die noch immer die Statuette umklammert hielt, und gab den Kollegen Anweisungen bezüglich der Figur, die, nachdem die Fotografien gemacht waren, sorgsam aus den Händen der Toten gewunden und verpackt wurde.

Jeannette konnte nicht umhin, während sie mit dem Lift nach oben fuhr, zu überlegen, wie anders im Charakter doch diese Oscar-Bilder werden würden als jene, die sie an den Wänden in Zeidlers Wohnung gesehen hatte. Und doch sah die Tote selbst jetzt noch auf seltsame Weise glücklich aus. Sogar ihr offenstehender Mund mit dem dunkelroten Faden Blut im Winkel schien zu lächeln.

Jeannette fand Metz und half ihm auf die Beine. In der Teeküche, in der sie selbst erst vor kurzem herumgestolpert war, wusch sie ihm das Blut vom Gesicht und kühlte ihm die Stirn mit Hilfe einer Packung Speiseeis, die sie im Kühlfach fand. Es war bald elf, und noch immer hatten sie nichts zu Abend gegessen. Während Metz langsam wieder zu sich fand und von den Vorgängen berichtete, stellte Jeannette sich neben ihn und bediente sich mit einem Suppenlöffel aus der Eispackung, die er sich an den Kopf drückte. Als er eine Weile schwieg, schaute sie hinunter und bemerkte erstaunt seinen Blick.

»Was ist?« fragte sie mit vollem Mund.

Er schüttelte sanft den Kopf und verzog das Gesicht. »Ich lerne es noch«, murmelte er und wartete, bis der Schmerz abklang. »Es ist nur«, begann er dann. »Ihr Frauen seid so unglaublich pragmatisch.« Als er ihr Gesicht sah, lachte er und wies auf ihren erhobenen Löffel. »Ehrlich, ich glaube, im Grunde sind wir Männer das verkannte romantische Geschlecht.«

Jeannette lachte. Dann wurde sie wieder ernst. »Auf Sommer scheint das jedenfalls nicht zugetroffen zu haben«, meinte sie. »Du hättest diesen Brief sehen sollen, mit der er ihr die betriebsbedingte Kündigung ihrer Beziehung aussprach.« Sie schüttelte sich. »Und dann das Geld. Es wundert mich, daß sie nicht mehr als einmal zugeschlagen hat.«

Metz zuckte mit den Schultern. »Vermutlich wollte sie ihn mit dem einen Klaps nur zur Vernunft bringen. Sie hat ihn immer noch geliebt, soviel habe sogar ich begriffen.« Er stöhnte demonstrativ und verschob die Eispackung.

Jeannette nahm sich noch einen Löffel. »Hm, Kirschjoghurt. Seine Bilder hat sie jedenfalls auch nicht abgehängt. Das reinste Museum, aber das sagte ich ja schon. So«, meinte sie dann, als das Eis alle war. »Glaubst du, du kannst gehen?«

Um es ihr zu beweisen, schnellte er hoch und kam dabei so ins Taumeln, daß er sich von ihr zum Aufzug führen lassen mußte. Erst als sie in den Hof traten, in dem es von Sanitätern und Polizisten wimmelte, streifte er ihren Arm ab, straffte sich und ging die letzten Schritte allein. Man sah ihm, abgesehen von dem Grind an seiner Schläfe und den Blutklumpen im Haar, die Jeannette übersehen hatte, kaum etwas an. In aufrechter Haltung erstattete er seinem Vorgesetzten Bericht. Dennoch bestand der Notarzt darauf, ihn zu untersuchen, und nötigte ihn, sich in die offene Tür des Krankenwagens zu setzen. Die Zinkwanne mit der toten Elke Zeidler lag geschlossen ein wenig abseits zu seinen Füßen. Metz wandte den Kopf ab. Er glaubte, das Gefühl wieder in seinen Handflächen zu spüren, wie ihre Beine durch seine Finger glitten, das feste Fleisch, die glatten Strümpfe, dann die Nachtluft. Er schloß die Augen.

Der Arzt nickte ernst, als er seine Untersuchung beendet hatte. »Sie haben auf jeden Fall eine Gehirnerschütterung. Und wir sollten das auch röntgen. Am besten, Sie kommen gleich mit in die Klinik.«

Metz rutschte von der Rampe des Wagens. Rasch sprang Jeannette hinzu, als er ins Wanken kam. »Ich gehe nach Hause«, brummte er und wollte sich abwenden.

Der Arzt legte ihm die Hand auf die Schulter. »Das kann

ich nicht verantworten«, sagte er. »Sie gehören in Behandlung, Mann. Und Sie brauchen Ruhe.«

Metz holte tief Luft, doch seine Augen blieben geschlossen. Einen Moment noch, nur einen Moment, um Kraft zu sammeln, ehe er diesem Weißkittel die Meinung sagte. Zu seinem Erstaunen hörte er Jeannettes Stimme. Sie nahm die Hand des Arztes und schob sie von Metz' Schulter.

»Sie haben doch gehört, was er gesagt hat«, erklärte sie verdächtig sanft. Ihre Miene sprach eine andere Sprache. Dann fügte sie versöhnlich hinzu: »Ich bringe ihn nach Hause. Und wenn es ihm morgen nicht bessergeht, wird er sich bei Ihnen melden.«

Der Arzt schüttelte den Kopf, doch er trat beiseite, als das Pärchen, dicht beieinander und notgedrungen umschlungen, den Hof verließ. Über ihnen zuckte das Firmenschild.

»So«, keuchte Jeannette, als sie es geschafft hatte, Metz in ihrem Wagen zu verstauen. »Den Weg kenne ich ja.«

Er sagte nicht mehr viel. Nur ab und zu mußte er niesen, danach drückte er seine Stirn, Erleichterung suchend, an die nur mäßig kühle Scheibe des Seitenfensters und starrte hinaus. Reglos ließ er die Fassaden der Häuser vorbeigleiten. Erst als sie sein Zuhause beinahe erreicht hatten, kam wieder ein wenig Leben in ihn, und er wies ihr den Weg zu einem Parkplatz, da man in der Sackgasse, in der er lebte, sein Auto nicht abstellen durfte. Jeannette gehorchte, half ihm heraus und über das Kopfsteinpflaster, bis vor die Tür. Dort stellte sie ihn ab.

»Denkst du, du schaffst es?« fragte sie.

Er nickte und nestelte nach dem Schlüssel. Es dauerte eine Weile, bis er ihn im Schloß hatte. Besorgt nagte Jeannette an ihrer Unterlippe, während sie zusah. »Das mit dem Abendessen ...«, begann er dann.

Jeannette machte eine unverbindliche Geste. »Verschieben wir, kein Problem«, sagte sie betont munter. Da fiel ihm der

Schlüssel hinunter. Sie hob ihn hoch und öffnete die Tür für ihn. »Vielleicht besser, ich lege dich noch aufs Sofa«, meinte sie und errötete.

»Vielleicht«, gab er zu und grinste auf einmal so diabolisch, daß sie ihn am liebsten getreten hätte. »Ich habe auch noch ein wenig Baguette und luftgetrockneten Schinken. Wenn du Lust hast ...« Wieder sprach er nicht zu Ende. Eine Weile schwiegen beide.

»Also dann ...«

Sie hatten es im selben Moment gesagt und mußten lachen. Dann machten sie gleichzeitig einen Schritt und stießen in der Tür zusammen. Metz konnte sich einen Aufschrei nicht verkneifen. Sofort hakte Jeannette ihn unter und führte ihn hinein. Mit einem Fußtritt schloß sie die Tür hinter ihnen beiden.

Jeannette fand nicht nur das Brot und den Schinken, sondern auch ein paar wunderbar reife, duftende Tomaten und eine Packung Aspirin sowie eine angebrochene Flasche Rotwein in der schmalen Küche, in der alles offen dastand auf altmodischen Gestellen und Wandregalen. Besteck, sogar Pfannen hingen an massiven Haken von der Decke, was einen rustikalen und üppigen, aber auch aufgeräumten Charakter hatte. Die kleine, vollgestopfte Küche war im Verhältnis zu ihrer eigenen bestens ausgestattet und tipptopp in Schuß.

»So«, sagte sie, als sie Paul die gefundenen Köstlichkeiten kredenzte. Der stürzte sich erst auf die Tabletten, dann auf das Essen. Jeannette griff herzhaft zu und trank mehr als üblich von dem leichten Landwein. Es schmeckte ihr, und die Stimmung war trotz allem danach. Sie fühlte sich wohl in dem Haus und in Paul Metz' Gesellschaft, auch wenn etwas Unausgesprochenes, beinahe Bedrohliches, aber auch herrlich Prickelndes zwischen ihnen schwang.

»Keine Oliven mehr?« fragte er.

Als Jeannette sie fand und servierte, fiel ihm die erste aus den Fingern in die Schüssel zurück. Lachend und neckend nahm sie sie und steckte sie ihm in den Mund.

»Achtung, Pflegestufe drei.«

Als er ihren Finger zwischen den Lippen behielt, verstummte sie. Einen Moment sahen sie einander nur an. Dann rückte sie ein wenig von ihm ab und griff nervös nach ihrem Glas. Er erhob sich ächzend.

»Ich muß duschen«, sagte er. »Ich ertrage den Blutgeruch einfach nicht.« Mit einer Handbewegung gab er ihr zu verstehen, sie solle sich wie zu Hause fühlen. Dann machte er sich an den mühsamen Aufstieg die schmale, knarrende Holztreppe hinauf. Jeannette schaute ihm nach. Dort oben mußte auch sein Schlafzimmer sein, dachte sie unwillkürlich. Alles würde schräge Wände haben. Wie er nur den Platz für eine Dusche dort gefunden hatte. Hier unten war alles offen: Küche, Eßecke und Wohnbereich waren ein Raum, nur durch geschickt eingepaßte, wohl selbstgeschreinerte Regale ein wenig unterteilt. Die geweißten Steinwände und das Holz des Fachwerks bestimmten den Charakter des Raumes, in dem außer dem Ledersofa nur eine Musikanlage und eine CD-Sammlung auffielen.

Jeannette ging hinüber und besah sich die Cover, die ihr allerdings nichts sagten. Wären es Bücher gewesen, sie hätte sich anhand der Titel ein Bild von ihm machen können. Aber Musik war ein Code, den sie nicht verstand. Sie war, daran hatte auch ihr Fall in Bayreuth am Festspielhaus nichts geändert, unmusikalisch. Enttäuscht steckte sie die CDs wieder zurück. Oben rauschte Wasser. Ob sie einfach gehen sollte? Aber was, wenn er in der Dusche zusammenbrach oder auf der Treppe stolperte? Jeannette kämpfte mit sich. Und eine Stimme, die nicht nur die ihres Gewissens war, flüsterte ihr zu, sie solle bleiben.

Hinter dem Sofa entdeckte sie einige Hanteln und ein Rudergerät. Hier verbrachte er vermutlich seine freie Zeit und hörte dabei Musik, dachte sie und versuchte, es sich vorzustellen. Auf einem Tischchen fand sie dann doch ein paar Bücher. »Polizeiliche Vernehmung und Glaubwürdigkeit«, »Kriminaltechnik und Spurensuche«. Paul Metz versuchte, sich fortzubilden. Das Wasserrauschen stoppte. Jeannette hörte das charakteristische Quietschen von Füßen in der Duschwanne, kurz darauf kam er die Treppe herunter, ein Handtuch um die Hüften geschlungen, wie bei ihrer ersten Begegnung. Ihr stockte beinahe der Atem, und sie mußte schlucken. Er aber ging zum Sofa hinüber und ließ sich darauffallen. Mit geschlossenen Augen lag er einige Momente da. Jeannette ging zu ihm.

»Geht es dir gut?« fragte sie.

Da hob er die Hand und umschloß ihr Handgelenk. »Noch nicht ganz«, sagte er und zog sie zu sich hinunter.

29

Jeannette erwachte von dem Flecken Sonnenlicht, der über den Teppich auf ihr Gesicht zu gewandert war und nun ihre Stirn zu wärmen begann. Sie räkelte sich wohlig, öffnete die Augen und stellte fest, daß sie auf dem Fußboden vor dem Sofa lag, sorgfältig zugedeckt mit einer ihr unbekannten Bettdecke mit schwarzem Satinbezug, ein Kissen in derselben Aufmachung unter dem Kopf. Sie bewegte sich noch einmal und stöhnte. Trotz des weichen Flokatis war ihr Rücken steif. Paul Metz stellte eine Kaffeetasse vor sie hin.

»Tut mir leid«, sagte er statt eines Morgengrußes. »Aber ich war gestern körperlich nicht in der Lage, dich die Treppe hinaufzutragen.«

Jeannette richtete sich auf und betrachtete erst sein Gesicht mit der blauverschwollenen Beule seitlich an der Stirn, dann die Tasse in ihrer Hand.

»Danke«, murmelte sie, obwohl sie Kaffee nicht ausstehen konnte. Sie war Teetrinkern. Er bemerkte ihr Zögern und schob ihr ein Tablett zu, auf dem Milch und Zucker standen. Sie seufzte und nahm mit geschlossenen Augen einen todesmutigen Schluck und ersetzte das freigewordene Volumen umgehend durch so viel Milch, wie die Tasse nur faßte. Dann rührte sie Unmengen Zucker hinein.

Andächtig schaute er zu, dann schob er ihr ein zweites Tablett hin, ein wenig größer als das erste. Darauf wartete ein fertiges Gedeck, samt Serviette, dazu Marmelade in Glasschälchen, Honig und Brötchen.

Jeannette nahm eins aus dem Körbchen. »Komisch klein sind die«, stellte sie fest.

»Das sind Göllner-Brötchen«, erklärte er ein wenig beleidigt.

»Aha«, sagte Jeannette, aber da weiter keine Erläuterung folge, biß sie hinein. »Schmecken aber nicht schlecht.«

Paul Metz, der extra einen Umweg gemacht hatte, trotz dröhnendem Schädel, um die beliebte Spezialität für sie zu besorgen, seufzte nun seinerseits. Eine Weile kauten sie einvernehmlich. Dann geriet die Satinbettwäsche an Jeannettes Füße, und sie strampelte sie hastig ab. Sie konnte das Gefühl dieses Stoffes an den Füßen nicht ausstehen. Schuldbewußt lächelte sie ihn an. Er allerdings war völlig beschäftigt mit dem Anblick, der sich ihm bot. Während er im Bademantel bei ihrem improvisierten Frühstückspicknick saß, hatte sie nichts an als ein T-Shirt. Errötend zog sie es über ihren Hintern.

Er grinste, natürlich, dachte sie. Aber ihr wurde warm, als sie es sah. Sie könnte sich an dieses 20000-Watt-Grinsen gewöhnen, dachte sie. Nicht allerdings an den Kaffee.

»Sei mir nicht böse«, setzte sie an.

»Soll ich dir einen Tee machen?« Er sprang auf. Doch sein verzogenes Gesicht zeigte, daß ihm wieder schwindlig wurde.

Jeannette schüttelte den Kopf und zog ihn an der Hand zu sich herunter.

»Wie fühlst du dich?« fragte sie und schaute ihm ins Gesicht. »Ich meine, wegen deinem Kopf.«

»Es geht mir wunderbar«, antwortete er, »allerdings nicht wegen meinem Kopf. Der ist beschissen dran.« Als er ihre besorgte Miene sah, lächelte er wieder. »Aber der ist ja nicht weiter belastet worden gestern abend.«

Sie sahen beide, woran sie in diesem Moment dachten, und unwillkürlich näherten sich ihre Lippen einander. Doch noch ehe sie sich trafen, läutete ein Handy.

»Deins«, sagte Jeannette. »Meins ist seit Tagen ohne Saft.«

Er griente. »Dann muß es was Berufliches sein. Freunde würden mich nie in so einem Moment anrufen.« Er zwinkerte ihr zu und wandte sich ab, um zu telefonieren. Sie zog die Knie an, spannte das T-Shirt darüber und lauschte seinen spärlichen »Hm«s und »Ja«s. Schließlich legte er auf und wandte sich zu ihr um.

»Sie wollen meinen Arsch im Revier haben.«

Jeannette zuckte mit den Schultern. »Dann werde ich mich wohl hinten anstellen müssen«, meinte sie und grinste ihn an.

In der Fürther Polizeidirektion begann der Wirbel. Metz' Chef wollte einen genauen mündlichen Bericht. Dann ging es ans Schreiben der Protokolle. Für den späten Vormittag war eine Pressekonferenz angesetzt, auf die sie sich in kleiner Runde vorbereiteten. Man beschloß, die Lösung der diversen Anschläge zu präsentieren und zum Mord nur zu sagen, daß es einen konkreten Verdacht gäbe. Der Selbstmord einer jungen Angestellten der Firma stünde möglicherweise damit in Verbindung, werde aber noch geprüft. Metz mußte sich in diesem Zusammenhang einigen unangenehmen Fragen der Journalisten stellen und tat das, trotz seiner angeschlagenen Gesundheit, mit Bravour. Nur Jeannette schien zu sehen, wie blaß und verschwitzt er war.

Dankbar nahm er das Glas mit den zwei aufgelösten Kopfschmerztabletten, das sie ihm reichte. Jeannette gab ein kurzes Statement aus Sicht der Nürnberger Polizei ab, das sich vor allem auf die gute Qualität der Zusammenarbeit bezog. Aus eigenem Antrieb fügte sie noch eine Erläuterung des Begriffs Dadaismus hinzu. Auf diese Weise, hoffte sie, bekäme das unglückliche Quartett wenigstens im Feuilleton eine gute Presse.

Dann war das Schlimmste geschafft, und sie durften sich wieder vor ihre Computer setzen. Jeannette war noch immer damit beschäftigt, die Akten durchzugehen, sich die Details noch einmal in den Kopf zu rufen, die Bilder zu betrachten – Sommer, die Zeidler, all die Akteure in diesem kleinen Drama –, in ihrem Kopf alles in eine abschließende Ordnung zu bringen und Formulierungen dafür zu finden. Was war das nun gewesen, ein Mord aus Liebe? Aus Enttäuschung? Hatte die Sekretärin tatsächlich nicht geglaubt, daß er sie entlassen wollte? Oder war es ihr gleichgültig gewesen? Genau würden sie wohl nie rekonstruieren können, was zwischen den beiden in den letzten Minuten vorgefallen war, zwischen der verliebten – oder rachsüchtigen? – Frau und dem, tja, was er gewesen war: ein eiskalter Manager? Alkoholiker? Unglücksfahrer, der nie über den Tod seiner Frau hinwegkam? Jeannette tippte Aktenzeichen und blätterte zum Bild der Familie Sommer aus besseren Tagen. Da war der Sohn, der so oder so der Verlierer sein würde. Auf dem Bild sah er aus, als wüßte er es schon. Und wäre nicht bereit, es zu verzeihen.

Als Metz erneut weggerufen wurde, nutzte Jeannette den Moment der Einsamkeit für eine kleine Pause.

Mit hinter dem Kopf verschränkten Armen lehnte sie sich zurück und betrachtete ihre Umgebung. Es war sein Büro, das verrieten ihr gewisse Kleinigkeiten wie die Lederjacke hinter der Tür, die seinen unverkennbaren Duft verströmte. Jeannette hatte noch nie einen Mann gekannt, der so gut gerochen hatte. Sie versuchte, sich an den Geruch Philipp Gläsers zu erinnern, aber alles, was ihr ins Gedächtnis kam, war Desinfektionsmittelgestank. Das war nicht fair, und sie wußte es. Dennoch konnte sie gegen ihr Wohlbehagen nichts ausrichten.

An der Wand hing das Portrait eines alten Asiaten, Meister einer Kampfsportart, mit persönlicher Widmung. Ansonsten waren die Wände kahl. Auf dem Tisch stand eine Kaffeetasse mit vertrockneten Resten. Weiterhin herrschte peinliche Ordnung. Jeannette befahl ihrem Gewissen zu schweigen und zog eine Schublade nach der anderen auf. Die meisten enthielten Formulare und Bürokram, in einer waren Handschellen zwischen Flocken von Staub. In der untersten lag ein Foto, mit der Bildseite nach unten. Es hatte einmal einen älteren Mann im Arztkittel gezeigt. Allerdings war es übel zerkratzt; das Taschenmesser, mit dem darauf eingestochen worden war, lag in derselben Lade, ein Schweizer Multifunktionsmodell, auf das kleine Jungen stolz gewesen wären. »Altlasten«, murmelte Jeannette. Wer hatte die nicht. Ein Geräusch veranlaßte sie, die Lade rasch wieder zuzuschieben. Errötend schaute sie Richtung Tür. Paul Metz steckte den Kopf herein.

»Fahren wir?« fragte er. »Bei Fontäne wünscht man einen genauen Rapport.«

Sie zog einen Flunsch.

»Du willst doch nicht kneifen?«

Sofort sprang sie auf. Als sie im Auto nebeneinandersaßen, bemerkte sie Tränen in seinen Augen. Sie ergriff seine Hand.

»Sie werden dir keine Vorwürfe machen«, sagte sie, »keine Sorge.«

Verärgert entzog er sich ihr und griff nach einem Taschentuch.

»Das ist eine Allergie«, erklärte er steif. »Sag mal, hast du hier Katzen drin gehabt oder was?«

»Katzen?« fragte Jeannette erstaunt. »Du bist allergisch gegen Katzen?«

»Was dagegen?« fragte er zurück. Sie schwieg und suchte einen Parkplatz. Dann blickte sie an der Fassade empor. Also noch einmal, ein allerletztes Mal hoffentlich. Sie seufzte innerlich und wünschte, sie hätte an diesem Morgen geduscht. Mit einem halbfremden Mann auf seinem Wohnzimmerboden schlafen, das konnte sie. Aber sie hatte Hemmungen, seine Dusche zu benutzen.

Und sie hatte eine deutliche Aversion dagegen, wieder in diesen Aufzug zu steigen. Kaum im vierten Stock, empfing sie das verzweifelte Jammern einer Texterin.

»Heide, sie haben es schon wieder getan, noch in den Tableaus, schau dir das an.« Anklagend wedelte sie mit einer Pappe vor der Nase einer Kollegin herum. »Jedes ›Unterhemden‹ haben sie durchgestrichen und dafür ›Unterjacken‹ geschrieben. Ich frage dich, was soll das sein: Unterjacken. Welcher Mensch außer uns nennt das so?«

Eine ältere Frau mit Lesebrille am Kettchen und Kostüm kam vorbei.

»Unsere Kunden sind das so gewohnt«, erklärte sie streng. Es war ein Satz, der offensichtlich zum Standardrepertoire der innerbetrieblichen Auseinandersetzung gehörte, denn die Texterin zuckte mit den Achseln und verstummte. Dann gewahrte sie Jeannette und Paul.

»Unsere Kunden«, eröffnete sie den beiden ungefragt, »sind im Schnitt weit jenseits der Siebzig. Bald wird der letzte gestorben sein. Und wer kauft dann noch unsere Unterjacken?«

Weder Jeannette noch Paul beantworteten ihr die Frage.

30

Eine Stunde später lag Jeannette in einer Badewanne mit luxuriös viel Schaum auf dem Wasser, eine dampfende Teetasse in der Hand und einen Kater auf dem Rand, der wie ein Motor schnurrte. Sie hätte beinahe selber geschnurrt vor Wohlbehagen. Hier würde sie erst einmal eine Stunde bleiben. Ein Buch lag schon bereit. Dann wartete im Videorekorder eine Kassette darauf, abgespielt zu werden. Im Bademantel würde sie sich auf Regines rosafarbenes Designersofa kuscheln, hemmungslos Süßigkeiten in sich hineinstopfen und zum hundertsten Mal »Harry und Sally« ansehen. Oder »French Kiss«. Oder eine Jane-Austen-Verfilmung. Häubchenfilm nannte Joseph so etwas. Aber ihr war danach.

Das Läuten des Telefons durchkreuzte ihre Pläne. Jeannette saß kerzengerade in der Wanne. Das konnte ihr Chef sein. Oder noch schlimmer, Paul, der sie für heute abend einladen wollte. Was sollte sie ihm sagen? Ja, flüsterte eine Stimme in ihr. Eine andere bestand auf Süßigkeiten, Video und einer satinbettwäschefreien Zone. Und wenn es Philipp Gläser war? Ein wenig beschämt blickte Jeannette auf ihr Handy, das endlich an der Ladestation hing. Wie lange hatte er wohl schon vergeblich versucht, sie zu erreichen? Hatte er es überhaupt versucht? Und was würde er wohl sagen, wenn sie endlich ranginge?

Jeannette überlegte noch einen Moment und rutschte dann wieder tiefer in die Wanne, Schaum bis zum Kinn. Keine der Optionen erschien ihr im Moment wirklich verlockend, nein, sie würde einfach nicht abnehmen, das war das beste. Sie versuchte, so weit unterzutauchen, daß sie Wasser in den Ohren hatte und das Klingeln nicht hörte. Doch der Ton übertrug sich auch unter Wasser. Jeannette verkrampfte sich, sie begann mitzuzählen, fünfundzwanzig, sechsundzwanzig. Wer immer das war, er war verdammt hartnäckig. »Aufhören!« rief Jeannette. Aber da war sie schon aus der Wanne und patschte pitschnaß durch den Flur. Schaum lief an ihrem nackten, glänzenden Körper hinunter.

»Philipp, äh Jeannette Dürer«, meldete sie sich.

»Jeannette?« Es war die alarmierte Stimme ihrer älteren

Schwester. Jeannette entspannte sich ein wenig. Eine Standpauke wegen Unerreichbarkeit, nun gut, aber wenigstens war die Abendplanung nicht in Gefahr.

»Jeannette, hast du denn überhaupt keine Ahnung, was für ein Tag heute ist?« fragte Tanja.

»Dein Handy rauscht so komisch«, sagte Jeannette diplomatisch, während sie rasend schnell überlegte. Geburtstag der Kinder? Negativ. Die Eltern? Auch nicht, die waren im Mai dran gewesen. Muttertag? Hochzeitstag? Wovon um alles in der Welt sprach ihre Schwester?

»Das ist kein Rauschen, das ist der Verkehr auf der Königsstraße. Ich stehe hier nämlich mit unserer Familie in Fürth vor dem Theater und warte auf meine kleine Schwester, die die Karten hat, um Joseph an seinem Ehrentag zuzusehen.«

Jeannette schloß die Augen. Viele Dinge gingen ihr in diesem Moment durch den Kopf. Eine Menge Dinge. Das Tanztheater. Ihr Video. Ihr Recht als Mensch auf ein wenig Kontemplation. Schließlich sagte sie: »Ich bin in fünf Minuten da.«

Es dauerte dann doch zwanzig, bis sie abgetrocknet, angezogen und nach Fürth gebraust war. Die Karten aufgefächert in der Hand und schon von weitem winkend, kam sie auf ihre Schwester und ihren Neffen zugerannt, die mit Prosecco-Gläsern in Händen auf dem Vorplatz vor der Jugendstilfassade standen. Tanja schüttelte den Kopf.

»Wie du wieder aussiehst.« Sie kramte in ihrer Handtasche nach einem Gummiband und bändigte zumindest Jeannettes strähnig-feuchte Haare zu einem Pferdeschwanz.

»Das ist kein Schweiß«, beschied Jeannette ihr auf ihre weitere Kritik hin und zupfte an ihrem Shirt. »Das ist Badewasser.« Jedenfalls hoffte sie es.

Auch ihre Mutter beäugte sie kritisch. »Du hast abgenommen«, stellte sie fest.

Jeannette ignorierte das. Sie war nicht willens, sich auf einen weiteren Disput über die Gastronomie Fürths im speziellen und ihre Lebensführung im allgemeinen einzulassen. Statt dessen nahm sie Jonas das Glas ab, tat einen tiefen Schluck, schaute sich um und fragte: »Wo ist Joseph?«

Tanja machte große Augen. »Ich dachte, das würdest du mir sagen können?«

Spärlicher Applaus brandete auf. Er kam von einem dünnen Spalier Menschen nahe der Straße und galt der sich öffnenden Hecktür einer Limousine. Der bayerische Kultusminister war eingetroffen. Jeannette erkannte ihn im Gedränge kaum; ihre Schwester wies sie auf den Fürther Oberbürgermeister und den Direktor des Theaters hin, die einige Worte zur Begrüßung sprachen. Auch einige andere Prominente waren anwesend. »Da, die da hinten«, rief Jonas, »ist das nicht die Frau, die sich die Brüste operieren ließ und dann ihren Mann umgebracht hat? Die hab ich mal im Fernsehen gesehen.«

»Sie war es gar nicht selbst.« Jeannette wies ihn zurecht.

»Ihr Outfit ist jedenfalls kriminell.« Ihre Schwester schüttelte den Kopf.

»Dann sollten wir froh sein, daß sie nicht so viel anhat«, meinte Jeannette, deren Blick an jemand anderem hängengeblieben war, einem jungen Mann im Gefolge des Ministers, der ein wenig verkrampft lächelte und sich immer wieder umschaute, wie Jeannette selber. Sie war sich nicht sicher, glaubte aber, ihn bei einer von Josephs und Martins Feten schon einmal gesehen zu haben. Das mußte Anthony sein, der Tänzer, mit dem Joseph den Workshop durchgezogen hatte. Aber Joseph war nicht an seiner Seite. Jeannette arbeitete sich zu ihm durch und sprach ihn an. Er reagierte geradezu enthusiastisch auf ihr Auftauchen.

»Joseph's friend«, rief er aus, »the detective superintendent.«

Und so rasch er konnte, zog er sie aus dem Bannkreis der Berühmtheiten und mit sich mit. Jeannette kam gerade noch dazu, ihrer Familie zuzuwinken, so hastig entführte er sie hinter die Kulissen, wobei er ununterbrochen auf sie einredete.

Jeannette, die ihr Englisch zuletzt vor drei Jahren auf Jamaika benutzt hatte, wohin sie geflogen war, um ihre eheflüchtige Schwester zurückzuholen, hatte ein wenig Mühe, ihm zu folgen, so hastig und besorgt sprudelte er alles heraus. Aber sie verstand, daß Joseph bereits zwei Proben versäumt hatte, darunter die heutige Generalprobe. Und daß er auch jetzt nicht anwesend war.

»Ich weiß, ich weiß«, beruhigte sie ihn, als Anthony von der homosexuellenfeindlichen Attacke der Jungen berichtete. »Ich war dabei.«

Allerdings schüttelte sie den Kopf, als er mutmaßte, das Fernbleiben ihres Freundes könnte damit zusammenhängen. Sie dachte vielmehr an ihr eigenes Gespräch mit ihm. An seine gefährliche Zuneigung zu dem Jungen mit dem toten Vater. Und mit schlechtem Gewissen auch daran, daß sie ihn aufgefordert hatte, sich bei ihr zu melden, da sie andernfalls seinen Verdacht gegen diesen Bernd an ihre Kollegen weitergeben würde. An Paul, um genau zu sein. Bei dem Gedanken an ihn schoß ihr unwillkürlich die Röte ins Gesicht. Er würde ihr jetzt, angesichts von Josephs verdächtigem Verschwinden, noch weniger als vorher verzeihen, daß sie ihm gegenüber geschwiegen hatte. Es war auch unverzeihlich, überlegte sie. Andererseits kam ihr die ganze Sache immer noch absurd vor.

Aber wo könnte Joseph stecken? Rasch zückte sie ihr Handy und wählte seine Nummer, hoffend, die kurze Ladezeit möge ausgereicht haben. Sie hielt sich den Apparat ans Ohr und murmelte beschwörend: »Geh ran, komm schon«, während sie Anthonys nicht abbrechendem Redeschwall zu entgehen suchte. Dabei wanderte ihr Blick geistesabwesend über das Gewimmel ringsum. Er wurde angezogen vom Klingeln eines Handys. Der Besitzer, ein Junge mit schwarzen Haaren, die ihm lose in ein sehr bleiches Gesicht fielen, starrte auf das Display und schaltete den Ton ab, ehe er sich wieder seinen beiden Freunden zuwandte, die seinen Namen riefen: »Komm schon, Alex!«

Alle drei trugen enge Hosen in so etwas wie Tarnfarben, dazu Überwürfe aus Rupfen und grellbunten Federn. Auf ihren Rücken baumelten Vogelmasken, die sie sich später über die Gesichter ziehen würden. Sie sahen aus wie grimmige Inka-Krieger. Den Dicken kannte Jeannette; sie hatte ihn damals von Joseph weggezogen, als sie ihn in der Turnhalle hatte abholen wollen. Sofort war ihre Abneigung wieder da. Auch der Bleiche kam Jeannette bekannt vor; sie wußte nur nicht, woher. Am Telefon meldete sich niemand.

Anthony wartete die gereizte Geste, mit der sie den Ausknopf drückte, gar nicht erst ab.

»I'm a dancer«, erklärte er inbrünstig und redete ohne Pause auf sie ein. Er sei kein Redner. Das hier wäre Josephs Aufgabe gewesen. Dabei schob und drängte er sie heftig rückwärts. »You must do that for me. Do that for him.« Das schlechte Gewissen stand ihm im Gesicht geschrieben. »Please.« Damit gab er ihr einen letzten Schubs.

Jeannette stieß einen leisen Schrei aus. Sie fuhr herum und blinzelte. Ihr gegenüber starrten von den Zuschauerrängen Hunderte von Gesichtern sie an. Vollkommen sprachlos starrte Jeannette zurück. Sie konnte die Loge des Ministers erkennen, sogar die Plätze ihrer Familie, wenn sie die Augen gegen das grelle Scheinwerferlicht beschattete. Jonas stieß seine Mutter an und winkte. Und Frau Dürer senior hielt sich mit leidender Geste die Hand über die Stirn, als hätte sie Kopfschmerzen. Das brachte Jeannette zur Besinnung. Als sie sich zur Seite wandte, entdeckte sie einen Mann, den sie aus den Fernsehnachrichten bereits kannte. Es war der Erbe der Fontäne-Dynastie. An seinem Mikrofon prangte das Logo der Firma. Und in den Händen hielt er einen jener überdimensional großen Schecks, wie man sie von Wohltätigkeitssendungen im Fernsehen kannte. Die Summe darauf war bis in die letzten Ränge zu sehen. Und sie war beachtlich.

Gekleidet in gepflegtes italienisches Garn, betrachtete er sie einen Moment irritiert: die ausgewaschene Jeans, das labberige Shirt. Hoffentlich, schoß es Jeannette durch den Kopf, waren keine Katzenfutterflecken darauf. Und den ein wenig wirren Pferdeschwanz, der immer noch feucht war. Jeannette verspürte den Drang, ihm das Mikro zu entreißen und laut zu erklären, daß dies kein Schweiß war. Sondern Badewasser. Aber sie beherrschte sich. Der Fontäne-Erbe war inzwischen zu dem Fazit gelangt, daß Jeannette, Jeans hin oder her, wohl die attraktivste Frau war, die er seit langem gesehen hatte, mit violetten Augen und anbetungswürdigen Wangenknochen. Und er leistete sich jenes Lächeln, das so dezent und gepflegt wie sein Anzug war und genau wie dessen Schnitt jene feine Nuance besaß, die etwas Besonderes signalisierte.

Jeannette allerdings stand nicht auf Armani. Sie nahm den Scheck entgegen und zog die Hand, die er ihr daraufhin küßte, so brüsk zurück, daß er Mühe hatte, das Mikro zu halten.

»Nun also«, verkündete der Firmenchef, er war nicht aus der Ruhe zu bringen. »Hier haben wir also Herrn, äh Frau ...« Er machte eine Pause und hielt ihr nach kurzer Überlegung einladend das Mikrofon hin.

»Zeidler«, entfuhr es Jeannette, ehe sie nachgedacht hatte. Er verzog ein wenig das Gesicht, so als habe ein unguter Geruch ihn ereilt. Und jegliche Reste von Glut schwanden aus seinem Lächeln, das dennoch fest in seinem Gesicht saß.

»Vom ...«, soufflierte er.

Jeannette überlegte fieberhaft. »... Städtischen Jugendamt?« stieß sie schließlich leicht fragend hervor. Der Kandidat hatte offenbar neunundneunzig Punkte, denn ab da nahm der Fontäne-Erbe das Mikro wieder an sich, ignorierte sie und erzählte vom Engagement seiner Firma für die Fürther Stadtjugend, nicht erst seit heute et cetera pp.

Jeannette stand daneben, hielt den Scheck und kämpfte gegen die Versuchung, an der Rampe damit auf und ab zu laufen und zu knicksen. Es war allerdings eine schwache Versuchung im Vergleich zu der, hinter die Bühne zu stürmen und Anthony den Hals umzudrehen. Und dann auch noch Zeidler! Wie war sie nur auf gerade diesen Namen gekommen? Offenbar hatten die Nachrichten die oberste Firmenspitze bereits erreicht, anders war seine Reaktion kaum zu erklären. In den Nachrichten war der Name nicht erwähnt worden, ebensowenig wie der von Sommer.

Sommer! Die Erkenntnis traf sie so plötzlich, daß sie es beinahe laut ausrief. Der Scheck kam ins Wanken. Erst nach einem besorgten Seitengriff bekam sie ihn wieder richtig zu packen. Sommer, dachte sie dabei. Er hat einen Sohn gehabt. Der war nicht zu Hause gewesen, als sie mit ihm hatte sprechen wollen, aber sie hatte sein Bild in den Akten gesehen. Alexander Sommer, schwarzhaarig und sehr blaß. Nicht erst, seitdem sein Vater ermordet worden war. Er war es, dessen Handy eben geklingelt hatte, er stand mit den anderen hinten in den Kulissen, da war Jeannette sich sicher. Es war ihr im Moment, mitten auf der Bühne und in der Hitze des Scheinwerferlichts, nicht ganz klar, was das zu bedeuten hatte, außer, daß es einfach kein Zufall sein konnte. Aber das würde sie herausfinden.

Ohne den überraschten Ausruf des Redners an ihrer Seite zu beachten, klemmte sie sich den Scheck unter den Arm und stiefelte von der Bühne, verfolgt vom zögernden Applaus des irritierten Publikums. Was soll's, dachte sie, der Redenteil dauert eh immer zu lange. Sie lud ihre kostbare Fracht unsanft zwischen den Kulissen ab und lief nach hinten.

Anthony hielt beide Arme wie zum Schutz vor Schlägen erhoben. Aber zu seinem Erstaunen ignorierte Jeannette auch ihn. Sie suchte jemand anderen: Alex Sommer und seine Freunde. Der eine nämlich, der sportliche von den beiden, mit seinen störrischen braunen Haaren und den jeansblauen Augen, ließ in ihr einen schlimmen Verdacht keimen.

Da war er ja, stand in einer Ecke mit seinen Kumpels. Jeannette konnte nicht anders, als ihn zu betrachten. Er sah tatsächlich aus, wie sie sich Paul Metz als Kind vorstellen würde. Sie hatte sich das schon gedacht, als Joseph von ihm erzählt hatte. Es war nicht nur das Aussehen, der Blick, er besaß auch dieselbe Aura von großspuriger Stärke, stets grinsender Lockerheit und schlecht darunter verborgener Verletzlichkeit. Und sie war an dieser jungen Version nicht weniger anziehend. Jeannette konnte Joseph verstehen. Aber jetzt wollte sie wissen, wo er war.

Wieder zückte sie ihr Handy, und wieder wählte sie Josephs Nummer. Obwohl sie es erwartet hatte, krampfte ihr Magen sich zusammen, als es drüben bei der Gruppe klingelte. Der Blasse fischte nach dem Gerät, starrte stirnrunzelnd auf das Display und blickte sich dann suchend im Raum um. Im nächsten Moment fanden sich ihre Blicke.

31

»Showtime!« rief Anthony und klatschte auffordernd in die Hände. Die Jugendlichen hoben wie elektrisiert die Köpfe, setzten sich in Bewegung und drängten zur Bühne, erst langsam, dann immer eifriger. Er trieb sie an wie ein Hirte seine Herde, klopfte ihnen auf die Schultern, strahlte manche an, ermahnte andere. »It's your time.«

Jeannette kämpfte sich durch den einsetzenden Strom, der sie mitzureißen drohte, auf die Dreiergruppe zu. Ihr Blick ließ die Jungen nicht los, die sie erst erschrocken anstarrten, dann aber grinsten und sich die Vogelmasken über den Kopf zogen. Sie wandten sich zur Seite und versuchten, sich hinter Anthonys Rücken an Jeannette vorbeizudrängen.

»Moment mal.« Diese kämpfte mit Schultern und Ellenbogen gegen die anlaufende Menge. Es gelang ihr, einen der Jungen, sie wußte nicht welchen, zu packen. Als er sich wehrte und sein Umhang verrutschte, sah sie die Narben auf seinem Rücken. »Wo ist Joseph?« zischte sie ihm während der Rangelei zu. Ihr war, als hielte er für einen Moment inne. Aber es gelang ihr nicht, den Ausdruck der seltsam leuchtenden Augen hinter der Maske zu deuten.

Da warf Anthony sich zwischen sie. »This boy must dance«, rief er aufgeregt und empört. Man sah ihm an, daß all seine Gedanken bereits draußen auf der Bühne waren; die Musik hatte eingesetzt, und der Choreograph zählte bereits im Geiste die Takte mit. Sein Blick wanderte von Bernd zu den Brettern draußen, auf denen die anderen sich mit ihren ersten Schritten bewähren mußten.

»Das ist kein Tänzer, das ist ein Redner«, stieß Jeannette hervor und packte ihre Beute nur um so fester. »Und er wird jetzt mit mir reden.« Erst ein harter Schlag in ihren Rücken brachte sie dazu, den Jungen loszulassen. Jeannette schnappte hart nach Luft und fuhr herum. Ein anderer Vogel glotzte ihr, provozierend, wie es schien, entgegen. Diese verdammten Masken, dachte Jeannette. Dennoch ließ die Figur des Jungen keinen Zweifel an seiner Identität. Die Kommissarin verbiß sich den Schmerz und trat ihm mit einem raschen Kick gegen die Schulter. Der Junge schrie überrascht auf und taumelte gegen die Wand, wo er sich in einigen Schnüren verhedderte. Er hatte sich jedoch befreit, ehe Jeannette bei ihm war, und zur Flucht gewandt. Ohne zu überlegen, setzte Jeannette ihm nach.

Anthony bekam Bernd zu fassen und stieß ihn auf die Bühne, wo er zuerst im Licht taumelte wie eine Fledermaus, dann aber zu sich kam. Einmal noch schaute er sich nach seinen Gefährten hinter der Bühne um, sah aber nur Anthony in den Kulissen stehen, der ihm aufmunternd zulachte, die gedrückten Daumen hob und mit deutlichen Bewegungen der Lippen die Takte mitzählte bis zu seinem Einsatz. Wohl oder übel begann der Junge zu tanzen, die Bewegungen mechanisch, die Gedanken wirr. Die Musik brauste über ihn hinweg wie eine Woge über einen ungeübten Schwimmer. Was vorher Saiten in ihm zum Vibrieren gebracht hatte, klang nur hohl in ihm wieder. Was ihn vorher zum Fliegen veranlaßte, einige wenige, berauschende Male, ließ ihn nur strampelnd zurück. Aus, dachte er, aus. Ich hab's verbockt. Was wird werden? Voller Selbstmitleid stiegen ihm die Tränen in die Augen und kullerten unter der Maske hervor. Die Zuschauer, die nichts davon sahen, applaudierten.

Jeannette hörte das Brausen hinter sich, nicht aber die Schritte, deren Hall es verdeckte. Sie hastete durch schummrig beleuchtete Gänge hinter der grotesken Gestalt her, die vor ihr lief, bog rechts und links ab, an geschlossenen Türen vorbei, unter flackernden Neonröhren, summenden Heizungsrohren dahin. Bald hörte sie nichts mehr als das Keuchen ihres Opfers. Schließlich schlüpfte der Junge durch eine Tür, die knallend zufiel.

Ohne abzubremsen, warf sich Jeannette dagegen, traf auf weniger Widerstand als erwartet und taumelte japsend ins dämmrige Abendlicht. Feuchte Wärme legte sich sofort klebrig auf ihre von der Klimaanlage gekühlte Haut. Jeannette blieb stehen. Menschen flanierten über die Straßen ums Theater, Autos rauschten vorbei, Vögel zwitscherten von den Antennen. Alles war so denkbar lau und friedlich, ein größerer Kontrast zu der angespannten Jagd durch die sterilen Flure war kaum vorstellbar. Jeannettes Brustkorb pumpte, sie drehte sich im Kreis.

Von den theatralischen Umrissen des Vogelmannes war nichts mehr zu sehen, dafür trieb der leichte Wind ihr eine ramponierte Maske vor die Füße, von der die Federn sich zitternd lösten, um über das staubige Pflaster davonzufliegen. Die Reste des Umhangs flatterten aus einem Papierkorb, zwischen Eistüten und Coladosen.

Die Kommissarin fluchte und lief in leichtem Trab in die Richtung, in der sie den Jungen vermutete. Und richtig, sie sah einen nackten, ein wenig speckigen Rücken zwischen den Passanten aufblitzen, der von Schweiß glänzte. Na warte, dachte sie und setzte sich wieder schneller in Bewegung.

Sie rief ihm nach, da wandte er sich um, und sie sah sein rundes, erschrecktes Kindergesicht, das den Tränen nahe war. Beinahe wäre sie stehengeblieben, überwältigt vom Gefühl der eigenen Lächerlichkeit. Dann aber dachte sie an Joseph, zugleich sah sie, wie der Junge die Beine in die Hand nahm und in eine Seitenstraße abbog. »Bürschchen«, murmelte sie und nahm wieder Geschwindigkeit auf.

»He«, brüllte der Fahrer eines roten Polo, dem sie beinahe vor die Stoßstange gelaufen wäre. Jeannette ignorierte ihn. »He Sie!« Er langte aus dem heruntergekurbelten Seitenfenster und erwischte gerade noch ihr T-Shirt. Es dehnte sich und krachte. Jeannette blieb stehen.

»Lassen Sie mich los«, keuchte sie und zog ihrerseits an dem Stoff.

»Sie können doch nicht einfach ...«, setzte der empörte Kleinwagenbesitzer an. Dann konnte er nicht mehr weitersprechen, weil die ungeduldige Jeannette ihm mit einem schmerzhaften Griff die Finger aufgebogen und ihm den Arm gegen die Autotür geschleudert hatte. Er jaulte und rieb sich die Hand. Dennoch machte er Miene auszusteigen. Erst das Hupen der hinter ihm gestauten Wagen brachte ihn zur Besinnung. Jeannette joggte fluchend weiter und wischte sich den Schweiß von der Stirn. So ein Idiot, schimpfte sie, so ein dämlicher Cowboy. Wo war der Junge jetzt hin?

In gemäßigtem Tempo lief sie an ein paar Toreinfahrten vorbei, unter den Blicken der Bewohner, die gemütlich in weißer Feinrippunterwäsche in den Fensterrahmen lehnten, und untermalt von lauter türkischer Popmusik, die aus einem höhergelegenen Fenster drang und die Straße erfüllte. Irgendwo schrien Kinder, und das dumpfe Ploppen eines Balles war zu hören, der regelmäßig gegen eine Mauer gedroschen wurde. Jeannette war im Zentrum von Josephs Kindheitsphantasien angekommen. Aber die anderen Jungs, dachte sie, hatten ihn nicht mitspielen lassen.

Unschlüssig, ob sie die Hinterhöfe inspizieren oder weiterlaufen sollte, ging sie bis zur nächsten Straßenecke. Und dort sah sie ihn wieder. Sofort trat Jeannette erneut an. Der Junge hatte jetzt einen guten Vorsprung, der dank ihrer Kondition und Entschlossenheit aber rasch dahinschmolz. Am Ende bog er in eine schmale Gasse ein, die in den Wiesengrund der Rednitz zu münden schien. Jeannette stöhnte innerlich, war aber entschlossen, ihm auch durch das Grün zu folgen. Doch so weit kam Felix nicht mehr.

Wie ein Geschoß prallte Jeannette gegen ihn und schlang zugleich ihre Arme um ihn. Als ein Knäuel rollten sie über das letzte Stück unordentlichen Pflasters, hinein in die harte, staubige Grasnarbe, in der sich der Müll der Straße gesammelt hatte. Scherben leerer Schnapsflaschen bohrten sich in ihre Kleider, Bierdosenleichen kollerten scheppernd davon, Kaugummipapier verfing sich in ihren Haaren.

»Halt! Still! Polizei!« Jeannette versuchte, zu Atem zu kommen. Als sie losließ, kroch der Junge im Sitzen rückwärts ein Stück von ihr davon. Seine Augen waren weit aufgerissen. Angst stand darin, schrankenlose Panik. »Nun mal mit der Ruhe«, wollte Jeannette ansetzen, als sie begriff, daß er nicht sie anschaute.

Sie fuhr herum. Dort stand der Vogel.

Er hatte eine Metallstange in der Hand. Ächzend kroch Felix ein Stück von ihr fort, stand auf und klopfte sich den Staub aus den Hosen. Eine Gruppe Jugendlicher kam vorbei, einen Bierkasten im Schlepp. Eine Weile schauten sie interessiert zu der maskierten Gestalt herüber, dann schlenderten sie weiter, begleitet vom Plärren ihres geschulterten Radios. Alex nahm die Maske ab. Da war es wieder, das blasse Gesicht, voller Wut auf eine Welt, der er nicht zu verzeihen bereit war. So wie Jeannette es schon einmal gesehen hatte: auf dem Familienfoto in Sommers Akte. Und mit einemmal begriff sie die Zusammenhänge. Joseph und sie, sie hatten beide in Fürth dasselbe getan, ohne es zu wissen: einen Jungen verfolgt, der seinen Vater haßte.

Ihre Hand wanderte unwillkürlich in Richtung ihres Halfters. Aber sie trug es heute nicht. Richtig, erinnerte sie sich. Ich sollte im Theater sitzen und Joseph zujubeln. Joseph, wo war Joseph?

»Ich bin Polizistin«, begann sie langsam und hob wie zur Beschwichtigung die Hände. »Ich untersuche den Tod deines Vaters.«

Der Junge schnaubte abfällig.

»Seine Sekretärin war es, heißt es in den Nachrichten, oder?« Er zog eine Grimasse. »Was ist die ihm nachgelaufen.«

Er warf einen Blick zu seinem Freund hinüber, der noch immer rotgesichtig und keuchend dastand und nicht wußte, was er tun sollte. »Einmal hat sie ihm sogar einen Brief geschickt mit einem Kondom mit Erdbeergeschmack drin.«

Felix grinste beifällig.

»Und das alles hat dir nicht gefallen«, sagte Jeannette in verständnisvollem Ton.

Alex funkelte sie wütend an. Dann zuckte er mit den Schultern.

»Egal, jetzt ist sie tot.« Er schaute sie an und fuhr dann triumphierend fort. »Ihr habt sie umgebracht, nicht wahr? Weil ihr so was dürft. Ihr Scheiß-Erwachsenen dürft ja alles.«

Jeannette hob die Hände noch ein wenig höher. »Ich habe damit nichts zu tun«, begann sie.

»Nee«, bestätigte Alex und nickte. »Du trägst nicht einmal eine Waffe.«

Nach dem Satz herrschte für einen Moment bedrohliches Schweigen. Alex trat einen Schritt vor.

»Mensch«, begann da sein Freund Felix und räusperte sich nervös. »Wir können doch nicht, Alex, ich meine, eine Polizistin. Und hier vor den Leuten ...« Er schwitzte womöglich noch stärker.

»Wir müssen, Felix«, sagte Alex und trat noch einen Schritt vor. »Es geht nicht anders. Die hat es nämlich beinahe kapiert, nicht wahr?« fragte er und musterte Jeannette eindringlich. »Du hast fast verstanden, was wir wollen und wer wir sind. Aber noch nicht ganz. Denn du hast nicht genug Angst.« Dann kniff er die Lippen zusammen und sagte zu Felix über die Schulter: »Wenn ihr mit dieser verdammten Schwuchtel nicht so weich gewesen wärt, hätten wir jetzt keine Probleme.«

»Wo ist Joseph?« entfuhr es Jeannette, deren Herz bei diesen Worten heftig zu klopfen begann. Aber mitten im Satz sauste die Stange herab. Sie war gerade geistesgegenwärtig genug, sich auf die Seite zu werfen, konnte aber nicht verhindern, daß ihre Schulter getroffen wurde. Ein Blitz zuckte durch ihren rechten Arm und lähmte ihn. Jeannette ging in die Knie und verbiß sich einen Schrei. Ein schneller Tritt warf sie auf den Boden.

»Ihr Kopf«, keuchte einer der Jungen, sie konnte nicht entscheiden, wer es war, zog sich nur blitzschnell zusammen und rollte sich auf die Seite. Der Tritt gegen ihren Schädel ging ins Leere, nur Staub kam ihr in die Augen und den aufgerissenen

Mund. Sie mußte husten, während ihr die Tränen kamen. Blind zog sie die Beine an den Leib und trat dann mit voller Wucht zu. Ein Schrei verriet ihr, daß sie getroffen hatte.

»Sie hat mir das Knie zertrümmert!« Das war Felix.

»Quatsch«, knurrte Alex, »steh auf.« Er selbst hatte bereits wieder ausgeholt.

Aber nun war Jeannette auf den Beinen Sie fing den Schwung der Stange ab, brachte Alex zum Stolpern und mit einem gezielten Schlag zum Sturz. Dabei entwand sie ihm die Waffe und hob sie nun ihrerseits, wenn auch ein wenig unentschlossen. Diesen Kindern konnte sie doch nicht den Schädel einschlagen. Andererseits ...

Sie wartete einen Augenblick zu lang. Denn Felix hatte seine Angst überwunden, war von hinten herangekrochen und umschlang nun mit seinen dicken Armen ihre Beine.

»Laß das«, fuhr Jeannette ihn an und stocherte mit der Stange nach ihm, verlor aber das Gleichgewicht und drohte der Länge nach hinzuschlagen. Da war auch Alex über ihr. Sie roch den dumpfen Mottenkugelduft seines Umhanges. Und dann bemerkte sie noch etwas anderes. Das Messer in seiner Hand.

So fest sie konnte, stieß sie ihren Kopf hoch. Sie hörte das Krachen. Noch ein Nasenbein, dachte sie ergeben. Aus Alex' Gesicht tropfte Blut auf ihr Gesicht. Dann ließ sie die Stange los, um mit den Händen nach seinem Messer zu greifen.

»Felix«, brüllte der. Jeannette begriff ihren Fehler zu spät. Sie rammte dem auf ihr liegenden Jungen das Knie in die Weichteile, rollte sich auf ihn und entwand ihm die Waffe. Aber Felix stand bereist über ihr, die Stange erhoben. Jeannette kauerte da, blutverschmiert, und starrte zu ihm hoch. Seine Pupillen schienen regelrecht zu vibrieren, so aufgerissen waren seine Augen. Sie sagte seinen Namen. Dann stieß ihre Messerhand vor.

33

»Er liegt im Heizungskeller«, rief Jeannette den Sanitätern zu, als sie endlich mit Blaulicht vor Bernd Wöllners Haus eintrafen. »Durch den Flur und dann links.« Sie winkte den Männern, sich zu beeilen, und wehrte den Arzt ab, der sich ihrer annehmen wollte. »Das ist nicht mein Blut«, erklärte sie unwirsch, stieß dann aber unter seinen tastenden Händen einen überraschten Schrei aus.

»Aber Ihr Schlüsselbein«, meinte er. »Sieht gebrochen aus.«

Hektisch wedelte Jeannette ihn weg und drängte ihn nach unten. Dort lag Joseph, auf einer blutbefleckten Matratze, das Gesicht so verschwollen, daß die Augen kaum zu sehen waren. Das Klebeband, mit dem er geknebelt und an den Händen gefesselt worden war, hatte Jeannette bereits abgeschnitten. Sie kniete neben ihm nieder und fuhr ihm durch die Haare. Die Sanitäter riefen nach einer Trage.

Auf die Frage des Arztes, was passiert sei, öffnete Joseph Brunner die gesprungenen Lippen. Es dauerte eine Weile, bis sie seine Antwort verstanden.

Jeannette tat einen empörten Schrei. »Die Treppe hinuntergefallen? Du verdammter Idiot«, fuhr sie ihn an und rüttelte an ihm, bis der Arzt ihre Hände löste und sie tadelnd anschaute. »Diese Kids hätten dich beinahe umgebracht.«

Joseph stöhnte, aber er drehte den Kopf weg und schwieg.

»Verdammter Idiot«, wiederholte Jeannette leise, mit Tränen in den Augen. Sie stand auf. »Er liegt hier vermutlich schon vierundzwanzig Stunden«, informierte sie den Arzt, ehe sie ging. Es trieb sie nach oben, in die Wohnung. Dort waren die Kollegen von der Fürther Spurensicherung schon zugange. Auch Paul Metz war da. Er stand im Wohnzimmer und überblickte das Chaos aus leeren Flaschen und Essensresten. Er sah traurig aus. Jeannette wagte nicht, ihm zu sagen, daß sie so etwas schon eine Weile vermutet hatte. Er würde es früh genug erfahren.

Vor ihm auf dem verklebten Couchtisch standen zwei Laptops. »Der hier«, sagte er und wies auf den einen, »war nach dem Tod des alten Sommer als gestohlen gemeldet worden.« Paul Metz sah traurig aus.

Jeannette trat zu dem anderen und drückte ein paar Knöpfe. Es erschien die Aufforderung, ein Password einzugeben. Sie versuchte es mit Alex. Als das nichts brachte, hob sie den Kopf. »Wann ist Sommers Sohn geboren?« fragte sie.

Metz schaute in seinen Unterlagen nach und nannte ihr das Datum. Jeannette tippte die Zahlen ein und bekam den Zugang. Na bitte, dachte sie. Alle Eltern machten es so; sie benutzten die Geburtsdaten ihrer Kinder. Bald erschien vor ihren Augen das Fontäne-Logo. Sie scrollte ein wenig herum und fand die Datei, die sie suchte. Mit einem Klick öffnete sie sie und ging die Liste der Namen durch. Das also waren die Menschen, die letzte Woche von Sommer hatten erfahren sollen, daß das Versandhaus ihre Dienste nicht länger benötigte. Jeannette hatte einige von ihnen bei den Verhören kennengelernt. Der Name von Elke Zeidler war ebenfalls dabei.

Als sie aufschaute, erschrak sie. Paul Metz war totenbleich.

»Sie war unschuldig, nicht wahr?«

Es war alles, was er sagte. Seine Finger zuckten unruhig, suchten das Gefühl von Seidenstrümpfen abzuschütteln, die über seine Haut glitten, suchten Halt und fanden keinen.

»Paul ...«, begann Jeannette. Aber er wandte sich ab und stürzte hinaus. Jeannette hörte ihn in harschem Ton Anweisungen geben.

Den Rest des Tages ging er nicht mehr an sein Handy.

Auch am nächsten Mittag versuchte Jeannette es vergebens, während sie in Josephs leerem Krankenhauszimmer saß und darauf wartete, daß er samt seinem Bett von einer Untersuchung zurückgebracht würde. Kabel ragten sinnlos aus der Wand. Es roch deprimierend nach Putzmitteln und Essen.

Jeannette ließ es dreißigmal klingeln, dann legte sie auf. Sofort summte ihr eigener Apparat.

»Ja?« meldete sie sich atemlos. »Na endlich.«

»Ich weiß«, sagte Philipp Gläsers Stimme. »Ich hätte mich schon längst melden sollen. Aber irgendwie kam ich nicht durch.«

Schuldbewußt biß Jeannette sich auf die Lippen. »Ich wollte nur fragen«, fuhr der Tierarzt fort, ohne auf ihre Entschuldigung zu warten, »wie es mit heute abend stünde. Bestes Biergartenwetter.«

»Ja«, stammelte Jeannette, »ich meine, ich weiß nicht, das heißt, ich würde natürlich gerne. Aber ...« Sie verfluchte sich für das Durcheinander in ihrem Kopf. Da waren die Sorge um Joseph und die um Paul. Daneben die um sich selbst. Sie hatte noch Zametzers Stimme im Ohr, wie er ihr diesen Morgen die frohe Kunde überbracht hatte. »Der Junge sagt, sie wollten ihn umbringen.« – »Man bringt niemanden um, indem man ihm ein Schweizer Taschenmesser in die Wade stößt«, hatte sie erwidert und dabei gedacht: Wohl aber, indem man ihm eine Eisenstange auf den Kopf sausen läßt. »Und der andere?« hatte sie es sich dennoch nicht verkneifen können. »Schweigt«, hatte Zametzer behaglich verkündet. »Schweigt, schweigt, schweigt. Außer diesen Laptops haben wir nichts in der Hand. Dank Ihnen.«

Es kochte noch immer in Jeannette, wenn sie daran dachte. Es würde genügen, sagte sie sich immer wieder. Am Ende würde es genügen. Aber besser wäre es, Joseph würde aussagen. Er mußte einfach, alles andere war doch Irrsinn.

»Jeannette?« hörte sie es aus dem Hörer fragen.

»Entschuldigung«, sagte sie und wurde rot, während sie überlegte, wie lange sie wohl geschwiegen hatte. »Ich bin nur noch mitten in einem Fall, und es ist, wie soll ich sagen, schwierig, ich ...« Sie suchte nach Worten. »Ich bin ganz durcheinander«, platzte sie dann plötzlich heraus und spürte voller Erleichterung, daß es die Wahrheit war. »Ein Freund von mir ist schwer verletzt worden. Er will nicht aussagen, obwohl das wichtig wäre, und ich weiß nicht ...« Wieder schwieg sie. »Ich habe noch überhaupt keinen Überblick, und ... Außerdem«, fuhr sie etwas munterer fort, »bin ich gerade kein besonderer Anblick.« Sie fuhr sich über die Schulter, wo ein Klebeverband helfen sollte, ihr Schlüsselbein zu schonen.

Philipp Gläser gab Laute des Mitgefühls von sich, als sie erzählte, was ihr zugestoßen war. »Und trotzdem waren es Kinder«, beendete sie ihren Bericht.

»Ich verstehe«, sagte er, und irgendwie hatte Jeannette das Gefühl, als täte er das wirklich. »Klingt, als brauchten Sie ein wenig Zeit, um wieder zu sich zu kommen«, fuhr er fort.

Sie nickte. »Ja«, bestätigte sie, mit einem Hauch von Traurigkeit. »Die brauche ich wohl.« Sie dachte an Paul. Dann verabschiedeten sie sich.

Mein Gott, dachte Jeannette gereizt und schaute sich um, diese Krankenhäuser waren wirklich das Tristeste vom Tristen. Endlich wurde Joseph hereingerollt. Er wandte den Kopf nicht ab, als er sie sah. Aber er sagte auch kein Wort. Dennoch stürzte Jeannette sich auf ihn. Wortreich schilderte sie ihm alles, was gestern geschehen war. Sie versuchte, ihre Empörung zu zügeln, aber es gelang ihr nur mühsam. Eines nach dem anderen legte sie ihm ihre Indizien vor.

»Wir haben ihre Schulspinde geöffnet«, sagte sie und fügte, als sei das nötig, hinzu: »Bernds, Alex' und Felix'. Da drin stapelten sich die Sachen, die angeblich beim Raubmord an Bernds Vater verschwunden waren. Mensch, Joseph.«

Aber er blinzelte nur.

Da beschloß Jeannette, ihren zweiten Trumpf zu zücken. »Und den Vater von Alex haben sie auch auf dem Gewissen. Bei seinem Tod hatte er einen Laptop bei sich, Joseph, hörst du mich, der nach der Tat verschwunden war. Aber in Bernds Wohnung ist er wieder aufgetaucht.« Sie hielt inne und betrachtete ihren Freund. Vorsichtig nahm sie seine Hand. »Ich weiß, du glaubst, Bernd hatte vielleicht das Recht, zu tun, was er tat. Er hat sich von einem Peiniger befreit.« Sie schwieg. »Ich habe seinen Rücken auch gesehen, Joseph. Ich kenne solche Familien, glaub mir. Ich bin oft genug in Häuser wie das von den Wöllners gerufen worden und habe mit den Zähnen geknirscht, wenn ich wieder abziehen mußte ohne das Schwein, weil die Beteiligten mir erklärten, Frau oder Kind seien nur mal eben die Treppe runtergefallen.« So, dachte sie, daran soll er jetzt mal kauen. Sanft fuhr sie fort: »Und ja, ich gebe zu, ein wenig kann ich es auch verstehen. Aber welches Recht, glaubst du, hatte Alex Sommer?«

Sie kannte die Antwort, aber sie wollte, daß er endlich wieder den Mund aufmachte.

»Er sagte«, das Sprechen fiel Joseph sichtlich schwer, ob wegen der Schläge oder der Gefühle, die ihn hemmten, konnte Jeannette nicht beurteilen. »Er sagte, der Vater hätte seine Mutter umgebracht.«

»Bei dem Verkehrsunfall damals?« hakte Jeannette nach, ein wenig zu schnell und ein wenig zu triumphierend. Sie hob eine schmale Akte. »Das hier ist das Unfallprotokoll, Joseph. Sie und ihr Mann sind zusammengefahren worden von einem Kerl, der ihnen auf ihrer Straßenseite entgegenkam, das hat die polizeiliche Untersuchung ergeben.«

In Joseph arbeitete es sichtlich. »Er hat gesagt, sein Vater hätte es selbst zugegeben«, sagte er dann abwehrend.

Jeannette stutzte, dann arbeitete es in ihrem Kopf. Sie dachte an die Flaschen in Sommers Schreibtisch. Ja, sie konnte es sich vorstellen, das Saufen, und die Schuldgefühle, die kein Polizeibericht der Welt wegwischen konnte. Sie konnte sie förmlich vor sich sehen, die langen einsamen Abende mit der Flasche, und dann das Kind, der einzige lebende Mensch, der zu einem gehörte und dem man dann vorjammerte, was einem durch den vernebelten Kopf ging, all die Selbstanklagen und die Wehleidigkeit, ohne darüber nachzudenken, was das im Zuhörer auslösen mochte. Sie schüttelte den Kopf. »Das Selbstmitleid eines Säufers«, sagte sie, »nichts weiter.«

Als ihr Freund daraufhin schwieg, konnte sie nicht mehr an sich halten. »Diese Bengel haben zwei Menschen kaltblütig ermordet und dich und mich beinahe dazu.« Sie dachte an Alex Sommers Worte. Daß sie nicht verstünde, wer sie wären, wenn sie keine Angst vor ihnen hätte. Doch, dachte sie, ich verstehe es nur zu gut. Sie waren Kerle, die drauf gekommen waren, wie gut sich Macht anfühlte. Aber sie fürchtete sich trotzdem nicht vor ihnen. Mit der Wut, die eigentlich jemand anderem galt, schaute sie Joseph an.

Der kniff die Lippen zusammen. »Es sind Kinder«, murmelte er schließlich.

»Aber nicht deine.« Jeannette blieb unerbittlich. »Joseph«, drängte sie dann.

Doch er schüttelte den Kopf. »Mir haben sie nichts getan«, beharrte er.

»Ach«, fauchte Jeannette, »dann schau mal in den Spiegel.« Damit sprang sie auf. Als sie sein Gesicht sah, sank sie allerdings wieder in sich zusammen. »Entschuldige«, murmelte sie und griff erneut nach seiner Hand.

Da öffnete sich die Tür. Martin Knauer stand im Rahmen, in der Hand einen Strauß Rosen. Jeannette sprang auf und ging, wie sie vor fünf Jahren, als die beiden einander das erste Mal gegenüberstanden, um sich ihre Gefühle zu gestehen, gegangen war, um denen, die wirklich zueinander gehörten, Privatsphäre zu geben. Im Vorbeigehen strich sie Martin sanft über den Arm. Aber sie sagte nichts mehr.

34

Zurück im Revier, starrte Jeannette auf die Glasscheibe der Verhörkabine, hinter der Paul Metz agierte. Sie hörte kein Wort, doch das war auch nicht nötig. Sie brauchte nur sein erregtes Gesicht zu sehen, seine wütenden Gesten, dieses Auf-und-ab-Gehen, Auf-den-Tisch-Hämmern, die verzerrte Maske seines Gebrülls, um zu wissen, was in ihm vorging. Er war wütend und enttäuscht von sich. Weil er über seinem Verständnis für Bernd Wöllner übersehen hatte, daß dieser schuldig war. Weil eine Frau vor seinen Augen gestorben war, für deren Tod er sich verantwortlich fühlte, um so mehr, da sie unschuldig gewesen war. Das hatte seinen Verdrängungsmechanismen einen empfindlichen Schlag versetzt. Und er litt, weil er trotz allem in diesem Bernd sich selber sah und in dessen Tat ein Echo seines eigenen Versagens. Sie begriff das sehr gut. Der Junge mit der unglücklichen Kindheit hatte geglaubt, sein Leben im Griff zu haben, das Haus adrett, den Körper gestählt, die Karriere tipptopp. Mit Bernd hatte ihn die Vergangenheit wieder eingeholt. Er zweifelte an sich und allem, was er erreicht hatte. Und Jeannette wußte instinktiv, daß er sich diese Zweifel von niemandem je würde ausreden lassen; ganz sicher nicht von ihr.

Alex Sommers Anwalt stand auf, um zu protestieren.

»Soll ich laut stellen?« fragte der Beamte neben Jeannette und griff zum Knopf der Mithöranlage.

Sie schüttelte den Kopf. Dann gab sie sich einen Ruck und trat ein. Im Verhörraum war eben ein gewisser Moment der Erschöpfung eingetreten. Die Kontrahenten waren auf ihre Stühle zurückgesunken; der Anwalt rückte seine Krawatte zurecht. Es roch nach Rasierwasser, Schweiß und Desinfektionsmitteln. Nur Alex Sommer schaute auf, als sie kam. Sie steuerte direkt auf ihn zu und fixierte ihn.

»So«, sagte sie und stützte die Arme auf den Tisch. »Du hast also geglaubt, er habe deine Mutter umgebracht.«

Metz' Kopf fuhr hoch. Jeannette konnte seine Gedanken förmlich hören. Schon wieder etwas, was sie mir verschwiegen hat. Sie fühlte seine Wut und schüttelte sie ab. Es war nicht zu ändern.

Alex Sommer schaute sie trotzig an. »Das habe ich mir nicht ausgedacht«, sagte er. »Das hat er mir selbst gestanden.«

Sein Anwalt wollte den Mund aufmachen, aber der Junge ließ sich nicht mehr stören. Triumph und Ekel in der Stimme, erzählte er von dem Abend, an dem sein Vater wieder einmal stockbesoffen in ihrer Wohnung gehockt hatte, dieser teuren, sterilen, putzfraugepflegten Wohnung, in der er seinen Sohn tagsüber alleine ließ. Er hatte dagelegen, halb über dem Tisch, die Krawatte gelöst, die Augen gerötet, die Haare zerzaust, das einzig schlampige Element in der makellosen Umgebung.

»Und er hat gestunken«, erklärte Alex angewidert. »Nach Alkohol und Selbstmitleid.« Auffordernd schaute er Metz an. »Und da hat er es mir gesagt, ach was, gesagt, gewimmert hat er, als er mich auf einmal im Schlafanzug dastehen sah. Geheult hat er, wie ein Baby. ›Ich habe sie umgebracht. Ich habe sie umgebracht.‹« Er imitierte betont übertrieben eine lächerlich hohe Stimme. Dann spuckte er auf den Boden. »Gekrochen ist er, auf seinen Knien. Der Herr Manager.« Der Satz troff vor Verachtung. »Sonst hat er mich rumkommandiert wie einen seiner Untergebenen. Ich glaube, er wußte gar nicht, wie man sonst mit Menschen spricht. Aber da auf einmal.« Er schüttelte sich. In sein Gesicht trat zum ersten Mal ein Zug von echter Trauer. »Er wollte, daß ich ihn tröste. Können Sie sich das vorstellen?« Mit feuchten Augen schaute er sie an.

Jeannette nickte sanft. Ja, sie konnte es sich nur zu gut vorstellen, den betrunkenen Mann, der Trost verlangte, wo er selbst Trost hätte spenden sollen, der Zuspruch erwartete von einem Kind, das damit mehr als überfordert war. Das jedes Wort, das er sprach, für bare Münze nahm. Dessen Liebe er nie zu erwerben verstanden hatte. Und das ihn von diesem Moment an abgrundtief haßte.

Aus Alex Sommers Gesicht war wieder jede Weichheit verschwunden. »Er war so widerlich«, sagte er nur. Dann nichts mehr.

»Okay«, griff Metz ein, er wischte sich die Stirn ab. »Das wäre ja mal etwas Konkretes.« Er neigte sich vor, um das Verhör fortzusetzen.

»Meinst du nicht …«, wollte Jeannette einwenden.

Aber Pauls Kopf fuhr heftig hoch. »Du hast wohl genug getan«, fauchte er. »Danke.« Es klang nicht dankbar. »Das ist mein Fall.«

Das war so nicht ganz korrekt, befand Jeannette. Aber sie widersprach nicht. »Also dann«, sagte sie nur und zog sich zurück. Sie wußte, es war der Abschied.

Draußen auf dem Flur traf sie auf eine Frau mit verwittertem Teint und trüben Augen, die schmutzigen halblangen Haare hinter die Ohren gekämmt. Sie klammerte sich an ihre Handtasche und qualmte eine Zigarette nach der anderen. In Jeannette glaubte sie einen geeigneten Gesprächspartner zu finden, dem sie vorjammern konnte, daß sie jetzt schon das zweite Mal innerhalb einer Woche bei der Polizei vorstellig werden mußte. Es sei ein Skandal und eine Ungerechtigkeit des Lebens. Sie warf die halbgerauchte Zigarette zu Boden und kramte in ihrer Tasche nach einer neuen, während sie vor sich hin schimpfte. Jeannette versuchte, sich vor Augen zu führen, daß der Anlaß für diese Besuche die Ermordung ihres Mannes war und der Umstand, daß ihr Sohn der Tat beschuldigt wurde.

»Haben Sie vielleicht 'ne Kippe?« fragte die Frau mit einem raschen Seitenblick.

Jeannette schüttelte den Kopf. Frau Wöllner, dachte sie, sah aus wie fünfzig. Aus den Akten wußte sie, daß sie erst fünfunddreißig war. Die hatte inzwischen einen neuen Glimmstengel in der Hand.

»An allem ist nur der Tod von seinem Vater schuld«, verkündete sie dann. »Der hat ihn im Griff gehabt, hat ihm nix durchgehen lassen.« Sie wedelte mit den Händen, daß der Rauch Schlieren zog und sich das Aroma ihrer Fahne im ganzen Flur verteilte.

Jeannette schaute auf die Tür, hinter der Bernd Wöllner saß, die Vogelmaske auf den Knien und den Umhang noch immer um die Schultern gelegt, damit niemand die Narben auf seinem Rücken sah. Er war hinter der Bühne verhaftet worden, gleich nach dem Ende seines Auftritts. Er zumindest, dachte Jeannette, hatte seinen Moment gehabt. Er hatte getanzt, obwohl er wußte, daß der Boden unter seinen Füßen sich bereits auftat.

»Im Griff nennen Sie das?« fragte Jeannette. Sie wandte sich der Frau zu und starrte ihr in die geröteten Augen. »Haben Sie jemals seinen Rücken gesehen?«

Die andere blinzelte und sog heftig an ihrer Zigarette.

»Ach was rede ich«, fauchte Jeannette, »Sie waren ja dabei, Sie haben gesehen, wie er die Prügel bezog. Er muß geblutet haben, er muß geschrien haben ...« Die Empörung wallte in ihr auf.

Frau Wöllner kniff die Augen zusammen.

»Er hat nie einen Laut von sich gegeben«, sagte sie. »Nicht einmal. Der Junge hat Format.«

Falls sie noch etwas sagen wollte, ging das in einem heiseren Husten unter, der nicht enden wollte. Jeannette gab es auf, die Hölle, in der Bernd Wöllner gelebt hatte, begreifen zu wollen. Er war geschlagen worden, er hatte dazu geschwiegen. Vielleicht, um seinen Peiniger nicht weiter zu reizen, vielleicht, um sich selbst zu beweisen, daß er Mut hatte, vielleicht aus Verachtung. Aber der Entschluß, sich zu wehren, mußte irgendwann unter diesem Schweigen gereift sein.

Sie fragte sich, wer von den dreien wohl zuerst auf die Idee gekommen war, sie könnten sich Bernds Peinigers gemeinsam entledigen. Und wem als erstem aufgefallen war, wie gut es sich anfühlen konnte, nicht mehr zu den Opfern zu zählen, sondern zu den Tätern. Wie und wann war es gewachsen, dieses Gefühl, diese Überzeugung, alles in der Hand zu haben? Und war es wohl zu irgendeinem Zeitpunkt durch Skrupel gedämpft worden?

Jeannette wußte es nicht. Die Jungen waren durch ihre eigene Hölle gegangen. Aber sie waren hindurchmarschiert, ohne Hilfe von außen, ohne Rat und Richtung. Und sie hatten sich auf der anderen Seite in der sengenden Sonne der Macht wiedergefunden. Es mußte berauschend gewesen sein. Jeannette war sich sicher, die drei hätten damit nicht aufgehört. Sie betrachtete die Frau an ihrer Seite. Wäre sie die nächste gewesen? Oder ein Lehrer? Ein neugieriger Nachbar, wohlmeinend vielleicht sogar wie Joseph, der ihr anarchisches Idyll in dem leeren Haus gestört hatte?

Joseph, dachte sie, war zu spät gekommen mit seiner Botschaft, daß sie alles erreichen könnten, was sie sich im Leben vornähmen, wenn sie nur zu sich selber fänden. Sich selber hatten sie schon lange verloren. Aber die Botschaft hatten sie trotzdem verstanden. Nicht dank der Kunst allerdings, sondern durch Gewalt.

Die Tür zum zweiten Verhörraum öffnete sich, und Bernd wurde herausgeführt. Er sah klein aus zwischen den Beamten, hilflos. Seine Mutter ignorierte ihn auf der Suche nach ihrem Feuerzeug, nach dem sie hektisch, mit zittrigen Fingern in ihrer Handtasche grub. Es war offensichtlich, daß sie ihm nicht ins Gesicht sehen konnte. Er betrachtete sie eine Weile, dann blickte auch er weg. Da trat Jeannette an ihn heran.

»Wenn du möchtest«, bot sie an, »sage ich ihm, daß es dir leid tut.«

Er schaute sie mit seinen leuchtend blauen Augen an.

»Ich hätte ihm nichts getan«, sagte er und reckte das Kinn. Jeannette dachte an Josephs verschwollenes Gesicht und spürte ihre Wut umgehend zurückkehren. Beinahe bereute sie ihre Anwandlung wieder.

»Und deine Freunde?« fragte sie gereizt.

Er blinzelte, sagte aber nichts. Jeannette wiederholte ihre Frage. Als er nur den Kopf schüttelte, den Mund öffnete, aber stumm wieder schloß, riß ihr der Geduldsfaden. Mit einem Schnauben wandte sie sich ab. Das war nicht ihr Fall. Nicht ihr Kind.

»Sie sind meine Freunde«, hörte sie Bernd hinter sich rufen. Da fuhr sie herum. »Und Joseph ist meiner.« Dann ging sie.

35

Als Jeannette nach Hause kam, sah sie Licht durch das Glas der Haustür dringen. »Mutter?« war ihre erste Reaktion, als sie aufschloß. Bis sie sich erinnerte, ihr den Hausschlüssel abgenommen zu haben. Joseph! fiel ihr ein, sie hatte ihn an Joseph gegeben für die Umbauten. Aus der Küche drangen Tellerklappern und leises Zischen. Ein köstlicher Essensgeruch drang in den Flur. Joseph hatte erst neulich phantastisch für sie gekocht. Aber Joseph lag im Krankenhaus. Oder sollte Martin ihn ...?

Mit erwartungsfrohem Gesicht stürmte Jeannette in die Küche. Einen Moment dauerte es, bis sie alles erfaßt hatte: das weiße Tischtuch, die Kerzen, die gefalteten Servietten und die hochstieligen Weingläser auf dem Tisch. In der Mitte standen Blumen, daneben Salat in einer Steingutschüssel. Die Tür zu dem kleinen, fast ebenerdigen Balkon stand offen. Dort hockte Romeo vor einer Schüssel und fraß mit großem Behagen eine Portion Hühnerhaut. Jeannette entdeckte Tellerchen mit Oliven und anderen Leckereien. Und aus dem Topf am Herd dampfte es vielversprechend.

»Plopp«, machte es, als Philipp Gläser die Rotweinflasche entkorkte.

»Ihre Schwester hat mir aufgemacht, als ich klingelte«, sagte er und wies mit einer entschuldigenden Geste auf den gedeckten Tisch. »Sie meinte, daß es eine gute Idee sei, Sie heute abend ein wenig zu verwöhnen, und ließ mir den Schlüssel da. Also habe ich eingekauft.« Er schaute Jeannette zurückhaltend an. »Am Telefon klangen Sie jedenfalls, als könnten Sie ein wenig Zuwendung gebrauchen.«

Sie zwinkerte. Der Kater sprang herein und glitt in einer schmiegsamen Acht abwechselnd um seine und ihre Beine. Sein Schnurren erfüllte den Raum. Jeannette hingegen wußte nicht, was sie sagen sollte.

Unsicher stellte Philipp Gläser die Weinflasche auf den Tisch. »Ich habe einen Fehler gemacht, oder?« fragte er.

Da endlich löste sich der Knoten in ihrem Hals. Jeannette griff zu ihrem Handy. Sie wählte Josephs Nummer im Krankenhaus.

»Entschuldige«, sagte sie nur und lauschte einen Moment seinem schweren Atem. »Ich komme morgen vorbei, und dann reden wir, ja? – Ich hab dich auch lieb!«

Dann legte sie auf.

Philipp Gläser hatte sich abgewandt und stellte den Herd ab. Mit freudlosen Bewegungen band er die Schürze los und wandte sich zur Tür.

Jeannette öffnete den Mund. Das Handy klingelte. Sie sah im Display Pauls Nummer. Doch sie zögerte nur kurz.

»Das duftet köstlich«, stellte sie an den Herd tretend fest, »was ist das?«

»Ratatouille mit Hühnerbein.« Philipp Gläsers Stimme klang gepreßt und enttäuscht. Seine Hand lag auf der Türklinke.

»Mein Lieblingsgericht«, sagte sie leise, »da bin ich sicher.«

Erstaunt wandte er sich noch einmal um. Jeannette betrachtete ihn, den sie sich schon so oft vorgestellt hatte, wie er sich ihr näherte, bis sie ihn mit jeder Faser spüren konnte, seine Wärme, seinen Hauch, um ihn endlich zu berühren, seine Lippen zu finden, ihn zu küssen und alles andere zu vergessen. Da stand er nun. Es war alles nur einen Schritt entfernt.